张承志

北方女人的印象／听人读书／对奏的夜曲／午夜的鞍子／狗的雕像／无援的思想／背影／离别西海固／日本留言／真正的人是X／北庄的雪景／回民的黄土高原／为了暮年／文责初检／幻视的橄榄树／桃花面片／祝福北庄／吊瓶子／斯诺的预旺堡／旱海里的鱼／呜咽的马头／与草枯荣／公社的青史／二十八年的额吉／树梢上的心／面纱随笔／自由的街巷／相约来世／东埔无人踪

张承志散文

中华散文珍藏版

人民文学出版社

图书在版编目(CIP)数据

张承志散文/张承志著. —北京：人民文学出版社,2013
(中华散文珍藏版)
ISBN 978-7-02-009890-3

Ⅰ.①张… Ⅱ.①张… Ⅲ.①散文集—中国—当代 Ⅳ.①I267

中国版本图书馆 CIP 数据核字(2013)第 110090 号

责任编辑	张　晴
装帧设计	刘　静
责任校对	王玉川
责任印制	徐　冉

出版发行　人民文学出版社
社　　址　北京市朝内大街 166 号
邮政编码　100705
网　　址　http://www.rw-cn.com

印　　刷　三河市延风印装有限公司
经　　销　全国新华书店等

字　　数　200 千字
开　　本　880 毫米×1230 毫米　1/32
印　　张　9.75　插页 3
印　　数　13001—16000
版　　次　2005 年 5 月北京第 1 版
印　　次　2019 年 4 月第 4 次印刷

书　　号　978-7-02-009890-3
定　　价　30.00 元

如有印装质量问题，请与本社图书销售中心调换。电话：010-65233595

作者像

作者作品（1989年参加海军画展）

出 版 说 明

为了全面展示20世纪以来中华散文的创作成就,我社于2005年4月编辑出版了《中华散文插图珍藏版》系列。到目前为止,已经出版了四辑五十位现当代文学大家的散文集,其目的是要将"五四"新文学革命以来近百年间的中华散文做一次全方位的展现和总结。为此,该系列书也成了"人文版"散文的标志性出版物,在作家、读者和图书市场中产生了极大的影响。

这套《中华散文珍藏版》是在此基础上的精选,宗旨是进一步扩大散文的社会影响力,优中选优,精益求精,为读者,特别是青年读者提供一套散文阅读范本。

人民文学出版社一直秉承读者至上、质量第一的出版原则,但愿这套书的编辑出版,能为多元思潮中的人们洒下一捧甘霖。

人民文学出版社编辑部

目　　录

北方女人的印象 …………………………………… 1
听人读书 …………………………………………… 6
对奏的夜曲 ………………………………………… 12
午夜的鞍子 ………………………………………… 16
狗的雕像 …………………………………………… 23
无援的思想 ………………………………………… 34
背　影 ……………………………………………… 50
离别西海固 ………………………………………… 55
日本留言 …………………………………………… 66
真正的人是 X ……………………………………… 75
北庄的雪景 ………………………………………… 84
回民的黄土高原 …………………………………… 90
为了暮年 …………………………………………… 97
文责初检 …………………………………………… 102

幻视的橄榄树 ……………………………………… 106
桃花面片 …………………………………………… 124
祝福北庄 …………………………………………… 127
吊瓶子 ……………………………………………… 136
斯诺的预旺堡 ……………………………………… 140
旱海里的鱼 ………………………………………… 149

呜咽的马头 …………………………………… *170*

与草枯荣 ……………………………………… *176*

公社的青史 …………………………………… *187*

二十八年的额吉 ……………………………… *197*

树梢上的心 …………………………………… *211*

面纱随笔 ……………………………………… *215*

自由的街巷 …………………………………… *219*

相约来世 ……………………………………… *226*

东埔无人踪 …………………………………… *230*

鲁迅路口 ……………………………………… *237*

逼视的眼神 …………………………………… *250*

投石的诉说 …………………………………… *258*

近处的卡尔曼 ………………………………… *267*

代跋:生若直木 ………………………………… *282*

北方女人的印象

　　从三年前初次闯入这条山沟，忽然一算已经不知来过几次了。这贫瘠绝地的红砂沟里，究竟有什么如此吸引了都会的我，在恍如磁场穿行身不由己的行动中，也一直没有仔细想过。但我并不在这里描写我感到的魅力。也许是人近中年就偏爱了苍凉肃杀的风景，这赤裸山沟里一望伤目的人事景物也许暗合了我内心中的什么吧。

　　这里是在一种命定的失败之下，辈辈不绝地掀起狼烟烽火的刚烈世界。只算清末民国，也有震骇中外的多少次大暴动大举义。每晚吃完了一碗浆水长面，在泥屋的树叶烧热的土坯炕上合盖着一条黑污棉被，我在昏黄摇曳的灯烛下总是暗自惊异——我正坐在同治农民战争的烈士后裔正中，我正被面对着国民党一个军前仆后继的英雄们敬着，坐在炕正中啊。

　　春去冬来，不知是偶然还是天意，只要我拐下斑白积雪的山崖，看见这熟悉的山沟正静静卧在一派茫茫雪海之间，仿佛在安详地等着我时，我总是悟到这又是一个冬日。

　　冬天里的回民山沟像一片峥嵘的海。连漫天大雪也遮挡不住穷窘寒碜，斑驳的村落像黑黑刺破雪层的杂树一样，散布在这个人所不知的世界。像已绝望，但不沉没，它们载着那沉重得压陷了黄土的历史，随着阴晴巡化，随着雪浪积融，仿佛在海中不动地航行。

　　我的下乡方式简单。我来了；不像别人走了便不会回来。

我又来了;他们看待我也不像看待别人。我只是天天和他们在昏黑的土炕上说到深夜,次日在泥屋里睡到日上三竿。我既不作考古研究也不搞文学访问。我在一群坐如黄土动则翻天的粗壮大汉中间呼吸几天,临别时骨子里便添了一分真正的硬气。

有一天我随口扯道:你们能行呢,在这么条干沟沟里住了硬是多少辈子呢,怕天下没谁治得你们这群男子。

不想他们嘿嘿笑了:

男人割韭菜的章程早割尽了呢。我们这搭早先只剩下妇人娃娃。

我忙问:这大山不是祖宗的家乡热土么?

他们解释说,老家籍在陕西哩,籍在甘肃哩,官家赶杀回民的时辰,男人杀的杀了,剩下的妇人娃娃给赶羊般赶进了这条沟。官家封上山再不理睬,想的怕是把女人娃们赶进了一座空坟。后来,妇人家争气,硬是把生下的娃一个一个喂大了,又把娃们的娃娃一个一个生下来喂上。

有人笑问:张老师,没听说过寡妇村么?

——这是我第一次意识到藏在灶房里门背后的那些主角。我听过的斩尽杀绝太多了。我听过了寡妇村无人村太多了。我因为已经走遍了这片山区所以我才能够震动:一些冥冥之中从不抛头露面的女人们,她们在不断制造着一个最强悍自尊的民族,靠着血的生殖和糠菜洋芋的乳水。

这样就能回忆蒙古了。在草原上当知识青年时我曾经那样地对我插包的额吉——感到兴趣。那真是一种吸引;直至十年里怀着对她的激动写得手酸,后来终于下决心在《金牧场》里写了她一遍,仍然觉得笔虽尽墨未浓——我为自己受到的这种吸引久久不能理解。

只有从宁夏归来,只有心里满盛着一个掩着脸面蒙尘沐土躲在灶房里煮着不见菜蔬的浆水长面的回族女人影子,心思倏地又变成蒙语的自问自答时,我才觉得品出了二十年前自己知识青年经历的一种意味。

一个知识青年插队的往事,到头来是该珍惜还是该诅咒、他的青春是失落了还是值得的,依我看只取决于他能否遇上一位母亲般的女性。

她们永远身怀着启示,就像她们能奇异地怀胎生育。

只要你有一颗承受启示的心,只要你天性能够感受——这样说对那些长恨自己没顶于插队浩劫的人是不是太轻巧了呢?可能是这样,但是我不关心他们的命运。我只关心我的感受,关心源源给我感受的,我远在草原的额吉。

用了二十年时间我总算搞清了,我眼前浮动着她一生中一个个鲜活的形象。十岁的她赤着脚,破袍子上系一根脏花布腰带。稚气未退的她爬上太高的鞍子放羊去了。

二十岁的她有了第一个孩子。她把孩子裹在一块烂羊皮里听包外呼啸的风暴,她那时已经满脸冻疤神情憔悴了。

三十多岁她数数身边孩子闹成一团数不清楚;她怅惘地望着十岁的大女儿赤着脚,束住褴褛的小袍子爬上马背放羊去了。

四十来岁时她盼着再抱一个真正吃奶的孩子。儿女们大了使她孤单得恐惧,她对我痴痴地反复说着,口气使我感到她把我也当成了一个婴儿。

五十来岁,六十来岁,如今她差不多七十岁了,她把门前的车、缸、毡片绳头把断腿的马失群的羊把烂醉的汉子都看成一种古怪可怜的小宝贝,她眼神里的不安和慈祥使人心醉。她突然接到通知说她当选了妇联代表和劳动模范,但她听不懂这通知,她蹒跚地晃动着白发走去劝那两条狗别打架。

我站在她的身边。一天我觉得自己像个英雄力士般站在她身边时,我突然忆起那年她在山坡上教我骑马;那时她就像此刻正一边爽声大笑一边高声嚷着的,她的儿媳妇一样。

我站在她的影子里看清了所有蒙古草原的女人。我深深地了解她们,我看见她们分别扮演着我额吉的十岁二十岁直至七十岁。

她们像一盘旋转不已的古老车轮,她们像循年枯荣的营盘印迹,在她们酷似的人生周始中,骑手和摔跤手们一代代纵马奔来了。

冬天快要逝尽时人心会惆怅。望着斑驳满地的残雪,人会觉得一年真的又过去了。雪是一种奇妙的东西;有了她的承浮或者覆盖,一切都是不易察觉的,而融雪时你会看见一种暴露的危险速度。大地在变黑时稳重地位移了一分,你在换装时筋骨肌肤都衰老了一寸。

这时启程去蒙古草地,那里的女人们笑容都疲惫了。

这时启程去回民山区,那里的女人们姿影都佝偻了。

海称儿她娘擦擦汗,她一说到回娘家总觉得是说一种开国盛典般的大事。咋个走法?走给就能行。我从娘家堡子嫁来这沟里。数数嘛娘家一共走给过两三次。都是走着,乘班车要花一个元。不远不远!只有两架山。抱个娃引个娃嚷着耍着就到咧。她说完不知为什么不好意思,她说得笑起来时,怀里的娃娃也嘻嘻笑了。说完笑完她就上山了,在斑驳残雪中她的影子像一片漂在海里的叶子。

额吉赶开了那两条狗,转过脸对着我时还是嗔嗔的表情。牧民轻淡土地只是牢牢盯着生命,我和她在一起时总意识到自己和狗呀羊的一样平凡。那个黄,它咳嗽,不是病,我早知道那天东山里跑来的那条狐狸有病。跑一跑停一停难道不是有病的狐狸吗?黄咬了它,那天夜里它咳嗽得我一夜没能睡。听说新来的女医生心肠好呢,你去给我求求那女医生行不行?哪怕只给两片药。我上马求医去了,踌躇着不知人家医生信不信我。我回头再望望额吉时,她点燃了包里的炊火,我觉得那烟雾弥漫的毡帐就像一条小船在草海里飘动。

二十年里我从北方的一角流浪到了另一角。我重复地看着一些女人的生涯,渐渐觉得自己习惯了北方的景色。无论是草地的不尽单调还是黄土的酷旱伤人,我已经从中读到了一种真正女人的最深美色。

没有比这更撼动人心的美了。

太阳从东升起,积雪向西消融。从蒙古草原到黄土高原,从稚气不退的青春到成年之后的孤旅,我也像搭着一条命中的船向西走。尽数途中这渡我浮世的女性已经很难了,说清她们那平凡得无从着笔的事迹已经根本不能。冷眼看着都会里俗红艳绿的喧骚,一个北方的男子有什么好说呢?

也许这片国土,也许这条笨大旧重的老船,也只是因为有了这无声无息的忍辱负重,才勉强维持了它的航程吧。

由于她们的生殖,十亿之中哪怕只有百万,也一定已经有了一支大军。他们会感铭着自己脚下的牺牲,在攻占了自己的彼岸时,涂掉英雄圣人的玷污,刻上她们无名的姓氏。

听人读书

有两件杯水末梢的小事，总想把它们记下备忘。其实备忘是不必的，因为已经顽固不弃地把它们忆了这么久，记之纸笔毕竟还是因为感动——哪怕周围写大潮大势的多么热闹，我还是更重视自己这种真实的小小感情。

都是听孩子念书。

地隔千里；一处是北国边界乌珠穆沁草地，一处是贫瘠之冠的宁夏山区小村。

在内蒙插队到了那个年头，知识青年们的心已经散了。走后门当兵的第一股浪头打散了知识青年的决心，人的本质二十年一次地、突兀地出现在我们中间。

那时候，我们汗乌拉队的知识青年心气尚未磨褪，我们激烈地争论了几天，一个口号出现了："在根本利益上为牧民服务"。在这个口号之下，具有永久性利益的一些公益事业，比如小学的创办，中草药房及诊所的创办，还有原先也一直干着的盖定居点房屋、打深水井，就都落到了我们知识青年手里。

我因为这么一个不通顺的口号，懵懵懂懂地被安上民办汗乌拉小学教师的名字，给塞进了一群孩子当中。

不再重复那些艰难的故事了。

总之，不是讲给别人和历史，只是应该告诉自己的惟一一句话是：我和一群衣衫褴褛的蒙古娃娃一起，给自己生涯筑起了最重大的基础。

亘古以来,这片草原上第一次出现了朗朗书声。

那天的我二十一岁。经过一冬的折磨后,我的皮袍子烂得满是翻出羊毛的洞。被一些老太婆啧啧叹息时,那时的我懂过穷人的害羞是怎么回事。这和后日我见过的一位要人公子(当然他们是应该当第×梯队再当部长省长的)下乡前忙着借一件旧衣服以求不脱离群众——完全不像一个人世的事。那天我费了半天劲总算把蒙文字母的第一行"查干讨勒盖"讲完,然后我下令齐读。在我用拆下套马竿梢尖充当的教鞭指点下,感人肺腑的奇迹出现了。那天一直到散学好久我都觉得胸膛震响,此刻——二十年后的此刻我写到此处,又觉得那清脆的雷在心里升起了。

那就叫"朗朗书声"。二十来个蒙古儿童大睁着清澈惊异的眼睛,竭尽全力地齐齐喊着音节表。

"啊!哦!槩!噢!喔!……"

这是我第一次听见有人对我读书,那些齐齐喊出的音节金钟般撞着我的心。后来听说过当今练气功的有一手灌丹田气,用体育手榴弹八方击小腹并且憋出怪声。我想我的丹田气是由一群童男童女相围,以春季雪水浸泡大地百草生出清香之气,再由万里扫荡的长风挟幼童初声和草原初绿,徐徐汇集,猛然击入,进入我的身心丹田的。确实常常有非分的、对于自己生命的奇怪体会——我总是觉得万事只遗憾于时间太少和时机不适;至于原力,至于我这条生命的可能性,在此我能找到合适的比喻了:至今为止我全部劳作消耗的生命原力,顶多只相当那天孩子们三次喊声击入的能量。

然而那一天我如醉如痴,我木然端坐,襟前是蜿蜒不尽的乃林戈壁,背枕是雄视草海的汗乌拉峰。齐齐发出的一声声喊,清脆炸响的一声声雷,在那一天久久持续着,直至水草苍茫,大漠日沉。

那样的事我以为此生不会再有了,谁想到今年在西海固又发生了一次。

晚饭后,下了土炕无所事事。尔撒儿正在掏炉炖罐罐,我随口问:

尔撒儿,今天书带回来没有?

带回来了,他紧张又稍显惊惶地眨着一对活脱一个漂亮小姑娘的大眼。

来哟!我一屁股坐下,心里懒懒地把二郎腿一支:今夜晚就给巴巴念!

尔撒儿迟疑着。

今天走笔随心写着,我忽然猜想当时尔撒儿也许是要随他们回民小学的哪条规矩吧,不然迟疑着等什么。汗乌拉小学的往事太远了,我实在猜不出一位考学生的老师该怎样摆个架势。

念哟,我命令道,心里像门外的裸秃野山一样茫茫然地,说不出有个什么一定的意思。

一九八四年冬天我第一次结识这家回民。由于对清政府等官家的仇恨(鬼话?),我们的感情急剧深了起来。贫瘠的不毛荒山默默地永恒地挑拨着反抗的欲望,他们的穷苦生活使我每天都觉得刷新着对世界的认识。

我偏激起来。这在高中一年级入团时支部鉴定(也许那是我接受的最后一次鉴定了)上缺点栏中写道:思想方法偏激。我不明白当时团支部的哈红星(他后来也是饱经沧桑)如何有这样的透视力——其实我以全身心偏激地爱憎的时刻,只是在一九八四年的这个岁末才到来。从那以后,我猜我这个人是永远不会和显贵达官、永远不会和侮辱底层民众的势力妥协了。

我怒冲冲地吼着骂着,在这间穷乡僻壤的黄泥庄户里发号施令,满足着自己关于一名义军将领的幻想:

娘的给老子念书!不许等碎的长大再念,老子要这个大的立时就念!我母亲当年穷都穷死了也供老子念到硕士!叫尔撒儿念!叫海称儿念!你一辈子就后悔着没读个书?那你还挡着娃们不叫念!……

乱吼一通,今天静静回味也许并没有真的动真格的。城里人,笔杆人,说上几句当然很便宜。

第二年我来时,碎娃娃们仍然在门口混耍。大儿子尔撒儿和大女儿海称儿,却都不见了真念了书。那时听腻了的是两个娃怎么怎么笨,怎么"怕是念不成哩"。

我没有太关心。

我那时仍然为一些重大的秘密事激动着,沉身那些深潭里,每天不厌其烦地朝农民们打听细节琐碎。

说到孩子,尽管尔撒儿美得赛过漂亮姑娘,尽管海称儿白嫩得气死一切化妆品的卖主买主,我那时比较喜欢的是小女儿桃花。桃花使我联想自己的孩子。她可爱的画中娃一般的苹果脸蛋,总使我沉耽于一些小天使、令人激动的图画之类。我曾精心拍过小桃花的肖像;也曾多少带着表演的严肃,拍过一张把桃花紧抱在肩头的自己的像——拍那张时,我心里想的是苏联纪念卫国战争的一座雕塑:一个披斗篷握长剑的红军战士屹立着,把一个小女孩紧搂在肩头。

至于上学,两三年里我接受了农民的观点——宁无文化,也不能无伊玛尼(信仰)。中国回族知识分子和干部们有一种口头禅,就像前述的我自己一样,喜欢廉价地议论回民教育。而广大回民区的老人们却多是笑而不答。

后来我听到了这种绝对非二十世纪的落后观点:书嘛念上些好是好哩,怕的是念得不认得主哩。念书走给的不是没见过哩：念得狠的坐了个帆布棚，念得日囊的骑着个钉铃铃——可有哪一个里里外外是个穆民呢？哪一位你敢指望他维护住祖祖辈辈的教门哩？咱家没下场呦，不求那些个虚光的事情。咱家养下的娃，哪怕他大字不识一个，但若他守住个念想不坏了伊玛尼，到了末日，拉上那些帆布棚坐下的、钉铃铃骑下的比给一比——谁在那时辰是个凄惶呢？

这是中国穆斯林反抗汉文明孔孟之道异化的一步绝路。我在游荡遍了大西北的州府山川以后，在这样的观点面前不由得默然了。真的，宁愿落伍时代千年百年，也要坚守心中的伊玛尼信仰——难道这不是一条永恒的真理吗？

今年春天去时，家里正忙着种豆子。女孩子毕竟薄命——海称儿已经辍学许久，每天灶房内外地操劳，俨然待嫁了。我稍稍留心一下，才知道桃花虽然倚着门朝我调皮地歪头不语，却已经上了学了。我听说这几日她在家是因为我来了不肯上学：家里大人们也依了她，——就随口说，明天打发娃上学走呦，别耽搁下。我记得自己信口曼声，心不在焉。第二天，一直在院里晃闪的桃花不见了。

庄户外面，荒山野谷依旧那样四合着，一如去年的疮痍满目。

尔撒儿怯生生递过书：巴，这不是课本。我翻翻，是编得愈来愈他妈的深奥的四年级阅读教材。

"念这个，尔撒儿。"我翻了一篇《皂荚树》，然后坐得舒服些。

就这样我重逢了久别忘尽的朗朗读书声。像久旱的芜草突然浇上一场淋漓的雨水，我怔怔听着，觉得心给浸泡得精湿。

尔撒儿没有上一年级，据说基础不好不会汉语拼音。他读书时大有边地乡塾的气派味道，抑扬顿挫，四海固腔里攀咬着普通话的发音。皂荚树如何大公无私，如何遮荫挡雨又给孩子们以洗濯之便,引申乡村娃娃们对皂荚牺牲的礼赞——我听着觉得如听天书。哪怕悲怆的景色怎样否定着,但某种城市式的苗芽还是生长起来了。回味般咀嚼着四年里我听过的、这个村庄刚烈的苦难史,我觉得尔撒儿严肃而拗口的朗读声简直不可思议。

又念了一篇《伽利略的故事》。

已是夜中。尔撒儿的爹在角落里蹲着一声不吭,用枯叶牛粪填了的炕开始热烫起来。窗外那坚忍的景色终于黑暗了,只有少年清脆的童音,只有一些莫名其妙的外国怪事在被西海固的土语村腔诵读着。而千真万确这一切又都是因为有了我;不是因为劣种贵族的权势而是因为他们之中成长起来的我。春水击冰般的朗朗书声带着一丝血传的硬气,带着一丝令人心动的淳朴,久久地在这深山小屋里响着。

书念完了。

我感动得不知说什么好。

尔撒儿怯怯地望着我,小心合上了书。我从孩子眼神里看到他的话语,他一直担心地等着这一夜呢。我沉默了一阵,说了些一般的话,披衣到院外又看了看那大山大谷。

人世睡了,山野醒了,一直连着陇东陇西的滔滔山头,此刻潜伏在深沉的夜色里。高星灿烂,静静挂在山丛上空,好像也在等着一个什么。

这里真的已经和我结缘啦,我默默望着黑暗中的山想,但我已经该离开了。

这真是两件微乎其微的小事,只能供自己独坐无事时消磨思想。可是一旦想起又捉摸不尽它们的意味,总觉得在自己庸碌的人生中它们非同小可。北京夏夜,黑暗中燥气不退,抬头搁笔,向北向西的两条路都是关山重重。趁心情恬静平和,信手写下,也许便做完了自己该做的一桩事情。

对奏的夜曲

你睡熟了。我又忆起人们对我的惊奇。

然而真正吃惊的是我。

为什么他们认定我会烦你、被你弄得混乱发疯、被你折磨得渐渐终止创造呢？我从中觉察出某种区别的滋味。你知道我心中悄然升起了一种对他们的感慨和冷淡。

同是人类，但人对于生命的理解太不一样了。而你的父亲是崇拜生命的：不用多说别的，仅仅因为一个生命真的千真万确是自己亲自创造的，这一点就比一切伟大的音乐、伟大的色彩更令人激动。我清晰地记着你降生后第八天，你刚出产院的第二夜我抱着你去看病。你轻如鸿毛，我捧着你时有生以来初次感受到自己的生命是绝对次要的。这是一种分界的、再生般的感受。你知道那以前和如今我最喜爱一个荷戟战士的形象，但在那一夜我才真正具有切肤的战士的感觉。正因为你在我手里如同一片羽毛，我才觉得自己力可拔山万夫不敌。我捧着你透明玻璃般的八天生命走在夜的寒风里，我的宽肩和厚背遮住了北方的那个初冬。你也许注意到我曾冷酷地锐利地盯着那屠夫般的小儿科医生；你因感到了父亲的满身杀气而嚎啕不止。而我只告诉你——如果他使我们朝"忍"的悬崖再退一步，你的父亲对再可怕的后果也在所不惜。这不是溺爱和自私的疯狂。我们已经容忍了太多的非情辱人，你对于你的父亲已经是人性的最后一道防线。

在混淆于别人的岁月中,你像魔术师一样,在我们的眼前变大了。

　　新疆诗人周涛和日本学者梅村先后来北京时,都不顾我不在家,坚持来看了看你。父亲的一切朋友都对你怀着一种深刻的好奇。你觉出了他们微笑的目光有些特殊。我原谅你那种时候的古怪和任性。但是真正感到新鲜的是我,真的,为什么呢,难道你从三岁就显示了什么魅力么?我满怀兴趣地对你仔细观察过。不,你仍然是一个普通平凡而爱笑的、长着两只黑黑眼睛的小姑娘。你快活地奔来跑去,嚼着字母饼干,把数不清的连环画扔得到处都是。

　　我后来懂了。

　　是因为你改造了我,我的女儿。也许朋友们都发现我的神情、口吻、语音出现了变化。他们认为我变得柔和了也严峻了,他们发现我干得再坚决但满藏着一种说不透的宽容随和。他们企图弄清我如此信赖的新哲学是什么,因为他们一直正在苦苦寻找。

　　也许真是如此。在这妈妈出远门的夜里,我凝视着你胖乎乎的可爱睡态,也陷在漫漫的沉思中。她远在地球彼侧的斯图加特学习,她要离开我们整整一年。你调皮地笑了:你梦见我的思索了吗?她只会牵肠挂肚。她不能想象,女儿在真正和父亲相依为命的日子里,一个男人会获得怎样神圣的启示和源源的勇力。

　　哪怕直面最艰辛的斗争,生命的活泼也能支持战士——这是多么简单朴素的事,这是多么撼人心灵的事啊。晓桦叔叔在滔滔谈着他生活中的烦恼的时候,你听见我说:你应当有个孩子。没有孩子的人生是残缺的。——你奇怪地眨着大眼睛望了我一眼,突然抓起你的米老鼠跑开了。而我却有些惶惑,我觉得我没有说清楚你对于我的意义。难道仅仅是这些吗,难道我得到的,只是一种完满吗?

不。深夜我轻轻穿上衣服。你睡熟时没有一丝声响。当我悄悄走向书桌前,我停住品味了一下这黑暗。我有一点留恋,我觉得这藏着你的黑暗像一道温暖的战壕。我走出了掩蔽,走向书桌时我真切地感到了空旷和严峻。我坐下来开亮台灯,我和刹那间泻下的雪亮对峙了一瞬。不,我毕竟是更强了,我想。我刷刷地写了起来,我看见字迹又在我的笔下流成了一条河。现在它不像北方那些太年轻的河流了,我写着,笔笔感到它的一种成熟、坚定和孤胆的雄壮。

你在不远的黑暗中无声地酣睡着。

你在时间这恒静的流逝中长成着你的生命。

我在宁寂中触碰到你对我神奇的佑护。

我放下笔。我沉默地感动了。

我和你有一个认真的理想——我不止一次地和你谈过,等你再稍稍长大一点,等你变成一个有寒暑假的小学生而不是个幼儿园大班的小姑娘,我要带着你出去看看你的世界。

在内蒙古大草原上,有个叫乌珠穆沁的地方支着一座毡包。那毡包门前年年五月都为你拴上几头小山羊。那是我在二十年前插队的地方。你在出生之前莲花嫂子(你是喊她姑姑呢还是阿姨?)说过这样一句话:"来这儿生吧!我养成个人再还给你!"她的话当时那样震动了你父亲的心,中篇小说《黑骏马》就因此而诞生了。我知道他们等你等得心焦,那些为你拴起的马驹、牛犊和羊羔都已经长得太大了。

在大西北的黄土高原,有个叫沙沟的村庄。你有一个和你父亲生死与共的马志文叔叔,他会派出六个孩子山上沟里地保护着你。你的照片贴在他家的土墙上,你的精神应当在那穷乡僻壤降临。当我把你领到那山村以后,你会懂得你父亲取来血脉的回族农民怎样吃土豆,打浆水,扶犁吆牛,少年怎样在黄昏的暮色中背回巨大的柴捆。我要在那盘牛粪和树叶烧热的土炕上告诉你这个村庄的历史,告诉你在危难时怎样径直来到这间泥屋躲避。

等你长大些,长成一个十岁的少年而不是这种五岁的幼儿园小孩,我还要领你远走新疆。你熟识的艾力肯叔叔、迪木拉叔叔会把你拉到他们哈萨克和维吾尔的家里。你看见他们的阿姨时你会懂得什么叫美丽的姑娘。你整天都听见音乐像风在你耳边吹拂,你会看见天山——那世界上最美的蓝松白雪山脉。

长大吧,别担心你不会说蒙语和哈语,别怕那里太远你不熟悉。你可以对你的父亲坚信不疑。我们这个小小的计划和理想,已经一步步朝你走近了,你知道我们一定会使理想实现。

你睡着。这一切是多么庄严。你宁静的小生命在父亲身边唤出了罕有的圣洁。酣甜地睡吧,饱饱地吃吧,纵情地玩吧,健康地活吧,我的女儿。等到你也能像父亲一样,在一盏深夜的灯下思索往事时,你一定会感动:

生命,是多么饱含意义啊。

午 夜 的 鞍 子

北京苦夏，想想都心惊肉悸。默默盯着已经大敞的夜窗，心里好像在叨叨着：快来啦，慢慢熬吧。

这样的方兴未艾的夏夜里，人容易忆起凉爽的草地。往事早不该再说了：包括山峦、营地、一张张熟悉的脸、几匹几头有名有姓的马和牛，都因为思念太过——而不是像别人那样忘得太净——而蒙混如水，闪烁不定了。往事，连同自己那非常值得怀疑是否存在过的十九岁，如今是真的遥遥地远了。

活在莫名其妙的一片黑森林般的楼群里，在这种初夏季节，像一丛肮脏的错开的花。架上的书抽下又插上，看来看去还是只爱看自己爱看的那几本。脑中的事想起又忘掉，想来想去也没有个条理。

近几个月，总是不嫌乏味地回忆马。

清醒时我知道，对马的回忆，于我已经是一种印刷般的符号。开始能栩栩如生地忆起一匹匹的骨架长相、忠诚而消瘦的那黑特·海骝，美如希腊雕塑而又小又无能的豪乌、一匹样子凶恶似紫似灰的杂色马崩薄勒，大名鼎鼎的马倌白音塔拉的竿子马切普德勒，然后是名声更大但年衰岁老的白马亚干；最后，还有一直没有到手没能真正属我的哥哥的哈拉。但是很快它们就混乱了，旋转着，互相黏合隐现，我不能完成关于任何一匹的一个完整回忆。我猛地惊醒过来,窗外还是黑沉沉凝视着我的憧憧楼影。

我觉得有一种说不出的难受。

那些黑森森的影子矗立得很结实,它们好像永远不会裂开或粉碎。

而我听见清晰的一个声音。

像伤口一样,裂开着劈开着,像木柴被一柄无形的斧砍进。

这是什么呢?

我抽下一本书又放下。我摊开一沓纸写了几行又撕掉。我倒了一杯更浓的茶,卷起一支莫合烟。我看看表已是午夜了,我眼前又有走马灯——六匹和我情深似海的马儿旋转起来,最终使我晕眩了。那匹远星一般的马,那匹如同一个原则一条规矩般的马不再清楚。我盯它盯得眼酸,可是它渐渐褪着毛色,一年年地淡漠朦胧,我追寻般拼竭全力睁大眼睛,我觉得心里的感情已经爆发成怒气了。

外面的黑夜目不转睛地和我对峙,对此我需要一个活鲜鲜的生命,而且是姣美的生命支撑自己。夜,已经深了。

我也许是错把这种需要认成了一匹马。它先是漆黑绝美的黑色哈拉,后来变成雪白柔顺的白色亚干,先后充斥着我这一隅最偏僻的神经。

惟在今夜,影像变了。

我突然想到了鞍子。这个字按汉语规律究竟是该衍化成"鞍"子呢还是"桉"子?

其实它是木头制成的。

我强忍着听那声清脆而细微的裂劈声响。它响得太逼真,撕扯着一种被自己一直压制的回忆。我仇恨地看看窗外的黑森林,它们不是树木的儿子。

劈裂声持续着响了很久,深夜中只有它,像我们那些鞍子破碎时的声音一样。

是这样,该写一写那些鞍子了。

插队四年,我们有整整一本鞍经。就像我们忍着不去批评那些关于马的轻薄谈论一样,我们从不多说其实更珍惜的鞍子。而四年里听惯了摔人碎鞍的故事,好像知识青年的鞍子特别脆,有的人可能插了三年队碎过四五盘鞍子,奢侈得可憎;也有的人,一直到离开草原时那盘木鞍还完好无恙。

全公社、也许全旗知识青年中最有福气的是蔡。他分得一盘银饰累累的旧鞍。银子的成色很高,马拴在哪里都被阳光照射得白灿烂漫。他早早摔碎了鞍子,后来知识青年独立出包(离开牧民家)时,给他买了一盘木架子,请两个有名的喇嘛鞍匠给他重新箍起。一直到我离开草原,那盘满是银霞的鞍子还在草地上银光灼灼,撩人心目。——蔡碎过一次鞍。

唐趁蔡修鞍时,抢了他几枚银钉,安在笼头上三颗,然后称自己的马具为"三星"。他那半辈子一直渴盼当马倌,然而一直到离开草原也没能实现理想,只是置了一盘白铜镶边的、苏尼特式的无宝鞍,整天幻想着套住马后坐在鞍桥后头的滋味。他除开碎过自己一盘鞍外,还骑坏过别人一个鞍子。他那盘配着"三星"笼头的鞍子很舒服,收拾得干净利索。

和一些老牧比起来,我们几个的鞍子齐整得多,可能是因为无家无宿的地位吧,生涯在马背的感觉比老牧还要强烈。我哥艾洛华在这么多年里只给我一个破鞍烂鞯的印象。他在我插队的几年里,不知被马踢碎了多少盘鞍子,我总是见他直到上马出门之前,才慌慌张张地翻出黄羊角,小刀和皮条,左绑一下,右补一块,勉强把吱扭响的鞍子扣在马背上。毡垫更是恶心,黑烂的毡絮片露出来,蹭得马腹脏脏的。

——大多是摔下马来,又没能抓住马。空鞍的马疯跑一阵以后,背上的肚带就滑松了。只要鞍子翻转到马肚子下面,马就会惊。疯马一边窜跑,一边死命要踢掉肚子下面坠着的那个又是皮子又是铁的怪物,而落马骑手只能呆呆地看着。

最后的善后事情是:没精打采地在草原上遛,在空旷的牧场上,东拣回一块破鞯皮,西寻回一只脚镫子,再试试能不能找回肚带、鞍钉。至于鞍子本身——那坚硬木头打成的木骨,已经像一具炸碎的死尸了。

我的鞍子一直没碎。虽然也饱经踢摔,但它直到最后还是那老样子:不漂亮也不难看,白铜鞍条,白铜鞍钉。特殊的是两块鞯皮硬过生铁,怕是用香牛皮做的。它大致能算多伦式,但后鞒微翘一些,骑惯了觉得屁股被紧卡着,心里踏实而放松。

像年轻人不能体味生命的蓄量一样,也像蒙古谚语"新马不懂长途"里描写的那种新四岁或新五岁骏马一样;我作为我那盘翘角多伦鞍子的主人,却并不知道这鞍的硬度。

在接近四十岁的时辰回忆十九岁那少年轻骑的具体往事,即使我有奇特的记忆力,也毕竟很困难了。我恍恍惚惚记不清那些摔下鞍桥、重重砸进厚厚草地或雪地的影子。顶多只有一丝感觉;觉得浑身骨头摔得现在还疼,但又觉得硬土硬石的草原又深又软,在那儿是不可能折臂断腿的。纵使每年都有数不清的牧民残废,正骨郎中在草地上醉醺醺串荡着,令人憎恶又受人崇拜——但那时的我从来不相信我的骨头会折断,就像我从未留心的、我那盘忠实鞍子从来没有裂碎一样。

好像还讪讪带着一点忿嫉。知识青年骑手们都破旧而立新,拴起了银光夺目的新马鞍;漂亮而高雅的苏尼特式元宝鞍一个个在我眼前晃动,使我永远无法和他们比试。鞍不行,连马带人都似乎失了一份锐气。其实,我并不是没有过一个关于新鞍的盼望。如果我在蒙古草原那几年能有一次机会,如果这鞍子在一次剧烈喧响中裂开,如果我再趁酒醉把艾洛华哥的黑骏马要过来而不是顾虑它的耐力太差,——那么我自信乌珠穆沁会出现一个唯美主义的年轻骑手。

当然,那也许是美丽的梦,但那个骑手不是我。广阔苛烈的大草原改造得我越过了那种小生之梦,认真地朝着一个坚毅深沉的男人走去了,并且宿命地使一盘铁打般坚硬的柏木鞍子陪伴着我。

今夜闷热而阴冷。穿衣淋漓落汗,脱衣肌肤伤寒。风呼啸着满天布云,但肯定不会落雨。推开窗子,热风如潮卷着一幢幢黑水泥的死林木,对峙般不直接扑向我的胸怀。那一定也是在一个五月初夏天气诡异的日子里,我第一次卸下鞍皮打量了我那架鞍骨。那木头纹理狰狞而坚密,看得见一株老柏树的苍劲姿影。那种老柏树不像窗外冷漠的水泥沙漠上的怪物,那种老柏树躯干已经炼成钢铁,脉管却输动着活力的绿色。柏丝纹缠绕纠绞,我恍然大悟了:马蹄可以踢得它丝丝开扣,但绝不可能踢散它的热烈内里。

其实,它已经裂缝累累了。

我震动地看着一道道黑裂的缝隙,吃惊它为什么不在那一次碎掉了事。有一道黑缝上还粘着新鲜的木屑,我知道这是前几天那次落马:我懒得系肚带撑竿上马,套羊回来时我顺手甩了一竿套羊。羊逃了,驯熟的白马自己猛转身去追,我无所谓不可地随着举起竿子。拐一个急弯时,鞍子嗖地滑下马脊,我和没系肚带的鞍子一块摔到马肚子下头,左手无名指还钩着缰绳。

后来留下的纪念只是一根指头的小残疾——它使我学不成吉他弹唱了,但我不知道,我的柏木鞍应该在那个可悲瞬间里绝望地、清晰地响着裂开。

还有几道醒目些的裂纹,我都能大致判断它的忌日。一名牧人骑马史的经历,原来只是刻在不见天日的内里,隔着炫目的美丽银饰,或者白铜饰。

记得那一天我初次心情沉重。在毡包里昏黄的油灯下,我默默地把揭开的鞍皮又裹紧,把一颗颗银扣子和白铜花钉牢。我一言不发地收拾着,包外漆黑的五月之夜里,微闷的气浪带来羊群不安的反刍声。我用羊油勒亮了每一根皮梢条,用破布把银铜饰件打磨得雪亮。在磨旧了掀开一角的小鞯边上,我小心地缝了三针。我又修理了马绊和鞭子,一一把它们系在鞍上。我把鞍子举起,穿上一根圆木,把它悬挂在毡包的哈纳墙上,然后久久地凝视着刚刚开始的热夜。

不知为了什么,今夜我猛地想起了这盘鞍子。我后悔得胸口堵疼,为什么我毫不犹豫地把它丢在乌珠穆沁独自回来了呢,为什么我二十年如一日地回忆那些虚幻得多、与我相随短暂得多的马儿,却从来没有回忆一次四个三百六十天无一日不陪伴我的、那盘柏木骨架的翘后桥多伦鞍子呢?

说到草原,说到骑手,那鞍子拥有的意味要深远得多。

如今我突然懂了,在新疆哈萨克人是借马不借鞍的。我尊敬地漫想着,哈萨克是古老的突厥人的苗裔,也许他们对牧人生涯有更本质的把握。

当骏马在飞跑的时候,它是认为骑手压着它呢,还是鞍子压着它?

我骑过上百匹马。我拥有过上十匹马。我害死过两匹马。然而马儿于我像走马灯,马和牧人的关系是变幻的。

也许会出现憧憬的马,也许会出现热恋的马,然而鞍子却恰似骑手本人。

在我的墙上,在这面一直没有装饰的墙上,应该挂着我那盘伤痕累累的鞍子。

我转眼望着这词不达意般空涂着一派纯白的墙,心里感到深深的怅惘。

二十年过去了。这些日子里我发现的秘密是:悟彻一桩事物的周期是二十年。无论是对插队,对历史课题,对"文化大革命",对名篇佳作,对母亲妻女,或者是对马、对羊,对一盘鞍子。

当时光巡转了二十年,我终于猛锤击头般从自己身上看见了那盘柏木鞍子时,我面对着的是北京沙漠中的水泥钢筋黑森林。它们如黑浪汹涌,压迫得我喘不过气来。而五月将末,夏行伊始,这种黑暗和苦热,这种逼人索命的季节和长夜,还刚刚开始。

空墙和随黑暗涌进的热浪在碰击。

原来,这几年里恍惚若失,只是因为在我心里的密密纹理间,缺了那柏木鞍的拚死缠咬、宁百裂而不碎的结合。

静静坐着,迎着扑胸的热风,我觉得自己这面空墙上出现了我的乘鞍。怪不得墙上总空着这么一块,原来我一直等着挂它。由于年轻时的错误,我无法挂上它膻腥风尘的原物了。但此刻我还是把它挂好了,我首先挂上了我自己觉悟了的暗悔,再挂上成年后刚刚出现的怀念,最后,我挂上了惟我才能看清的、那伤痕纵横的它的影子。

狗 的 雕 像

在大时代里可以怀念人。司马迁生逢其时,所以总结那雄奇时代时,他的一部部列传写得笔下生花。愈节省笔墨愈韵味无穷;《刺客列传》只是用残墨写了几位不能不写的"恐怖主义者"——二十个世纪后不知为什么连中国的电视台也操着一股盎格鲁·撒克逊式的正统秩序维护者的腔调,念出恐怖主义者几个字时带着一种判死刑的味儿,——但那《刺客列传》却是伟著《史记》的压卷之笔,永远地发射着难言的、异端的美。

活不在那种时代则容易怀念狗。比如前苏联就制作过一部狗电影《白鼻姆黑耳朵》,让人感动不已。近年来狗电影、狗电视、狗文学不用说养狗之风之长盛不衰,不能不认为其中深藏着人类的时代感和潜意识。

在日本,连狗都知道在东京涩谷车站前面有一只狗的雕像。不用说,带着一个动人的狗故事;不外是战乱离散,主人一去不返,那狗便"死心眼",死死地在那儿等,一直等得死在它与主人约会的地方。日后,日本人为了抒发忠诚和宣扬这种死而不渝的品质(日本人非常重视这种"不渝";侵略战争过去半个世纪了,而他们有几分"渝意"呢),——在涩谷为此狗铸了铜像。至今凡约会在涩谷的人都流行把地点定在狗像前边,以表示自己也那么忠诚;至少能做到不见不散。

在东京挣扎着的百万外国人对那条铜狗大体上态度淡漠。大约是在那儿约得多了,发觉只是给那条日本狗做了宣传,而事实上日本人远非那么守信用,尤其是无利可图的时候。于是,怀念故乡狗的现象就产生了。

狗的回忆,有复杂的动机也有复杂的联想。世上狗文学的主流大致上是吹嘘;比着吹自己的狗的奇、猛、忠、灵。不节制的例子,有描写狗不仅跟狼咬而且跟豹子咬的。而我见过的狗却都很平常,平常得像一堆土。

那是在乌珠穆沁,我在那儿插队的第三年。不用说,牧人家都有几条狗;我家的几条狗中,有一条名叫吉里格。这种狗名字其实不算名字,草原上吉里格这个音类似于狗的通称也类乎一种唤狗的声音。

吉里格可没有那种斗虎斗豹的奇遇记,有没有直接与狼厮咬过,也弄不清楚了。它只是一只忠实的北方牧羊犬,壮健多毛,脑壳硕大,浑身是黑色,喜欢卧在包的正南方——监视着一切走近的异己者。那一年它大约是十七八岁,已经老得不能再老了,眼睛呆滞、瞳孔混浊,嗅觉也已经失敏。牙齿软了,额吉每天留心给它弄些稀食喂。它搂着一块骨头左啃右啃咬不下肉来的时候,额吉默默地蹲在地上陪着它。

那一年不仅仅是狗虚弱的一年。我插队住进的这一家牧民,因为说不清的复杂家族关系,在政治上正处于一个或者光荣地留在革命阵营、或者危险地陷进牧主阶级的边缘。草原不动声色、但是阴沉地把一种薄薄的恐怖气氛送过来,让它弥漫在我们家那顶灰旧毡包的四周。

——不是那时身在其境,不是那时身困其间,今天我是绝对无法体会也无法总结的;那时我们被身份和地位而鞭挞,我们这个家族包括我这名插住其中的知识青年,都在忍受人类最卑鄙的本性之一——歧视。

谁都知道、但谁也不说的东西最真实。

那个冬天来我家毡包串营子的人依然很多。我们包里的成员,包括刚刚四岁的男孩巴特尔,神色中都有一丝小心翼翼,有那么一点逢迎和胆怯。有两个例外:一个是我,刚满二十岁的我那时虽然感到压力很大但是心中不服,受不了那些趾高气扬地来串营子的牧民。对他们我冷淡而怀着敌视,但那座毡包不由我做主,说透了我是这个包的缘分更远的客人。一家之主是额吉的独子艾洛华哥;他那赔笑脸说奉承话的一天天的日子,真叫我讨厌透了。还有一个例外是吉里格;它老糊涂了,忘了世态和处境,有时会突然闷头闷脑蹿出来,咬住人的毡靴不放。它的牙齿已经没有劲头,齿尖也没有了锐利,所以一般是能吓人一跳、咬人一疼,而不会咬出血来。

真是那样:人弱得没有说一句硬话的勇气,狗弱得一嘴下去咬不出血来。然而这一切并没有突发事变,并没有戏剧性和什么特殊性,日出日暮,四野茫茫,积雪平静地随着寒风变厚着,一切都循着秩序。当一天天都是有苦说不出来时,那苦也就无所谓苦了。

一九九二年冬,当我从日本回来的时候,我猛地悟出了我与那一家蒙古牧民之间情分的缘由。

在东京每当路过涩谷,我都绕过去看看那条铜狗。看着它时心里想起了吉里格,我变得怀疑一切编造的狗故事,我觉得我这种心情与涩谷聚集的各国流浪汉们非常相似——因为在他们的神情中也有一丝对那铜狗的隔阂和蔑视。

在那里能看见各种外国流浪者。最谦恭的表情属于孟加拉人。最自尊而因为无法施展而显得拘束的是伊朗人,无畏地唱着歌,跳着舞以求掩饰自己的孤单和慌乱的是拉丁美洲人,为着一个共同的目标,挣小日本儿的钱,大家五湖四海地走到一起来了。人群中最隐蔽而一眼便可以发现的是中国人,当浸泡在歧视的空气中的时候,中国人是不唱歌、脸上也不会出现好斗的自尊颜色的。

　　我想着狗的事，趁无事好做和这些流浪汉们寻机攀谈。孟加拉人要攫住每一口食物，但不泯灭的善良天性使人微微心动。拉丁美洲人跳成一个盾形，故意不理睬世界，愈没有人扔钱他们唱得愈凶，艺术原来是穷人护心的盾。我和一个伊朗小伙子偶尔闲谈起来。凭着伊斯兰教，我们能互相信任地谈。他被一个日本警察奚落了一顿，原因是他向警察问路，那警察先把他问了个底儿掉。进入日本的伊朗小伙子大多用旅游签证入境，然后四处寻觅重体力劳动——日本人借他们一臂之力解决劳动力不足的困难，再随心所欲地收拾他们。我和他聊得很痛快，聊海湾战争，臭骂美国佬。

　　这时，有几个醉醺醺的穿西服的日本人围住那群拉美歌手。一个醉鬼不知为什么亢奋了，搂住那弹吉他的小伙子又蹦又跳，其相丑恶难以形容。吉他手不知所措，因为那丑恶醉鬼付了钱——我想起一个打工朋友说的话：日本人真是连男人也要调戏一番的动物。我和那伊朗小伙子停住了闲谈，看着狗像前那歌摊。我们都有点紧张，都不知那几个拉美歌手会怎样。在这个无耻的世道，人心很像火药库，爆炸只需非常小的一个火星。

　　但是，歧视如果有强大的贫富为依据，歧视会被社会接受。爆炸是一件非常困难的事，因为背叛了的社会太冷了，不给你一个炸的温度。

　　那拉美吉他手腼腆地、好不容易甩开了穿西服的鬼子。他也一样，在这样的世道里人没法子炸，哪怕让鬼子"调笑"一通。

　　我看着这一幕，猜测着换了我会怎么样。伊朗小伙子盯着这一幕的眼光阴沉，我一时无法判断这十二伊玛目派的青年在想什么。

　　那一年我家最怕客。准确地说，是我和额吉两人厌恶客人。

那个冬天的客人中,有不少人有那么一点像涩谷狗前面的西服醉鬼:说他坏似乎又没有坏到该揍他,说他不坏他一丁点儿一丁点儿地欺负你的心。额吉是一切的原因,因为她的出身问题(她已经是老太婆了还是逃不开出身!)弥漫而来的不祥空气,压得我们喘不过气来。

整个冬天我心情烦躁。冻硬的牛粪绊着脚,羊群渴盐硝已经急得啃围毡和车辕了。天空一连两个月阴霾不开,不下雪,只是白毛风刮得积雪一天比一天硬。下午四点钟羊群回盘,我们忍着冻忙着圈里圈外的活。最后忙碌完了钻进包门时,冬日的草原已经漆黑了。这种时候人全心全意想着的只是热腾腾的羊肉面条;而往往在这种时候不速之客推门进来了。

如果是能称之为朋友的客,人谁都不乏好客之心,更不用说牧人。但是若来一种心理上怀有一分欺主之意的客,那一天惟有的喘息和暖和就算完了。

七十年代初,草地上很盛行这一套。成群结队到了一家门口,进门后热热闹闹地扯皮,气氛快活融洽。而主人多是四类分子、牧主富牧——贵客临门赶紧张罗还惟恐不及,谁还会去计较微乎其微的心理!我曾在一篇小说(《北望长城外》)中写到过这种天天迎接欺主之客的人,他每个月打发这些来客要用一二百斤粮食。不用说,这一套是轮不到我家的,因此那时和以后很久我都没有认真思考过人性的这一面。

我住的艾洛华哥家轮上的,是近似歧视的一种交往。我当时只是极端地反感,但是狗咬刺猬无处下嘴,像那个在涩谷卖唱的拉美小伙子一样。然而,老狗吉里格可是不管有刺无刺,该下嘴就下嘴。它老透了,老得失去一切判断和分析的能力,老得鼻头眼睛黏糊糊分辨不清,它只凭一个大致的好恶,并且本能地行动。

那一天是个晴天,羊群疲惫地走不远便大嚼起来。中午我哥来换我回家喝茶,我就离开了羊群。

拴马时看见牧民A的马,配着他漂亮的银鞍。我进了包,看见额吉正在招待A喝茶。我端起茶碗顺便坐在门坎上,和A问答了几句。

这一天的A和往常没有什么不一样的地方。喝着茶,扯扯天气膘情,草场营盘,半个时辰后他告辞了。

吉里格突然一口咬住了他的腿。

A惨叫(该说是惊叫)时,我们都没有弄明白发生了什么事。一向蹲踞在毡包南线面对辽阔原野的吉里格,不知什么时候守候在门口,而且似乎等候一般把大黑脑袋紧凑着门槛。很久以来,它不吠叫了,有时无缘无故地低吼几声,嗓音浓浊,分辨不清它的心情。它闷声闷气就是一口,咬住了A刚刚迈出门槛的靴子。

我反应过来以后马上想到的是:A不会受伤。吉里格的牙齿已经全坏了,以前我也曾被它咬过一次。毡靴筒上只被它的牙床嵌出几个小坑。但是,A似乎受了不可思议、无与伦比的巨大惊吓和摧残,他好像被咬漏了脑壳,那藏着已经很久的邪恶一下子泄了出来。

他抡起马棒打狗时,我的嘴角还残留着一点笑;额吉甚至还带着歉意地替他呵斥吉里格。"滚开!……你这疯狗!……打,狠狠地打!"额吉喊着。

但是,打狗的客一旦动了手,就不仅仅只想出一下气或挽回一点面子了。A打了几棒以后,发生了一个倏忽间的变化:他动怒了,决心要打个痛快,打出威风来。

我特别记牢了这个瞬间闪过的变化。这就是那种谁都知道、但谁也不说出来的真实。A与我家住得太近了,他和我哥的往来太频繁了,草原上今冬阶级复查的风刮得太紧了,四下里议论我们这个包的时候那敌意太明显了。A并不是自动与我们住

少年时代

最珍贵的回忆：汗乌拉小学校

得这么近,草场是官们划分的;他和我哥并不是朋友,接触多只是因为住得近;他是无可争辩的贫牧成分,他犯不着让那股蔓延的敌意也沾上自己的身。我牢牢看清了他要抓住这个茬口与我家来一场矛盾纠纷;尤其今天是晴天,家里只有老太婆一个人。

一两分钟之后,A怒吼的词汇已经变成"杀",他咆哮着一定要杀了老狗吉里格。

他抡圆了马棒(乌珠穆沁的鞭子都有一截圆木棒,有些人则用长马棒当鞭子),疯狂地打狗了。吉里格看不清楚,所以躲闪很慢。棒子重重打在老狗的肉体上,发出琊琊的钝声,狗看不见,便不躲闪,我听见它喉咙里咕噜噜地低声吼着,声音又粗又重。

第二次我遇见那位伊朗小伙子时,他是单独一个人。涩谷狗像前人很多,日本学生们正等着黄昏降临,然后去寻欢作乐。我和他谈到十二伊玛目,谈到中国境内的塔吉克。他的父亲和哥哥都是完成了朝觐的哈智,他对此很自豪。我问他是住在城里还是乡下,他说现在住在德黑兰,小时候在乡下放羊。

说着放羊的时候,我们都瞟了一眼那条铜狗,谁也没有说什么。

还扯到女人,伊朗人在日本都是单身打工,不带家属。不管合法的工或是黑工,他们的目标是挣上一笔钱就走,谁也不与这个国家过多纠缠。这一点与中国人非常不同。伊朗人只要日本人的钱,他们要做伊朗人;而中国人没有这么简单的原则。他反问我,为什么有那么多中国女人在日本,"她们都坐上出租车了吧?"他问。

我们都笑了。这是个挺惟妙惟肖的描写,虽然有点尖刻。但是笑了一下就作罢了,我和他都心神不定。半晌,他说,他要回伊朗去。

我问:工作没有了?

他凝视着我,点点头,接着又说道:"没有房子住。"

我无法回答一个字。劳动力缺乏的东京,自由租赁房子的东京,我们实在是太熟悉了。谁也不说,谁都清楚的是人对人的歧视。一个岛国居然歧视诸如波斯、中华那样大的古国,我们也曾古怪和不解,但世界就是这样。

——那是我最后一次见到那位伊朗青年。我俩没有去说不愉快的事,我不愿追问他怎样被不动产商人拒绝租房,也没有追问他怎么找不到工。我俩能找着快乐的话题,更重要的是,在彼时彼刻,在那群男女包括那条铜狗中间,我们俩之间的平等和尊重是真挚的,没有染上一星肮脏的歧视病。

那天分手时,我觉得铜狗是虚伪的,狗的雕像不应该如此,因为忠实的狗遵循的是一种人类学不会的原则。但是关于怎样塑立一个狗的塑像,那天我没有想清楚。

身躯高大魁伟的伊朗——波斯小伙子消失了。我和他的邂逅已经结束。在灯光闪烁的涩谷,他的背影非常俊美。这美消失了,但是没有被歧视人的世道玷污。回到他动荡而贫穷的故乡以后,他要负起沉重的生活。但那生活毕竟不会这么压迫心灵,我想着不禁为他松了一口气。

伊朗人的思想是正确的。忍受妻儿分离的苦楚,挣它一笔钱便一去不回。不留下一丝一毫的情感和企望给他们,一切都寄托给自己的、像人一样的生活。高原的牧羊犬和美丽纯洁的波斯女人在等待着,在离开之前确实无需回顾。

他根本没有再看那铜狗一眼。他住在都市但生于牧羊人家,我猜他一定也曾养过几条出色的好狗。在我和他之间这种似有似无的交往中,他从来没有提起铜狗一个字。或许,他只是视那条狗为一块铜,一个装饰,一个符号,一个形状,他内心深处根本没有认为那也算一条狗。

勃然大怒、复苏了体内对我家的蔑视的A,可能不再认为吉里格是一条狗。衰弱的吉里格已经不会躲了,一动不动地立直身子,低垂着黑毛茸茸的大脑袋。马棒打在它的背上,打得它一晃一晃,但是它不会躲,不逃开。它浊哑地呼呼吼着,那声音——后来我久久回味过,但至今我不能讲明那声音里充斥着的,究竟是愤怒、是绝望、是抗议、还是轻蔑。而A愈打愈轻狂、愈打愈滋长了欺负人侮辱人的快意。"杀了它!杀!杀!"他单调地骂着,充血的眼里闪着罕见的凶光。

不知这一切都是怎样发生和转变的。A从吃惊(也可能还有疼痛)到发怒打狗,再到决心杀狗欺主——其实是杀狗斗主,他要制造与我家决裂的斗争——,仅在一两分钟之间就完成了。同时,在同样的瞬间里,额吉也从吃惊、道歉、呵斥吉里格,而突然地转变为要救吉里格的命。

白发苍苍的额吉死死扑在吉里格身上,把狗压倒,用身体护住了狗。我万万没有想到,我简直不能想象,她居然会有这样的举动。

A无法下手了。他举着马棒,围着额吉转着,寻找能下手打到狗的缝隙。但额吉拚死地伏在地上,掩护着吉里格,A被瓦解了,虽然他还在骂骂咧咧——这是他这一类蒙古人的伎俩。他显然被震惊了,但他还要掩饰,他不知如何收场才好,所以只好尽着一张臭嘴唇不停地动。

我看见,侧面山冈上,笔直地冲下来一骑马。艾洛华哥发现了家门口的动静,他赶回来了。那匹马笔直地冲下陡坡,溅着一条笔直的雪雾。

这就是我,刚满二十岁时的我目击的一次打狗欺主。这也是我第一次面对面地看到对人的欺侮。那时我没有懂得这种罪恶源于歧视,我更不可能想象当时我认为已经被压迫得气闷的牧民，在未来也可能去歧视别人。

这件事刀刻一般留在了我的心上。不论岁月怎样淘洗，直至今天我无法忘记它。也许，连我自己也感到古怪的、关于我和那位蒙古老人之间的感情，全是因为这个基础。有朝一日，倘若她的后代远离了那种立场和地位，或者说倘若他们也朝着更低贱、更穷的人举起马棒的时候——我和他们之间的一切就将断绝干净。

艾洛华哥马到门前，为Ａ造成了下台阶的机会。他不用尴尬地对着一个褴褛的老太婆举着马棒了，但是他可以同儿子继续斗。

我没有介入。我哥的囊脾性早叫我烦透了。他是绝不敢一斧子、哪怕是一鞭子抡向Ａ的。隐隐伴随了他多年的低下地位造成的软弱，使他也练就了一副嘴皮子。他只敢说，决不敢动——两个汉子吵了个天翻地覆，吵到太阳下山，Ａ累得回了家，但是不仅没有惩罚也没有决裂，一个月后Ａ又恬不知耻地常来常往了。

Ａ来串营子时，不敢用头往包门里钻，而是用屁股拱开门，倒着进包。我看见他就恶心，不过，这种人太多了，我后来也就司空见惯。

其实吉里格睬也不睬他。吉里格对Ａ如鲁迅所说，采取的是最彻底的蔑视。Ａ以后每次来串包，都换不来一声狗叫。吉里格远远蹲在包正南方的草地上，正襟危坐，凝视着茫茫的草原。

吉里格终于衰老得到了那一天。

那是后来，有一次，它摇摇晃晃地觅食。那天太阳照得很暖。后来它晃荡回南面那片草地上，卧了下来。吉里格晚年的日子大致天天如此，在阳光下昏睡，因此谁也没有留心。

次日，它还卧在那儿。

再过了一天,它仍然卧着不动。我询问地望望额吉,额吉没有说什么。它那身漆黑的毛被风吹拂得掀动,我无法猜测它在做什么。

吉里格就这样,渐渐地溶化在我们家南方的草地上。黑毛皮溶蚀了,变得浅淡模糊。我们仍然不去惊动它。最后,应该说它消失了,那正南方草地上只剩下一个架影,像一丛芨芨草,像一个黑黝黝的土包。

翌年那儿真的出现了一个土堆,上面密集地长着蒿草。那一丛草比平地高出一具狗身,永远地留在了我驻过青春的营盘上。

以后几年,甚至十几年后我骑马走过那里,眺望旧营盘时,总是能清清楚楚地望见那一丛草。

写这么一个平淡的狗故事当然不合时宜。不过我早就决心写写这件事。时宜是否引人堕落我不关心;但是一个新秩序正在这个世界上形成,流行的时宜也许使人忘记这秩序可能压迫自己,因为它公开打着歧视的旗帜。

这一切方兴未艾。再写下去人会说这是故作危言。共鸣的消失,再次证明着人的变与不变。离开那条铜狗的伊朗小伙子,离开那条铜狗的我,都迎着生存、孤立、正义几个壁立的巨大质问。但是我们失去了人的参照却仍拥有狗的参照;我们能够找到答案,制造出有美的生存方式。

无论处在怎样的时代,人类中的美从没有中绝。狗通人性,正因此狗才那样动人地追随,那样始终不渝。

无援的思想

1

当生活变得完全黑暗、而且你已经能够冷静地迎受这黑暗以后,那感受是很有意思的。拿起笔来之前,其实该先温习一下以前的、包括自己写的、优美的作品;以免这种黑暗使自己迟钝,还有防止为生存而屈就时,被他们低俗的文化弄坏的自己的水平暴露。

可是我没有如此的余裕。钝化了的,已经非常冷漠的脑际只有一个焦点,我要为自己的孩子挣脱窘境。万物都如浮云,只要她的生存真实。我宁肯用肤浅的文字毁坏着思想再卖掉这文字;宁肯抛弃我的美好的笔。没有什么,一切都可以放弃,包括我的水平和能力。只有法蒂玛,只有她永存。

在艰难中,思想常常被击打得闪烁火花。在孤寂的独醒之中,在水一般浸满的黑暗和无奈之中,我知道应该记下来。已经一千遍地证实了,我清楚我的思想和生存的价值。

写了这么几行心情就舒畅多了。用外语,用粗糙的文字,不,是忍受他们肤浅的认识——是不可能写成哪怕上面几行的。

并不难懂,我的富邻们,我从来都没有写得晦涩难解,只要你有感性你应该读得懂。这里记下的是时代更迭时分的一些注脚;未来的我们的同类哪怕远隔百年,但他们不像你们,他们会感到亲切和重要。

世界在逼人就范的时候,你无法揭露它。北美四面铁壁,只有反共的洞可以让你爬出去。你不愿意,那么,只有刷盘子一种职业勉强能够接受你。

在温哥华的一家南朝鲜饭馆里,仅仅一天干下来,我对那小老板就有了一点异常的印象。他觉得来了一个古怪的人。我不知为什么不能忍受;我辞工时他多付了我几块钱,而且非常礼貌地道了再见。我觉得这是难得的温暖,一直记着他。我想,他是为我的娇气吃惊。而我却感到人不能失尽了骄气。

你轻蔑地嘲笑着加拿大又到了日本。你咬着牙不讲苦处,把东京当成自救的战场。

满洲国的臣民,伪蒙疆的后代,向右翼的日本暗示着他是未来分裂独立头目的学生,排队报名争当买办的党员,一点不假真的卖肉的女人——充斥了你的学术和文学界。你的存在使人不快,你同时压迫了那些自称蒙古通的人、那些琢磨新疆的人,还有夸夸其谈什么文学的人。你的回民血统遇到了挑战;在你的每一个企图获得饭费和贫民窟房费的工作中,都隐喻地感到了右翼式的要求。

今天是冬日的一个温暖的下午。我趁暖写下几笔。我决心再去刷盘子;哪怕那里面满是污辱。我已经习惯了,或者说不是习惯了而是冷静了。我已经决心迎接污辱的前程,并且决不诉说。没有必要和任何人讲述这些,人心的体会,是完全属于私人的。

我心里平静。今天无论出现了怎样豪华的境遇我也再不会兴奋了。我视当教授和刷盘子为一回事,视一切异国的职业为打工。人可能发挥出非常大的能力;若是为了应付这个丑恶的世界,我可能做到在许多专业取胜。但是那不属于心灵,我不愿在那些奔波中耗尽自己。我热爱使用中文的独自写作,在真挚的,感动的,美好的写作中,我能达到谦逊也能达到坚信。

再苦再难的日子,也有一些空闲。

我要记下这暗夜的生活,记下那些降于我心的一瞬瞬的感觉。十余年来,它们从未欺骗过我,而且使我自尊。我不能让这种日子磨钝了我的美感和灵性。美则生,失美则死——即使文明失败了,人们也应该见:还有以美为生的中国人。

条件不好,心境不对,我不敢保证它像《绿风土》里那些散文一般地工仗了。可是它也许记录了一些问题和预感,我不知预感对不对,也不知问题存在不存在。我只能说,或者是我在日本和加拿大患了神经质,或者是他们有汉奸的遗传基因;反正除了我,没有人有这种鬼预感,也没有谁谈论这些问题。

2

我回到了祖国。

但是那时觉察到并打算记录的随笔集呢?

没有写。我以为我能利用长夜难眠、利用苦夏等着日落、利用工作和工作之间的属于自己内心的一段段时间,在这段人生逆旅中,写满一本随笔——但是没有写。

所以开了头的前言仅仅算是给了我一篇文章的形式。我在久隔了一年多时光以后,再写上这样几页呼应的文字作为后记,那么就可以编成一本没有蕊的书,算是一种难言的、满是写作的心境、而事实上无从动笔的体验的记录吧。

人生活的环境如果叫世界的话,有两种世界。一种缺少权利和自由,但是有时间;另一种没有人管理和控制,但是必须变成劳动机器。这种说法不一定很准确,我知道尚有更惨的境遇;

有的人被压迫得连我都很难想象。我尚有杯水枝笔的余地——因此我才觉得应该记录，至少记录下这种心情。

——然而，自己感到很贵重的心情和感受，在奔波中，在一小时一小时数过的劳累中，在计算机光标的变幻中，被淹吞掉了。

我有生以来没有过那样目标准确的时期。只干有收益的活，只与具体地与自己产生经济关系的老外交往，只用可能挣钱的文字写作，只用肉体，顶多开动头脑——而不使用心灵。

那么，用美文记录感受，就不可能了。

钝化的大脑，只习惯于紧张地随着机器上的光标转动的大脑，漫不经心地以一种外国语思维工作着的大脑，是不会给我文章的。我最后承认了这件事，不写了。

再出现那种瞬间时，思想再被艰难和复杂的世事击进出火星时，我默默地品味一下便任其流逝。我知道，重要的是存活，重要的是一个叫法蒂玛的宗教，其余一切都可以牺牲。更不用说，放弃一些散文的零星念头了。

比一切更重要的是，从生存的意义上来说我没有被淘汰出局。往昔那样的，想象中该有的，我喜欢而且热衷创造的散文失去了，或者说没有争得。不过，我从可怕的洗场挣扎了出来，用外国语一本接一本地出书，在课堂上夺来了我需要的口粮。

损耗的只是时间，生命般的时间。再有就是一些水星般的思索——如今我无法追忆它们了。我的集中不会再有它们，在我逝去的一刻刻生命中，它们也逝去了。

我并不很遗憾。人生最重要的是怎样活过，并不是生命本身才宝贵，并不是生命过程中有过的思想才贵重。

写下这篇纪念以后，对于我来说，问题依然如旧——怎样活着。

3

近几年来书市上毛主席热久盛不衰。我留心到毛主席在晚年爱读陈子昂的作品。这个小小信息使人心中有所思,有一位评者写到这个信息时使用了"怦然心动"来形容自己。一点不假。"前不见古人,后不见来者,念天地之悠悠,独怆然而涕下"——这是一种非常特殊也非常孤立的思想家的素描,也是他们的思路。

不用说,我们亲爱的文学界——包括作家和寄生的各种家,是不做此想也不为所思的。在老舍以后(还有侯宝林以后),自我标榜是受业弟子的作家层出不穷。他们使用一种北京土语作写书的语言,并且一天天推广着一种即使当亡国奴也先乐呵乐呵的哲学——至今天,他们已经有梯队有层次有钱有权,领导潮流了。

只是,他们不讲山河二字。

执笔者或称文人有两种,铺纸研墨欲书未书之际,有的人取其大言不惭、文人无行、无耻才做文章之途;有的人则以一种言行间的约束自警。

能用钢笔刷刷地写下比如这样几个字,长城、长江、黄河,我感到我和他们分开了。自从一九九〇年起,山河突然逼近,我必须这样做和写。

今天需要抗战文学。需要指出危险和揭破危机。需要自尊和高贵的文学——哪怕被他们用刻薄的北京腔挖苦。

4

我心里满盈的感受,使我依然自信。文章从来靠体验和感受而短长,甚至汉字也因见识和立场而明黯。

从两脚刚刚踏上北京机场寒碜的地板时,我就猛地觉得:长城黄河都突然近了。我没有一丝一毫的不适。恶声恶气、官僚民倒、还有狡猾的文化人以及戴造反派红袖章的居委会老太婆——都在估算之内。在飞机上我再一次向十岁的小女儿保证领她去看长城黄河。几年前当她还是一个幼儿园的小孩时,我就曾在散文《对奏的夜曲》中向她保证过。她见过日本小岛上流淌的江户川和荒川,应该也见一见真正的大山大河了。

但愿山河的灵气,能再次降予中国人。

海湾战争爆发那天,我通夜守着电视机。但两天之内我就断定:这报道经过无耻的新闻审查。西方并没有新闻自由——这使我目瞪口呆。东京云集着来自世界各地的穆斯林,但东京没有一座清真寺。海湾战争报道中的帝国主义腔调刺伤了一批批东京的外国穆斯林,周五去沙特阿拉伯伊斯兰文化研究所的空地礼主麻拜的人在减少——愤怒而无言的人们再也不愿跟随给美军以基地的沙特人礼拜了。我也一样。从那场战争打响,我也再没有去那里礼主麻拜,我愤怒地想着自己在《心灵史》中提出的一个词:媚权的宗教。我清楚地明白了,美国人完成了他们粉碎伊斯兰世界力量的事业。继伊朗和利比亚之后,下刀处选择了伊拉克。继社会主义世界阵营的裂散、拉丁美洲反对美国强权势力的屡屡失败之后,伊斯兰国际也在强权和电子武器打击下流血。下一个轮到谁? 全世界都在盯着想下一个是中国。而中国智识阶级还在继续他们吹捧美国的专业,中国电台的播音词也操着一股盖格鲁·撒克逊的腔调。不知死的鬼——你这样咒骂吗?

不久后,新闻又公允了。海湾战争同样是意识形态战,当美国人打胜后,西方宣布曾有过新闻管制。像一个流氓当了公司总经理后,又告诉大伙儿这里曾经是妓院。世界没有愤怒,女士们和绅士们都没有因发觉正给妓院老板干活而辞职。

5

同时,牢牢立足于奸商立场的日本,早已把三八大盖换成了冰箱电视的日军,开始章回体地琢磨中国。继他们的《丝绸之路》以后,《黄河》、《长城》都是电视投资重项。而他们的真心是在某一天拍摄《满洲国》和《蒙疆》。几乎与海湾战争同时的NHK对张学良的采访,竭力制造了"九一八"事变尚有内情、侵略并非是侵略一词所能概括的、张学良对日本感情其实很深的印象。

在日本的电视机上流过的黄河像一个褴褛的哑母亲。也许,有很多儿女听见了她喊不出的嗓音?也许,她正在被她的儿女们贱卖?中国为什么不制定限制日本人拍摄黄河的方针、哪怕学韩国人限制日本文化活动政策的十分之一呢?

长城更是如此。自诩是保卫祖国的人也在加油地在长城上给日本人跑腿,活像是新潮派的皇协军。然而日本人的长城观是欧文·拉铁摩尔的长城观——拉铁摩尔认为:中国这个存在,其合理的边界是长城。时间到了一九九二年,拉铁摩尔的地缘政治学,已经变成了流行整个西方七国(六国?反正包括日本)的分裂中国的舆论。我的一个朋友、六十年代的日本红卫兵,酒醉后突然吼道:"对不起!中国大得过分了!"我喜爱的一个歌手从中国回去发表言论:"初次访华,觉得中国像几个国家。"与我在杂志上共同发表对话录的一个老头作家说了句下流话:"讲句玩笑话,我觉得中国的南方人和北方人,真是从肉体到感情都不一样。"数不清的人问过我:"你知道屈原吗?陶渊明呢?——我们日本人很喜欢。你们中国人呢?"跨过黄河,跨过长城,这些矮腿的经济动物在中国的胸脯上持之以恒地寻找着侵略的论据。这一回他们不用三八大盖,这一回他们不愁招不来皇协军,舆论早已充分,岁历已近甲午,确实已经有大批大批的中国人,已经准备好"从肉体到感情"地出卖了。

盯着他们的黄河,我关掉了聒噪的解说词伴音。在东京郊外的贫民窟中,我盯着黄河渐渐形成了一个念头。

我开始有时注意回避争论。在行动之前,我要为自己节省一点精力。

会有我的同志者出现,大规模地写黄河。

6

其实长城于我和许多中学生一样,只是一个梦般的印象。在我当考古队员的时候,一直企图进行一次从山海关到嘉峪关的调查。后来发现是不可能的;因为我厌恶走马看花,又没有精力搞清那么宽的领域——具体说是在不同经度上的文化。

于是,我大致实现了一点纵断长城的想法;目的也是为了弄清拉铁摩尔的"长城地带"。几次在我的文章中写他的名字,确实太提高他的身价了——但是,就在最近海外还有他的新言论在发表,他主张按长城和长江分裂中国。他的言论是多么淋漓地传达了"列强"的衷情,这一点我觉得自己有义务告诉中国的普通人。比我更有地位有力量的人不会作此危言,这是他们的处世之道。我出身源头在西亚的回回人血统与炎黄毫不相干,但我是中国文化养成的作家,我感到人要知义。

纵断长城地带,北至蒙古草地南至华北北部山地,我进入过一个又一个地点。如今心平气和地写着,我心里漾着满足和一阵阵感动。用日文电脑,我写不出丰腴的句子和有力的段落,我甚至偏激地想除了中国文是否可能写出丰腴而富有质感的文章。那时进入的地点——

比如紫荆关,黄昏骑自行车冲下十八盘,突然间视野中虎眈眈厚墩墩地蹲踞在山口之间、堵塞住通路的"紫寨金城",在晋北的荒凉山野中静悄悄地等着我们。一个拾粪的老汉头上的手巾脏污,可是笑脸明朗。我们下了车便瘫软在地上。十八盘,北中国比比皆是的险关地名,不用说骑马,连自行车都累得散架了。我们一边修车——托泥板上的螺丝全松了;一边问路。

紫荆关?"这就是。"

一座古老的小村庄,像被娘亲抛弃的一个穷孩子,老实地伏在黄土和黑石头之中。苍凉的暮色中,一望无际的绵延山岭中,充斥的只是寂静。种些莜麦,蒸些猫耳朵,若是有碗羊肉汤,那就是紫荆关的天堂开门的日子。老汉把我身边的一块马粪拾起来,甩进筐,慢慢地走了,他怀疑地看看我的旧棉袄,抖了抖身上的羊皮大氅。

我们修了车,趁天尚未黑透进村的时候,已经有一小群村里的娃娃紧随着。城关只是一个门洞,没有箭楼,巨匾上厚重地雕着四个大字:紫寨金城。那时我不懂为什么黄土黑石头的庄子要称为紫色,更不懂明明没有城池却吹牛说这是金城——给我印象的,是那村庄的古老和农民们的淳朴。

古老,淳朴。这两个词一一描述着地和人,而这一点有多么重要,当时的我并没有任何感觉。当时的我缺乏抓住机会的意识,这是致命的一种缺点。我太喜欢自然而然的生活方式。然而当时的我也有一种优点,那就是不满甚至苛责自己的外界者姿态——我渴望真正的了解一切,渴望使自己与这古老而淳朴的东西结缘。

后来,后来经历过的长城关隘,我已经数不清了。不过诸如山海关或八达岭那样的旅游地我不计算在内——如同遗迹的地层堆积一样,在那种地方,诱人的和能教人知识的本质已经被一层层埋没,堆积起几米厚的晚期地层。谁也无法发掘那些楼房宾馆以及纪念品小卖部,发掘并运走几米厚的易拉罐和塑料纸的堆积层,去发现那些关隘的文化本质。

我没有意识到,但我的道路与拉铁摩尔对学术界的指导完全不同。

如果纵切开长城面北的一段;从北向南,分别以乌珠穆沁的纯牧区、蓝旗周边的沙漠化半牧半农区、紫荆关为代表的城垣农业山区、河北北部的大厂香河平原农业区——为考察基点的话,纵切开的长城地带,是艰难的百姓人生。

在这条纵线上,人从体质到语言,再到服饰、住居、风习的变化,是柔和而自然的。南下和北上,传播和接受都很模糊,共通人的艰辛日子需要南来的或北来的补充,尤其需要和平。

一九七二年最北的草原纵深发生了大雪灾。由于那雪灾的极度残酷,一个新的蒙古语词组甚至都被创造出来:temorzodu,铁灾。救活蒙古草原的是南线源源运来的粮食、药品、被服,更不用说火柴和砖茶。灾后门前圈里空空如也的蒙古人是从南部赶来了羊群,借它们再求繁殖和复苏——西方列强不愿意的报导:是中国救活了草原。

同样,自古以来,南线贫瘠山区的汉族农民指口外为谋生路。移民史与长城构筑史几乎是同期的。北部草原早在一千甚至两千年前就离不开这种有手艺、会铁匠木工、会营建房屋和打井、会熟皮镶银等一切职业技艺的移民了,所以连拉铁摩尔都写道,草地王公们离不开这些汉族人,因为没有这些移民就没有豪华的王爷府和山珍海味,以及一切能模拟北京城的享受。

贫瘠山区的山东、河北、山西、陕西、甘肃人,甚至更偏南的穷人,借着草原单纯文化对他们的需要,在长城以北的辽阔的口外扎下了根。他们挖了一口口井,盖起了一个个村落,沿着他们跋涉的土路出现了交通线,出现了商业和城镇。改朝换代,兵燹浩劫,他们活下来了并扩大了村庄、城镇、交通和矿业——在历史的争斗时分他们从来没有扮演过主角,因为他们的生存需要和平。

这种和平是自然的,从来无须强调。

但今天必须指出这种和平的渊源及合理,必须主张边民生存的权利。

原谅我的文章变成了论证和抗议。

7

长城以南的一对两姊妹,是古老的黄河和长江。如果黄河及其流域是那位浑身褴褛的母亲,那么长城及其地带就是她的沉默强悍的哥哥。在长城穷苦而有力的陪伴和支撑下,黄河之水先是一泻千里地奔腾冲流,渐渐地变成了沉重地涌淌前移。她黄色的水浆,真的像两岸北方人的脂膏。

在出海口,在她再也没有力气但终于流到的尽头,她已经变成了一片缓缓涌动的平原。在那里,一眼望去已经分不出水和泥,辨不出土地与河床。黄河在那里已经无所谓出海,她已经是一片几乎成型的陆地。

黄河从河南省开始就遥遥眺望南方。她想乞求水量,稀释负担,她快要流不动了。

但是南方的长江对她已经竭尽全力,自古以来开凿运河编织梦想,南水北上的计划已经几经实施。长江拖曳着更大的流域,被更庞大的如蚁人群和密集村镇累挂着,几千年来疲惫不堪,几千年来有心无力。

长江在一片嘈杂的声浪中,朝着她北方的长姊喊道:我的生涯更艰难!

于是黄河承认了自己的命运。她还要滋润长城——那一贫如洗又犟顽沉默的兄弟。南方暴雨又袭来了,长江的呻吟已经变成声嘶力竭的哭喊。黄河展开两翼,让血水中溶进更多的泥,咬紧牙关不再做声。中国,古老的中国,就在如此一个家族的框架中,相依为命地挣扎前行。

一切真实就是如此,一切悲哀就是如此,一切原因就是如此,一切前景就是如此。

难道由于如此的一切,中国就应该被西方列强摆上案板拿起菜刀一块块地切开吃掉吗?难道由于如此的一切,中国就应该在一百年前忍受旧殖民主义、在一百年后再承认新殖民主义吗?难道由于如此的一切,中国就应该咒骂自己批判自己全面否定自己,自己宣布自己该亡该死该当亡国奴吗?美国、日本以及西方世界每天都在制造中国应该肢解分裂的气氛,难道起而抵抗就是保守、就是思想不解放、就是极左思潮、就是该开除球籍吗?

庞大的中国知识分子阵营,为什么如此软弱、软弱得只剩下向西方献媚一个声音?

8

总要有人站出来。

哪怕只是为了自我,我也决心向这世界体制开枪,打尽最后一颗子弹。我的血源在西亚,我不喜欢炎黄子孙这个狭隘的词,但我是黄河儿子中的一员,我不愿做新体制的顺奴。

长城几经修复但确实残破不堪。黄河已经沉重得快要完全滞涩。长江被人口和暴雨改造着,正在变成南方的黄河。

——但这一切并不说明:中国应该由西方列强来统治。

未来的苦痛将是巨大的。也许只是从心上流血。也许是些微的富裕和深刻的屈辱。也许真理正义都一文不值。也许对手是同样喝黄河水长大的同胞。

——此刻已经应该行动，怀着哪怕错了的预感，只靠被人嘲笑的自尊。

日本的商人，美国的大兵，已经在准备出发了。

我幻想改变一种语调，或者只是呼吁这种语调——我希望有许多文学新人（老人绝不可能战斗。不是因为他们老，他们中有不少才三四十岁，而是因为他们思想的奸狡）以这种语调写起来。

应该有很多人深入生动地描写长城地带、描写黄河和她的南方的长江流域。应该是一种新鲜的文章，不像贱卖民俗肤浅猎奇的电影，也不像搜集鳞爪故作大说的实录——它们应该生动地、缓缓地淌入人们的肺腑，用真实的描写给人们以认识和尊严。

幻想不会像水一样流掉。水其实从来没有无意义的流失，如黄河长江，从来都是在流动中养育着文明和生命。文学的幻想，现在才刚刚在中国人的心中出现。

踩着贫瘠的土地，登上山顶攀上长城，远方蜿蜒的两条河遥遥在望。这就是你我的家乡，清贫的祖国。她依然缄默无声，一任命运的摆布。选择只在你我，抉择只在你我，在这既充满希望又充满险恶的二十一世纪。

在一切预感被推翻之前，在一切预感被验证之前，人的自尊和高贵比什么都重要，文学的正义和品级比什么都重要。

9

你总在强调第二次新大陆。你欣喜若狂地发现了一种认识，那种认识在我们贫瘠过分的教科书知识中和在我们丰富激动的革命史知识中,都没有出现过。你那么真诚,那么热情,这两者在中国和亚洲太罕见了——而你注意到这种时代特征之后更加十倍地真诚和热情。

我总在悲观主义的深渊中不能自拔。我竭力掩饰你的发现对于我的刺激,这种刺激过去在内蒙草原,又在天山南北的美丽新疆,最后在西海固代表的黄土高原,已经降临于我多次了。除了真诚和热情,我还倾注了你不可能想象的——能力与行动。而我最终的结论是我们无路可走。这样说,本身就是难以被饶恕的,好在这里秘密的交流,甚至可以是一种独白。

我们面临的世界,也许远比我们想象的更无耻。我没有根据证明,我只有不祥的预感,加上一些线索或蛛丝马迹。

你知道,我们的声音有那么微弱——当你为我的诗和那些动人的歌感动不已时,你知道世界的声音是什么,世界的耳朵在听什么,你知道么,我们的声音和草地上羊羔的一声咩叫、和西海固荒山里的一丝草响,并没有区别。它们消逝了,流走了,失败在我们不屑一顾的世界的噪声之中。

你的弱点在于你忘了你属于一个失败文明的象征物——中国人。我的劣处在于我重新明白了我属于这被我反击过的中国人。无论血怎样变,无论人怎样走,无论条件和处境怎样变,我们不会摆脱这个命运——落日时分的中国人。黄昏之后,景象将黑暗得不容忍一点点浪漫联想;奸狡型的中国人早已经占据好苟活的位置了。无论从旧大陆到小岛屿,还是从旧大陆到新大陆,你只要坚持你的色彩,那么你的命运很可能只有一种——被歧视。

你能想象被那些唱着你喜爱的摇滚乐曲的歌手们歧视么?你能想象被那些清贫执着的神父们歧视么?你能想象被同一战壕般的六十年代人歧视么?你能想象被黑人和印第安人歧视么?

——我没有说这是结论。我只有不祥的预感。这是一种思想的友谊：在你上路前我就当提醒你。这并不是务实，这是企图寻找正义。

如果你读着感到震惊，那么我想说：我爱你。

10

海湾危机变成了一场空前残酷的大轰炸，为了维护那一九四五年英国划定的边境线。世界都说，这是正义的。然而，苏联在波罗的海也企图维持一九四五年的边境线，世界却说，那是不正义的。日本在一九四五年后丢掉了北方四岛，俄国现在待价而沽——如果钱掏得足够，一九四五年也好，正义也好，都可以买卖。值得注意的是宣传——大众媒介，我发现宣传界并不真的只有共产党和法西斯才限制宣传；海湾战争和欧洲以至世界的一切宣传，都使人觉察出一种控制和用心。这在对中国报纸的"调子口径"习以为常的中国人来说，是很容易觉察到的。

中国没有宗教，不懂羞耻；中国人将因此永无团结之日也永无出头之日。世界有三大一神教但同样不知羞耻，世界将在不义中危险地走向更大的危机。

11

我一直想，文明的战争结束时，失败者的废墟上应当有拼死的知识分子。我讨厌投降，文明战场上知识分子们把投降当专业，这使我厌恶至极。

也许这道算式错在——我们把人家错当了失败文明的同类。

也许惟有我们亚洲人，惟有我们中国人才被世界视为失败者。人类在层层歧视,集团之间彼此隔阂,同室操戈,煮豆燃萁,谁都只为利益结党——难道我们有自作多情的地位么?

在草原插队时,那时是二十年前,我有生初次感到过人之间存在地位的差距。太遥远了,太模糊了,你可能忘了,像忘记蒙语从一到十是什么一样。或者你根本没有体会过。而我铭心镂骨地记住了。我记得在家庭、金钱、血缘方面的弱者曾经多么低贱。二十年后,我面对世界重新感受到它时,我震惊,我沉默,我背后有许多我的亲兄弟正在盼望,我不能告诉他们无望二字。

对于我,此刻我活着,那么就把明天当成末日,只为此刻而写作。我不需要读者,我不需要世界听见这一丝微弱的喊声。我只写给你,我的影子,我的回声,我的爱人。

失败的大陆像一艘下沉的巨船。我是它还给卑鄙海洋的一个漩涡,尽管我不能成为桅杆上的旗。中文是不死的,我知道用中文这样写的只有我一人——这就是我追逐的道路。

出发吧,到这条道路上来,我等着你。

背　影

　　成年以后,有时我会在恍惚中陷入一种若有所思的混沌中。有些儿时的影影绰绰的幻象,在那时明灭倏忽地掠过空茫的视野。我感到了一种诱惑和神秘;但我不能理解。那是什么呢?像一些匆匆而去的、避开我注视的背影!

　　那是在小学二年级还是三年级?——反正是在上学去的路上。我双手揣着兜,斜背着姐姐用过的旧书包,边走边踢着路上的石子儿。那天太阳照耀得炫目,我无意中眯着眼睛。突然,潮水浸漫般的人群中出现了母亲的背影。

　　她背朝着我,正大步笔直地赶着路。人潮缓缓地逆着她涌来,我觉得她的腰挺得又僵又硬。她的两腿好像迈不稳,但她走得又急又重。那一年我还不满十岁,经常因为淘气被她捆在桌子腿上。但是鬼使神差,我不再踢石子儿了,我默默地尾随着她,走了长长一程。骄阳照射着她的乱发,她的背影显得单薄又倔强。——不过那只是一小会儿的事;后来,究竟我傻乎乎地跟着她走到了哪里,又是怎样离开的她,已经完全忘了。

　　差不多三十年过去了。

　　当然,三十年里,包括我的家在内,一切都变了。

　　前天下午,我为了休息一下疲惫的头脑,信步走出了家。明亮的阳光在拥挤的树枝和楼群间炫目地闪烁着,我漫步走着,脚下踢着一颗小石子。猛然间我看见了母亲——她正迎面走来,手里提着一捆青菜。她的步子一下一下迈踏得急忙又沉重,像在僵硬地跺着路面。她穿过嘈杂,笔直地面对着我,我看见她的神情茫然又坚定。在那一刹那间我被一阵难以名状的感动攫住了,我简直忍受不住这感动的冲撞。奇怪的是在我眼中清晰而灼烫地走动着的,并不是她此刻银发苍颜的形象,而是一个恍如隔世的、充满神秘的背影。

三十年是一个轮回么?或者换一句话讲,是一个光阴么?然而,我所以感到激动,是因为我在记忆了差不多三十年的一个背影之后,终于看见了一个迎我而来的母亲。

——我像在说梦。

旧历三月二十七的前夜,我来到兰州赶尔麦里——追悼牺牲在清朝统治阶级屠刀下的亡人的集会。到达时兰州已是夜色苍茫,而我还在徘徊——我不知道尔麦里的地点。在夜幕静垂的兰州街上,我独自一人,走走停停。我无法寻人问路。我知道,如果听到我的来意,兰州会感到古怪的。

这时我看见了一群农民,一群农村来的回民。他们背对着我,披着黑棉袄,夹着麻包捆正走得匆忙。我看见那一片在夜雾中黯淡亮着的白帽子时,差点失声喊起来。可是我只是默默地跟上了他们。我已经成人了,我已经学会了藏起或抑制住心中的感情。他们笨拙硬直的背影在我的前面朦胧地晃着,我觉得我已经能从那姿势中感受到他们的戒备、他们的自尊、他们与这都市的隔膜以及他们固执地认准的目标。

他们拐进了一条小巷。没有路灯。我睁大眼睛辨认着他们那些黑黝黝的背影。一些白色的圆点在那些黑影上面像是启示的信号。我来了,我在心里悄声呼唤着。像你们一样,我也来啦。我跟定了前面那些古怪的背影,加快了步伐。

第二天我的两眼看见了一个波澜壮阔的伟大场面。两万农民从陇东河西、从新疆青海奔涌汇集于此,人头攒动的海洋上尘土弥漫。无文的农民掀起了直入云霄的呼啸,为说谎的历史修订。当两万人汇成的大海在我眼前喧嚣沸腾,当我真真地看见了两万个终日躬耕荒山的背影在拥挤呼喊,当我震惊地知道自从乾隆四十六年三月二十七清朝刽子手使一腔血洒在兰州城墙以后,二百零四年之间无论腥风血雨苦寒恶暑,回回撒拉东乡各族的人民年年都要在此追悼颂念——我激动得不能自制。那染血的城墙早已荡然无存了;岂止乾隆年号,即使改朝换代也已有三次。二百零四年对于一个统治者来说,不仅是太长而且是一个恐怖的数字;而人民——我凝视着那两万背影我明白了:人民要坚持着心中沉重的感情直至彼世。

那一天我结束了自己漫长的求学。那一天我觉得自己拿到了一个没有硬皮证书的学位。

尔麦里结束了,我目送着农民们大股大股地拥出兰州。他们抹抹汗污的额头,把捆成小卷的黑棉袄一背,头也不回地径直去了。黑衣白帽的浪头急急地追逐着,只留给我一片斑驳闪幻的背影。我独自站在大街路口,一连几天目送着他们。最后我熟识的那家宁夏回民也走了。他们对我频频回首,但他们终于也走了。当我望着他们终于也化成了一些不可理喻的背影时,我从心底感到了孤独。

于是我慌忙追上了他们。

陇东、河州、运河、天山、济南府、焉耆镇,我追寻着他们的踪迹,追寻着我看到听到的一切在我心中激起的回声。我看惯了那些避开热气腾腾的食堂,蹲在车站一角嚼着干馍的旅人;看惯了那些匍匐着的苍老虔诚的脊背;看惯了在风沙弥漫的乡村大道上的、那些白帽子下面的坚忍眼神。我惊奇地感到:在奔波中目的似乎消失了,我像一片落叶,正在北方贫穷的黄土大山中悠悠地随波飘荡。

我看到了真正巨大的背影——

原来,这些黄土大山和原野村镇,连同它们怀抱中的那个默默人群从未向世间袒露自己。六盘山一字排成屏障,遮住了它背后的西海固。开都河眨闪着微笑般的粼波,隔开了隐蔽在绿阴中的村庄。黄河湍流上节节拦坝,消失了舟楫也消失了筏客子的传说。数不清的夯土墙蒿草丛掩护着,闭口不言殉教者的冤愤和鲜血的流淌。茫茫大西北黄褐色连着黄褐色;仔细听过,犁铧连枷又只是循着成熟的节奏,你崇拜的人们只是日复一日地忙碌着生计。真实——真实被埋藏在心底的一个微乎的波动上,隔着一座伟大的背影。

每当远行将归的时候,我总是在别离的瞬间愣怔一下,心里总是在那一瞬闪过这个无法理解的背影。你什么时候才肯转过身来呢?生我养我的母族!要等到哪一次沧海桑田的时刻,你才肯从这世上迎面而来呢?

我好不容易才听见了喊声。

妻子和小女儿正盯着我,她们的脸上挂着诧异的神情。小女儿奶声奶气地嚷道:"爸爸,我叫你,你怎么不答应呢?"妻子也说:"孩子喊你喊了好一阵工夫了,"她又补充道:"可是你一直背对着我们,不回头。"

我把小女儿搂紧在怀里。

"歇歇吧,爸爸!"女儿大人气地说。

妻子也说道:"每天回来都见你这么背着脸坐着。你休息一会儿,和孩子玩玩吧。"

我想到了那个背影。

我在别人的眼中,也已经变得像一个背影了么?我回忆起有一次,我一路走着去车站。到了车站,突然有人猛击了我一掌:原来是个朋友。他大惊小怪地嚷道:"嘿!一路走着跟着你,可是走了一路也没认出你!干瞧了一路你的后背!"——这么说,我变了。

  我抱起我可爱的小女儿走上闹市。在一个路口我给她买了一盒冰激凌。走到一个小店我又给她买了两块山楂羊羹。我的心情沉重又快活,我觉得太阳晒得又温暖又深切。我和孩子说笑着,讲到小白兔、熊猫和大灰狼。她的晶莹的黑眸子显着醉人的天真和幸福,也偶然倏地闪灭一下,亮起一种永远激动我的神秘。

  在街心绿地上,她兴奋地使劲叫嚷着来回奔跑。阳光突然被她搅得闪烁不定。我出神地凝望着她,仿佛看见了一个梦。在那浪涛般涌动不息、又像高原大山般遥远的背影上,此刻印上了一个在阳光中嬉戏的、新鲜的小生命。

  我久久地望着,心里慢慢涨起庄严的潮。

离别西海固

1

那时已经全凭预感为生。虽然,最后的时刻是在兰州和在银川,但是预感早已降临,我早在那场泼天而下的大雪中就明白了,我预感到了这种离别。

你完全不同于往昔的任何一次。你不是乌珠穆沁,也不是仅仅系着我浪漫追求的天山夏台山麓。直至此刻,我还在咀嚼你的意味。你不是我遭逢的一个女人,你是我的天命。

然而,警号一次次闪着红光——我知道我只有离别这一步险路。

西海固,若不是因为我,有谁知道你千山万壑的旱渴荒凉,有谁知道你刚烈苦难的内里?

西海固,若不是因为你,我怎么可能完成蜕变,我怎么可能冲决寄生的学术和虚伪的文章;若不是因为你这约束之地,我怎么可能终于找到了这一滴水般渺小而纯真的意义?

遥遥望着你焦旱赤裸的远山,我没有一种祈祷和祝愿的仪式。

我早学会了沉默。周围的时代变了,二十岁的人没有青春,三十岁便成熟为买办。人人萎缩成一具衣架,笑是假笑,只为钱哭。十面埋伏中的我在他们看来是一只动物园里的猴,我在嘶吼时,他们打呵欠。

但是我依然只能离开了你,西海固。

我是一条鱼,生命需要寻找滋润。而你是无水的旱海,你千里荒山沟崖坡坎没有一棵树。我是一头牛,负着自家沉重的破车挣扎。而你是无情的杀场,那六十万男女终日奔突着寻找牺牲。我在那么深地爱上了你之后,我在已经觉得五族女子皆无颜色、世间惟有你美之后,仍然离开了你。离别你,再进污浊。

难怪,那一天沙沟白崖内外,漫天大雪如倾如泻呼啸飞舞地落下来了。马志文在那猛烈的雪中不知是兴奋还是恐惧。他满脸都是紧急的表情。在习惯了那种哲合忍耶回民的表情之后,我交际着东京的富佬和买办,我周旋在那种捉摸不定的虚假表情之中时,常常突然大怒失禁。我在朝他们疯狂地破口大骂时,他们不知道沙沟白崖那一日悲怆的大雪。他们不懂穷人的心,不懂束海达依和哲合忍耶,他们没有关于黄土高原的教养。他们不知道——远在他们面对摄像机镜头表演勇敢之前,哲合忍耶派已经拚了二百年,八辈人的鲜血已经把高原染成黄褐色了。

如今在这无雪的冬天,在这不见土壤毫无自然的都会,我满眼都是沙沟毗邻的不尽山峦,那西海固遮天盖地的大雪沐浴着我,淹没时的窒息和凉润是神秘的。

2

历史学的极端是考古学;我那一夜在沙沟用的是考古学的挑剔。我强忍着踏破谜底的激动。似用无意之言,实在八面考证——那时我不相信这一切是真实的。我不敢相信中国人能够这样只活在一口气一股心劲中,我不相信历史那玩艺居然能被一群衣衫褴褛难得饱暖的农民背熟。

我装作学生相,装作仅仅有不耻下问或是谦虚平易之习。我掩饰着内心深处阵阵的震撼,在冬夜的西海固,在荒山深处的一个山沟小村里听农民给我上清史课。那震撼有石破天惊之感,我在第一瞬就感觉到它巨大的含义。马志文如同一名安排教学课表的办公室人员,每天使我见到一个又一个难以置信的人。

就这样,我被一套辈辈都有牺牲者的家史引着,一刀剖开了乾隆盛世。而当我认识的刀剥着《清史稿》、剥着 Do'llonue 传教团记录、剥着 Y. Fraicher 著作的纠缠深深切入之后,我就永远地否认了统治者的改革和盛世——我不同于你,喜欢系红领带的暴露派作家。在你们欢庆"创作自由"吹嘘"文学迎来黄金时代"时,我已经在西海固的赤裸荒山里反叛入伙,我从那时便宣誓反对一切体制。

我在西海固放浪,满眼是灼人眼目的伤痍风景。志文——你如我的导师,使我永远地恋着那一个个专出牺牲者、被捕者、起义者的家庭。当西海固千里蔓延的黄土尚没有迎来那次奇迹大雪以前,你一直沉默着,注视着我的癫狂和惊喜。你独自捧着我的作品集,费力地读,不舍篇末注脚,但是从来没有一句肯定。

这一切使我深深思索。

在一九八四年冬日的西海固深处,我远远地离开了中国文人的团伙。他们在跳舞,我们在上坟。后来,刘宾雁发表了他的第四次作协大会日记,讲舞星张贤亮怎样提议为"大会工作人员"举办舞会而实际上真和大会工作人员跳了的只有他刘宾雁——那时,我们在上坟;九省回民不顾危险冲入兰州,白布帽子铺天盖地。我挤在几万回民中间,不知言语,只是亢奋。那一天被政府强占的、穷人救星的圣徒墓又回到了哲合忍耶派百姓手中。他是被清政府杀害的——声威雄壮的那次上坟,使我快乐地感受了一种强硬的反叛之美。追着他们的背影,我也发表了一篇散文,写的是这种与中国文人无干的中国脊背。

回到村庄里,冬夜里我听着关于那位穷人,宗教导师的故事。他被杀害后,两位妻子中一位自尽于甘肃会宁。另一位张夫人和女儿们被充军伊犁,陪罪相随的农民们也一同背井离乡。草芥般的女人命不难揣测——女儿们被折磨得死在半途。夫人到了伊犁,除夕夜宰了满清官吏一家十余口,大年初一自首求死。案官沉吟良久,说:好个有志气的女人!……

我也沉吟良久。

我那时渴望行动,我追寻到了伊犁。在洪水滔滔的夏季的伊犁河断岸上,一位东乡族的老人,他名叫马玉素甫,为我念了上坟的索勒。河水浊浪滚滚,义无反顾地向西而不是向东奔流——连大河都充满了反叛的热情。在那位通渭草芽沟张氏女人的就义处,我们跪下了。那是我生平第一次虔诚地举念和踏入仪礼。马玉素甫并不是哲合忍耶,只是感我心诚——为了报答,一年后我又赶到甘肃太子寺,瞻仰了他故乡的太子寺拱北——日子就在这种无人理会而被我们珍视无比的方式中流逝着。榆中马坡,积石山居家集,河州西关,会宁马家堡,沙沟和张家川,牛首山和金积堡。我奔走着,沿着长城,沿着黄河,在黄土高原和丝绸之路那雄浑壮美的风景之间。

我不再考据。

挑剔和犹豫一眨眼便过去了。我开始呼喊,开始宣传,我满脸都蒙上了兴奋激动造成的皱纹。静夜五更,我独醒着,让一颗腔中的心在火焰中反复灼烤焚烧。心累极了,命在消耗,但是我有描述不出的喜悦。

3

渐渐地我懂了什么叫做 Farizo。它严格地指出信仰与无信的界限,承认和愚顽的界限。对于一切简朴地或是深刻地接近了一神论的人来说,Farizo 是清洁的人与动物的分界。信徒们所以礼拜,就是因为他们遵守 Farizo,承认、感叹、畏惧、追求那比宇宙更辽阔比命运更无常的存在。中文中早在远古就有一个准确但被滥用的译词——天命。

那一年,我苦苦想着一个问题:什么是我的天命。我总是渴望自己的、独特的形式。我知道冥冥之中的那个存在让我进入西海固,并不是为着叫我礼全每天的 Farizo 拜。一切宗教都包含着对天命——Farizo 的顺从,我的举礼应当是怎样的呢?

西海固的群山缄默着。夜幕垂下后,清真寺里人们在还补一天的天命拜。老人们神色肃穆。我呆呆凝视着他们。这些和历代政府都以刀斧相见的人,这些坐满二十年黑牢出狱后便径直来到寺里的人,这些白日在高高的山峁上吆牛种麦傍晚背回巨大的柴捆的人——全神贯注,悄然无声。

我只有独自品味,我必须自己找到天命。

西海固变得更辽阔了——东到松花江畔的吉林船厂,西到塔里木北缘的新疆焉耆,我不知目的,放浪徘徊,像一片风卷的叶子,簌簌地发出"西海固,西海固"的呓语,飘游在广袤的北中国。

我捕捉不到。我连自己行为的原因也不清楚。那过分辽阔的北中国为我现出了一张白色网络的秘密地图。我沿着点与线,没有人发觉。人堕入追求时,人堕入神秘的抚摸时,那行为是无法解说的。

人可以选择各式各样的自由。人可以玷污和背信,人也可以尊重或追求。快乐和痛苦正是完整人生。而在这一切之上,再也没有比"穷人宗教"这四个字更使我动心的了。

我静静地接受了,完成这件功课,胜过千年的仪礼。那片落叶如今卷进激流,那位褴褛的哲人远在二百年前就说过,端庄的人道就是如水的天命。

如水的天命——Farizo Dayim,有哪一位东方西方的先贤这样简单地指导过我呢？

我接受得犹豫再三。挑战太强大了，埋伏太阴险了。穷人宗教处处败北，体制在左右压迫。黑色是一种难以描述的颜色——在突厥牧人那里，它同时是最高贵的、最恐怖的、最神秘的，最不祥的和最美丽的。夜里，我迎着高原的寒冷走上山梁，璀璨的星群如同谶语。漆黑的夜色包裹着我，完全把我视为对峙的大人，并不怜悯我的微弱。

我只有无力的语言，只有一个为我焦急的农民朋友。马志文等待着我回答，但他的等待是意味深长的，他并不为我变成——照明的一个火把。

天命，信仰，终极——当你真的和它遭遇的时候，你会觉得孤苦无依。四野漆黑，前不见古人为你担当参考。你会突然渴望逃跑，有谁能谴责杀场的一个逃兵呢？那几天我崩溃了，我不再检索垃圾般的书籍。单独的突入和巨大的原初质问对立着，我承受不了如此的压力。我要放弃这 Farizo，我要放弃这苍凉千里的大自然，我要逃回都市的温暖中去。

——但是，阻挡的大雪，就在我拔脚的瞬间，纷纷扬扬地落下来了。

4

那场大雪是我人生中惟有一次的奇迹体验。

上午开始就彤云阴冷。娃娃们挤在正房，只有这间屋子为我生着煤火。我不知为什么暴躁不安，我恨不得插翅飞出这片闭绝的枯山。娃娃们吵闹得太凶，马志文的母亲跑来当奶奶，吆喝孩子。我怕心里的毒火烧破表皮，拉着志文溜到他母亲家。

清冷的屋里没有煤火。西海固度冬时，人总是坐在炕上——用马粪牛粪燃出热烟，炕上的人合盖一条破棉被在腿上，

两代的情义

作者作品：夜的速写

人人再披一件棉袄。至今西海固山区回民都喜欢在大棉袄领口缝一个纽襻,横着扣住,终日披着那袄行走。我们急得团团转,大雪已经落下来了,一会儿工夫山会封住,我就要逃不出这密封的黄土高原了。

心里有一股毒火在蔓延。我清楚:这是人性的恶和人道的天命在争抢。然而我忍受不了这种抉择,我多想当个恶棍,放纵性情,无拘无束。我只想逃跑,Farizo留给未来哪个勇敢纯洁的人吧。我渴得要命,西海固的罐罐茶愈喝愈涩。我冲出门外,站在岸畔的场上。

大雪如天地间合奏的音乐。它悠悠扬扬,它在高处是密集的微粒,它在近旁是偌大的毛片。远山朦胧了,如难解的机密。近山白了,涂抹着沙沟白崖血色的褐红石头。

我痴痴盯着山沟。猜测不出算是什么颜色的雪平稳地一层层填着它。棱坎钝了,沟底晶莹地升高,次第飘下的大团大团的雪还在填满着它。沟平了,路断了——这无情地断我后路的雪啊。我为这样巨大的自然界的发言惊得欲说无语,我开始从这突兀的西海固大雪之中,觉察到了一丝真切的情分。

你那时悄悄站在我背后。

志文兄弟,你超过了乌珠穆沁的额吉(母亲),更超过一切大学的导师。我无法彻底地理解你。那时分,那一刻的你喃喃着,你是大雪言语的译者吗?

你低声耳语着:"走不成了哟。不走了哟。住下再缓一阵哟。再没有个车了哟。这么个雪连手扶(拖拉机)也不给走哟。走不成哟。不能走么,硬是不能走哟……"

你的声音,雪的声音,时至今日还丝丝清晰。是谶语么,是对我的形式,我的 Farizo 的判定么?

人称"血脖子教"的哲合忍耶,为一句侮辱便拔出柴捆中斧头拚命的哲合忍耶,八辈人与三朝官府生死胜负的哲合忍耶,悍勇威慑大西北的哲合忍耶,被流放被监视被压迫而高声大赞自己理想的哲合忍耶——难道居然就为了我,改用了雪一样深情而低柔的语言么?

沙沟的两个山口都白了。桃堡和臭水河白了。通向老虎口的道路白了。白崖路上那几架高耸的大山白了。人世间惟有大雪倾泻,如泣如诉,如歌如诗。大雪阻挡中的我更渺小,一刻一刻,我觉得自己融化了,变成了一片雪花,随着前定的风,逐着天命般的神秘舞蹈。

5

新的形式就是再生的原初形式。

书,我重新思索着书的含义。

西海固的大山里有一个关于书的本质、书的幸福的故事。那个故事发生的年代应当略去,地点在固原双林沟。

造反已经三年,哲合忍耶像昔日一样,死的死了,捕的捕了,萧条的西海固一片死寂,官府和体制的对头——回教哲合忍耶派已经像是灭绝了。

官军听说造反首领——至今人尊称他大师傅——起事前曾潜居双林沟,日夜面壁功修,闭门读书一年。于是突袭了双林沟,包围了师傅常住的那户人家。这家人男子听说战死在泾源白面河,那一天女人正给娃娃切土豆熬散饭,官军一拥而入,在灶台前抓住了她。

女人一菜刀劈死了一名官军。

她死了。为着两个窄长的木箱,那箱子里满装书籍,是师傅存在她家的。她不识字,不知那书里写着怎样的机密;她只知道,要守住这书和箱子,哪怕让军人用刺刀把自己活活捅死。死后几十年过去了,她的族人不信任任何人,包括师傅的遗腹女——如今教内尊称姑姑——等到这姑姑五十岁了，双林沟人郑重地请来了姑姑，把那两箱子书籍还给了她。

这个故事迷住了我。

我想到了我的作品，我的书。它们从来没有找到过真正的保护者。读者往往无信，我写到今天，总感到有一种强烈的拒绝读者的冲动。

那两只木箱中的书，是幸福的。

顺从有时就这么简单，天命被道破时就这么简单。我决心让自己的人生之作有个归宿，六十万刚硬有如中国脊骨的哲合忍耶信仰者，是它可以托身的人。

你就这样完成了，我的《心灵史》。

我顿时失去了一切。

惟有你，属于那六十万人的你，飞翔着远远离去，像是与我分离了的一条生命。

现在，此刻，我不再存在，我不复是我。

只有你，《心灵史》，Farizo，和那西海固悲怆空旷的世界同在。

力气全尽，我的天命履行了。

我从来倾诉无度，而你却步步循着方寸。我从来犀利激烈，而你却深深地规避。有意地加入故事加入诗，我嘲笑了学究和历史；有意地收藏锋芒削减分量，我追上了穷人的本质。没有多少读书人会认真钻研，只有哲合忍耶会皆大欢喜。我的感情，我的困难，我的苦心，都藏在隐语的字里行间——只有沙沟农民马志文知晓谜底。

书，我读了一辈子你，我写了半辈子你，如今我懂得你的意味了。

在雄浑的大西北，在大陆的这片大伤疤上，一直延伸到遥遥的北中国，会有一个孤独的魂灵盘旋。那场奇迹的大雪是他唤来的,这不可思议的长旅是他引导的,我一生的意义和一腔的异血,都是他创造的。我深埋着,我没有说,甚至在全部《心灵史》中,我也没有描述我对他的爱。

6

气力抽丝般拔尽了。如今负重的牛更觉出车路的泥泞。枪弹如雨点一般,淋在我四周的干燥的土崖上。出城向东,几百里方圆的无水高原上,人如蚁,村如林,窨雪苟活。往昔是官府的流罪,如今是本能的驱赶;人群拥向西,拥向南,西海固三分在新疆,一分向川地,——这才是真正的"在路上"。

我也该上路了。忍住泪告别了几个朋友,咬咬牙抛下了亲人,记着战友腿上的枪眼,想着回民心上的伤疤,我走了。

临行前我去了洪乐府拱北寺,又在东寺哲合忍耶学校流连了几天。我说不出心中的依恋和惆怅。在邦达时分,在虎夫坦时分,我听着哲合忍耶激昂响亮的高声赞念,一动不动,屏着呼吸,盼这一派圣乐永远地活在我的心里和血里。

道别时说着色俩目俩手双手一握;再分开那手时,我忍着撕裂般的疼痛。

你们那么送了一程又一程,而我不知自己为什么非要一步又一步退着离开了你们。最后的一个机会岔错开了,马志文没能赶来北京和我再碰个面。此生一世,这件情谊就这么残缺着了。我知道每当洋芋刨了时他就会站在沙沟山上想起我来。我知道每当难处大了时,我也会在五洲四海想起他来。

那宛如铁一样刚硬的支撑,那一笔下去带着六十万人的力量,都与我远远地告别了。那么深情,那么无常,真有如主的前定。西海固,我离别了你,没有仪礼,没有形式,如那片枯叶最后被埋没一样,远托异国,再入污浊。

为着法蒂玛快活地成长,为着她将来再去沙沟寻找桃花姐姐时有一躯自由之身,我向着东方,奔向西方,不顾这危险的绝路,不顾这衰竭的生命,就像志文的兄弟志和远上新疆特克斯挖贝母一样,我也想挖通一条活路。

　　我又走到了路上。

　　心境全变了。

　　没有仪礼,没有形式,连文章也这样地愈发荒唐。文人作家的朋友们会觉得我生疏古怪,哲合忍耶的朋友们会觉得我不该离去。

　　只有我深知自己。我知道对于我最好的形式还是流浪。让强劲的大海旷野的风吹拂,让两条腿疲惫不堪,让痛苦和快乐反复锤打,让心里永远满满盛着感动。

日 本 留 言

1

日本是一个古怪的国度：数不清的人向它学习过，但是后来选择了与它对立的原则；数不清的人憧憬着投奔过它，但是最终都讨厌地离开了它。它像一个优美的女人又像一个吸血的女鬼；许多人在深爱之后，或者被它扯入灭顶的泥潭深渊，或者毕生以揭露它为己任。

为什么呢？

我不知道其中太深的东西。

百年以来，两度侵略战争过后，尽管那么多的亲日派还活着，尽管一代代地在青年中被培养出了那么多的媚日派，作为中国的基本舆论和心态的一个外现，就是人们对日本的普遍的反感。今天，简单地说，我欣赏中国人对日本的这种反感，哪怕是嘴上的不服气。

这不科学，也不认真，但是多少有着一点正义。

是否应该认真一些地归纳一次呢？我觉得应该也有必要。如果对于一个国家的认识只是昔日的仇恨，如果对一个扩张的殖民主义传统只是反感而已，那么肤浅的反感是可以只隔一夜就变味的。从偏激地排外，到媚骨酥软失节卖国，其间只隔着一层纸。从挨人欺负而膨胀起来的狭隘民族主义，到对内大汉族主义对外大国沙文主义，也只有一步之遥。在批评人家的时候,特别是当这不是牢骚和取笑攻讦、人家也不是一个鸠山而是一个民族的时候,我们中国人应该学会严谨。

但是放弃批评更危险。半个世纪后的事实证明,蒋介石宣布放弃对日本的战争赔款时的名言,即所谓"以德报怨",是错误的。在今天,日本的传播媒介几乎言及中国必怀讥讽,日本的许多人提起中国语必不恭。不是为了自尊,而是为了正义,可能有几件事值得一提。

2

我也相当长期地在日本滞留。所以用滞留这个词,是因为日本希望外国人只用这个词来表示他们的居日。根深蒂固的对岛国之外一切的恐惧,使日本的极其善良的国民总是小心翼翼地盼着外人最好快点离开。于是,代表他们国家的警察和入国管理局就露出了狰狞的脸。据我虽是个人的但是真切的感受,日本最可憎的两大物,一个是 gokiboli,即一种大臭虫;另一个是简称"入管"的入国管理局人员。

岛国的闭塞性,是一个老得起茧的话题。据我看,他们一点也不闭塞;倒是文化小国的恐惧心理,酿致了日本的排外气氛。这首先对他们自己是可悲的:因为有着大量真诚的日本人渴望和世界交流,为了洗刷掉他们历史和家族史上的侵略者的淋淋血滴,他们不知做了多少努力。

关于日本红军的经纬,要费些笔墨讲清。

我总觉得,作为中国人,不知道日本红军的故事,是可耻的。

日本红军的原称是日本联合赤军。用最简单的方式解释的话,日本赤军是在六十年代波澜壮阔的反对日美安全保障条约的群众运动失败以后,包括其中的"日本红卫兵"即全共斗学生运动失败之后；不承认这种失败现实的一部分日本青年拿起了枪。他们的纲领和目的，非常清楚地讲明是：建立世界革命的根据地，实行革命的武装斗争，打破对中国的反动包围圈，支持巴勒斯坦人民和一切革命的和正义的斗争。

他们多次阻截过日本首相的飞机，企图制造反对日美勾结包围中国的舆论。他们劫持大型客机甚至占领大使馆，借此成功地救出了被捕的同志。他们抢劫枪店和警察，其实至终也没有什么武器——浅间山庄枪击战，主要是用猎枪打的。他们逃到中东，在那里直到今天还在为巴勒斯坦人民的生存而战（这是一个对巴勒斯坦问题的非常深刻的注解）。他们使用土造的定时炸弹，袭击美军基地和美国领事馆。他们计划和实行过各种各样的对驻日美军的拼死袭击，包括用火焰瓶烧美军飞机和机库。

被当代西方国家体制称为恐怖主义的日本红军的行动，其实是伟大的六十年代开端的左翼运动的一部分。在越南战争发展到美军把战火延烧到老挝时，他们决心扩大包括抢劫银行在内的武装斗争。而同时的日本，著名的三里冢反对机场建设斗争已经如火如荼，农民、学生和左翼活动家们组成了两万八千余人的队伍，建筑堡垒，遍挖战壕，把身体捆缚在木柱上，与两万多警察决战。在冲绳，由于美国占领军的军车交通事故（美军车轧死一名孕妇，但被美军事法庭判决无罪）；冲绳人愤怒了。在以前的侵略战争中，二十万冲绳人死于战火，包括日本军的屠杀。冲绳是日本领土内的一个特殊的反体制的岛。在意义更大于罕见的激烈的民众蜂起中，七十三辆美军军车被愤怒的群众烧毁。一九七一年，美日冲绳条约签字；仅举一次之例就有九万二千日本人投入抗议游行，其中八百三十七人被捕。再举一例：东京左翼学生抗议集会中被警察袭击，被捕数惊人地达到了一千八百八十六人。日本红军派是这种正义的人民运动的产儿，在风起云涌的正义左翼运动中,日本赤军的青年进行了四十三件炸弹攻击。事实上是使用过炸弹三百一十二个;爆炸成功的仅四十四枚。

——无疑,我们中国今日的风流一代看了上述句子,一定会捧腹大笑或忍俊不禁。而我,当我读着他们至今仍然严肃地记录下的这些句子,和他们为实践这些幼稚的思想而做出的赌命行为时,却几次忍住要落泪。

有一个突然唤起记忆的体验。

一个名叫坂口宏的年轻人最近出版了他的珍贵回忆录。他是死囚。一九七一年,他和他的战友在浅间山庄拘质笼城,与警察进行了震惊日本的枪击战。他在浅间山庄陷落时被捕。回忆录中他平静地回顾了赤军的历史。我边读边琢磨他的那种我很少见过的,平静恬淡的笔调。他们走过了复杂的路,我也读得心情复杂。但是,当回忆讲到国际形势,讲到他们决心不惜用一条命夺一支路口警察的手枪;不管狭窄的日本地理在山岳地带设置营地;决心采取了最激烈的武装斗争方针——从此也在事实上加快了毁灭的步伐时,我读到了下面一段:

> 一九七一年一月三十日,美国在严厉的新闻管制下,使西贡军侵入老挝境内;从而把战争扩大到印度支那全域。在激烈的战争发展之中,中国的周恩来总理一行到达河内,他使用了最大限度的表达——如果美国继续采取更大的侵略行动的话,中国将"不惜做出民族的最大的牺牲"——宣布了对北越和老挝解放势力的支持。

(《浅间山庄》上,彩流社,日文,P302)

我记得这一小段往事。甚至连"新闻简报"上的,周总理的英俊大度的风貌都记得。读时,我突然一阵鼻子发酸,不知为什么。

他记载了一个昨天的我们和中国。

那时的我们和中国也许充满悲剧又充满错误,但是,就像周总理和毛主席象征的一样,我们是那么正义、勇敢和富于感染的精神力量。当时有不少红卫兵越境去越南,投入了抗美援越的战争。当时的北京人,应该都去天安门参加过示威游行。是我们,是中国革命有力地影响了他们。

可是必须说,又是他们勇敢地支援了我们。日本赤军派审判结束后,出版的几部回忆录里,比比皆是他们昔日要"打破反华包围圈"的初衷。

关于他们的行动,早就应该有人厚厚地写过几本书。可是在我们的接受日语教育的大军里,没有谁有这么一份正义和血性。那么我来干,尽管我只有写如此短短一篇的精力。尽管,我仍怀有一点奢想;我盼望我的文章唤来专业的详尽介绍,改变我们对正义的可耻沉默。

3

几年前听到一句新闻:旷日持久的日本教科书诉讼以原告败诉结束了。我马上想起了一盆翠绿的万年青。

那盆万年青,是我赠送给一个老人的。在外国,我专程拜访一个人;而且见到后表示并无他意、仅仅想向他表示尊敬然后就告辞的经历——惟此一次。

那老人惊人的瘦弱。在一米五左右的瘦小骨架中,隔着衣服觉不出他身上还有肉。我不祥地想,他不会再活很久了。但我还在沉默之间是他先开口了。他说,据诊断他身上一共患有七种病,他呵呵笑着。

我不愿再看他那真真是骨瘦如柴的形容,只管把刚刚从花店里买来的万年青送过去,讲解了一些中国人对这种盆栽的常青植物的吉利说法。喝过一杯茶后我告辞了。我想,除了我大概没有谁这样做,但我一定要这样做。

著名的日本教科书诉讼案,是以家永三郎老人一个人为原告、以日本政府为被告进行的。这件事又是很难简单讲清——原谅我又要攻击我们亲爱的知识分子;我真不知道为什么凡是对祖国干系重大的事,他们就一定不介绍。即使低能也不是能解脱的解释;因为有些事做起来很简单:只需翻译些不难的资料(不是他们不懂的文学语言)也不犯忌。

又是只能用几句话归纳全案。

事情是这样的:日本政府审定中学教科书时,把对中国等国的侵略一词,改为一个汉字写作"进出"的词。这个词很暧昧,只能译为"进入、扩展、挺进"之类的意思。当然,修正不仅如此一处而已,从用语到史实,日本政府的文部省(教育部)竭尽了掩盖、否认、粉饰战争罪行的全部吃奶之力——然后一届届地教他们有点傻的学生。

东京教育大学家永三郎教授出于正义,勇敢地向日本政府文部省提出起诉,这就是长期以来,久久震撼着日本的教科书诉讼案。此外,日本取消了原东京教育大学的建制并建立了一所惟一由日本文部省直接领导的大学——筑波大学,家永三郎取道清洁,也毅然辞去了大学教授之职。

诉讼案漫长地持续着。谁都知道,一人对政府的案子会有什么结果。笃信民主主义的人也许对家永三郎胜诉抱有过希望,然而我想,日本不会出现这种结果;那里是一个透明的尼龙监狱。

日本,也许它的憧憬永远只是脱离亚洲充当西方的一员。也许,它的导师,永远只有使侵略和殖民主义成为了世界秩序的英吉利。

它的逻辑是,怎么美国和澳大利亚不骂英国侵略呢?如果当年"进出"到印度的是日本；如果当年"进出"了香港，如今世界还不是老老实实接受现实？他妈的挨了原子弹还不让说一句"进出"，本来已经早早地就"进"了日本的韩国不但又"出"去了，而且还禁止日语的文化活动！君不见，大闹台湾独立的民进党已经在讲，"日本对台湾的五十年殖民统治是重要的"，而且中国留学生的报纸也在这么宣扬么！（见《留学生新闻》一九九三年对台湾民进党党首的采访）

这才是他们心底的话。

世上确实有一种谁都知道、但谁都不讲出来的东西。它使世界成了如此景象。日本教科书诉讼案反映的就是这样的本质。家永三郎以一人之身向国家的宣战，伟大处不在他的勇气而在他坚持的正义。

于是我选定了那盆万年青。

这桩案子耗日持久，官司打了约三十年。家永诉讼案中牵连了广泛的哲学、历史、法律和思想领域的命题，可惜的是中国民众并没有听过几句介绍。

真正惊人的，我觉得还不是家永三郎的勇气学识，而是日本政府的寸土不让的顽强态度。侵略已是天下皆知，已是常识，但日本政府却坚决要把它从课本上改掉。事实上就是被改掉了。今天日本中学生在学校学着的历史是：他们的前辈曾经"发展"到中国和半个亚洲。教科书事件在八十年代初曾酿成以韩国为首，席卷了香港、新加坡、台湾、中国大陆的声讨日本的风暴。

风暴过去了，时代也过去了。

两三年前听说，教科书诉讼案以家永败诉结案了；后来又听说诉讼还在继续。不知究竟发展到了怎样的地步。我们的电视台和日本的电视台一样，对此事只字不提。最后在电视上听过一次家永三郎的简单表示，他说要彻底地争到底。诉讼案已是千头万绪难以概述,世间已经差不多忘记了它,即使家永三郎还在呼吁但是人们已经听不见。一片无声,这个纷争之角已告沉寂。

我从这无声中深深感到了一种无义。

时代和人对义举的冷漠,比什么残酷的判决都可怕。我有时偶尔想起那年我送的那盆万年青。事隔久远了,无论那盆植物还在不在,今天我觉得万幸,觉得自己那一天做得正确。

那盆万年青非常结实;叶片鲜绿肥嫩,枝干又粗又硬,阳光浴满的时候,它抖烁着耀眼的绿色光芒,充满生命的质感。

它纵使渺小,但也是一份小小的意义。——在那种不说出口的阴暗心理中,他们在等着家永三郎死。说透了就是这么一句话。拖了三十年,老人已是八旬。谁都想到了这一点,但是谁都不说。老人无疑也会常常想到这一点,也许,他有时也被阴影笼罩。那一天,当我送去了一盆植物时,当他听说有一个中国年轻人只是要向他表示——中国并非没有理睬他的诉讼,当他发现那个中国人放下那盆植物就一去不返时,他会感到阴暗多少被平衡了一点么?

在新殖民主义正在逼近世界时,给殖民者阵营里的反体制派以正义,就是对新殖民主义的抵抗。世间正聒噪着合资合文,友情生财。但是,宿命的是,我们和他们之间,今天的关系形式,很可能只有战斗。

重要的是,不管世道怎样得胜,正义仍会像常青的生命一样,不断生长,不会绝断。哪怕彻底地孤立,哪怕只有一个人。

4

浪迹天下,人会走过许多有缘分和没有缘分的地方。我从来不觉得自己与日本有什么缘分,特别是当它作为国家正处于一个歧视中国、并且恶意地盘算中国的时代的时候。但是对人和民族不能简单赞否;有时一群人或一个人就能平衡一个民族的形象。

　　我不是什么日本研究者,我对日本的兴趣远远没有对波斯和巴格达繁荣的西亚、对哈萨克的天山、对未知的安第斯山脉、对我的黄土高原那么息息相关和感情深重。但是由于没有人写,那么我必须最低限地写一些关于日本红军,关于教科书诉讼,关于高桥和巳的文学,关于冲绳的历史。

　　而关于日本赤军的介绍不仅如此。他们也有复杂的一面,但惟他们是中国的以命相托的支持者和挚友。对这样的挚友的失义,会万劫不复地失去支持。

　　世间有一个关于日本的传说。

　　这个传说,基本是误解。

　　因为不仅要概括日本的味儿,讲清楚各种对我们很重要的、其他民族的传统和血统、情调和气质;更必须讲清楚恶和美。

　　据我看,只有日本红军,只有家永三郎那样的人和行为,才称得上代表了真正的日本味儿。那种孤胆的、无望的、疯狂的战斗,潜藏着一种使人回味不已的唯美精神。

　　他们的斗争只可能失败。只有在精神上,他们的一切才具有意义。一本本地读着,我体味到,在他们的轨迹中,与其说贯穿着争取胜利的努力,不如说充满着对于极限和纯洁的追求本能。

　　借这篇想了很久的文章,我总算多少还了心中的一个夙愿,或者说,减轻了一点负罪的痛苦。从一开始读到赤军的资料以来,这种负罪的感觉折磨了我很久。同时,我也大致地写清了我理解的日本。我想,我学习了它的优秀,也做到了对它的对立。我开始了对它必须的宣战,更深深地感知了它的美。

　　写到这最后的一笔,我觉得异样的轻松和舒畅。

真正的人是X

1

一九八七年,我在长篇小说《金牧场》中,不仅过大地夸赞了美国黑人公民权运动中的非暴力主义者马丁·路德·金,而且错误地夸赞了美国的清教主义。这部书中涉及的"美国梦"、德沃夏克的交响乐、关于哥伦布的议论,都肤浅至极、轻浮至不能原谅的地步。

这事让人沮丧。它使人觉得:世界那么复杂,认识它如盲人摸象。我们可能理解这个世界吗?

十年前买过一本旧书,题目是《马尔克姆·X自传》,买它的原因是有人推荐但买后一直没有读过,一直拖至不久以前。

这是一个六十年代的美国黑人领袖的自传。

说起黑人领袖,很多人知道大名鼎鼎的马丁·路德·金。他被暗杀后毛泽东主席曾发表唁电,其中的名句(大意):资本主义制度是随着罪恶的贩卖黑奴行径兴起的,它也将随着黑色人种的彻底解放而告灭亡——曾经是当时世界上对黑人解放运动最响亮的支持。而马丁·路德·金的著名处,却在他的"非暴力主义"——这是一个流行至今的主义。

马丁·路德·金对于中国人来说并没有形成形象,但是他的主义,却不知为什么被中国人留了神。虽然没有统计调查,但他的主义确是今日中国知识分子的下意识里,对世事的一种判断原则。应该说,这个原则和美国白宫的知识分子几乎一模一样。

但是,在毛主席的唁电中,却清楚地表明了对这种非暴力主义的不同意见。毛主席讲道:马丁·路德·金一生坚持非暴力原则,但他却被美国的暴力杀害了。他的唁电对马丁·路德·金借以出名的道路,保留有非常严肃、非常理论的异议。

一九八七年,我旅行老美,发觉每座大城都有一条胡同(绝不是主要大街,故称胡同)被命名为"马丁·路德·金路"。当时,我觉得毛主席有一种未曾被解释过的哲理的深刻——非暴力主义完全可以当成体制的招牌或粉饰;它有那么一股奴才气,把正义通过下贱表达,让年轻人觉得不舒服。

决不会被美国佬做成胡同牌子的是另一种人。是谁呢,历史上凡真正的英雄都是无名的 X,而美国黑人中的这一个,却真的姓 X。

马尔克姆·X 是一个复杂运动中的一个人物。我不可能详加介绍。他是与美国体制承认的黑人领袖马丁·路德·金牧师在思想上对立(在行动上则强硬地支持金牧师的公民权运动)的另一个黑人领袖。一九六五年夏,早于金牧师三年,被暗杀于讲演台上。

今年,我不仅细细地把这本自传读完了,而且看了其他关于他的资料。X 的魅力久久挟持着我,那是一种烫人的魅力。那是一种你不可能不被吸引的道路,那是使人趋向它如飞蛾投火般的、由于太真实了反而使人觉得是异端的思想。

我日益感到必须把马尔克姆·X 的事介绍给人们,哪怕又在哪一天觉得肤浅。不过,直觉告诉我这次不会错,而且我觉得只有这样的"世界知识",才值得一写。因为他的事和他的精神以及他的气质,都与我们并非无关。不可理解的是,已经是世界常识的他,却至今没有在中国得到起码的介绍。

这一部分黑人们认为:每一个混血的美国黑人,溯本求源,都可能出身于一个被白人强奸的黑女奴之腹。因此,黑人原有的非洲姓氏已经被剥夺和忘却了,美国黑人的姓氏其实是不清楚的。在摆脱白人强加的烙印姓氏、重新找到自己"灵魂的姓氏"之前,黑人的姓应该是X。

马尔克姆·X激动地写道:"我憎恶——我体内流着的、那个犯下强奸罪行的人的血,直至最后一滴!"他宣布自己姓X。

此举引起的强烈时髦至今没有停止,黑人改姓X、戴印有X字样的帽子、穿印有X字样的衬衫的行为,今年因洛杉矶事件引起的思考和马尔克姆·X的传记电影的上演、又醒目起来。

他们坚决认为"非暴力主义"不是解放之路。他们把美国社会中对黑人的和人种歧视视为人类最丑恶、最罪恶的东西。反歧视——这个命题在九十年代又出现了。中国人也许没有感到西方对人的歧视有多么严重。但是在西方国家挣扎的中国人只求自己个人摆脱歧视、而并不反对歧视的世界。因此,国内也没有足够地觉察出歧视和敌视的危险,以及它的逼近。

马尔克姆·X和他的黑伙伴更进而否认在美国占主导地位的、英国清教徒派基督教。他们在终极处发展自己的思想,认为应该在根本的信仰处,与歧视穷人的体制分道扬镳。

这一点不是马尔克姆·X的发明。六十年代,美国黑人的运动中出现了一种宗教思潮:即在信仰的根上,和毫无人性的美国白种优越主义决裂。这思潮当然和黑人的气质以及他们的历史特点有关:他们尽管被骇人听闻地奴役过,但是没有像中国产生汉奸传统那样,产生特殊的出卖阶层。针对白色人种的人种歧视,他们激烈地宣扬黑色人种高贵的观点。这个观点必须借助神的嘴来说出——伊斯兰教被选择了。

这就是美国黑人当中兴起的"黑穆斯林"运动的简历。可以说我们不了解这个运动的规模。因为中国学这个专业的知识分子都忙着钻研送给中国一场鸦片战争的盎格鲁·撒克逊精神去了，所以，包括两千万穆斯林在内的中国人，几乎谁也不知道美国的黑穆斯林。

而这个运动的规模极其惊人：到八十年代，美国已有百万计的黑人信仰或改宗于伊斯兰教。美国的清真寺遍布辽阔的北美大陆；短短几十年间发展起来的黑穆斯林的数目，据说几乎接近了中国自遥远的公元七世纪以来，用了一千三百年时间才发展起来的、回族中的穆斯林的数目。

发展史上的最有名的，是一名举世闻名的拳王入教；和他改用了"穆罕默德·阿里"这个宗教经名的事情。这是一个源于使美国视为大敌的、伊朗代表的十叶派精神的经名。

与拳王阿里信仰伊斯兰教相前后，马尔克姆·X也皈依了伊斯兰教。在美国黑穆斯林运动渐渐变得体制化和温顺时，马尔克姆·X以迷人的坚决性一跃而出，成为了美国黑人运动的鲜明旗帜。

他不后退一步地，主张最彻底地抵抗美国对黑人的暴力和人种歧视。他不使用一块铁片，没有摸过一粒子弹，他只用讲演这种武器。但是他主张反抗。他到处演讲，人们被他的魅力倾倒。六十年代初他迅速著名起来，伟大的尊严带给了他雄辩，演说成了他的主要活动。

我不是翻译，但以下几段不能不译。

他说，我们没有登上新大陆那块使美国自豪的岩石，是岩石骑上了我们的头。

他说，白人问：黑人为什么憎恨白人呢？强奸者问女人：你为什么恨我？狼也问羊：你恨我吗？

他说，我的祖先被蛇咬过，我也被蛇咬过。当我告诫孩子们小心蛇时,他们说我教人憎恨。这是为什么?

他说,如果不相信我的话,请看一看你自己的生活。看看你周围的生活。不能只是因为你们运气不好吧。再往中央公园附近的中城街区走,去看看白人的神给白人带来的东西,看看白人过着什么样的生活。去看看白人的公寓、公司、摩天楼;从这一头到那一头地看看白人从不知怀疑的印第安人那里、用二十四美元买下的曼哈顿岛吧!

他说,不,革命不是没有歧视的公园和厕所,不是在厕所里坐在白人旁边的自由权利。那不是革命。

——对于我们,这些语言不是陌生的。只是我们几乎丧失了对它们起码的自信。至于他,他的魅力已经形成。但是他的道路显然还没有找到。

2

道路在哪里呢?

一次去麦加的朝觐,扬弃了马尔克姆·X思想中的偏激的东西。

在麦加,当看见不同肤色、不同语言的穆斯林们完全像兄弟一样,当看见不同人种的人们不仅可能不相歧视和以牙还牙;而且可能有一个伟大的共同目的和理想时,马尔克姆·X的思想体系发生了重大的改变。在著名的麦加通信里,他写下了自己的感动和飞跃。他深沉地选择了排除对白人不加区别的、黑人民族主义的道路,并开始支持一切不同派别的黑人运动。

当美国的纳粹白人组织对马丁·路德·金的非暴力公民权运动大打出手时,马尔克姆·X写信给他们的头儿说:

警告您。我们在与白人优越主义的战斗中不受黑穆斯林运动的约束。在阿拉巴马,如果你们在种族主义的煽动下,对不过要求着自由的人的权利的金牧师的美国黑人,都要加以肉体的侵害的话,那么您和您的朋友三K党诸位,将要受到我们——不能满足非暴力非武装哲学、准备不计一切手段行使自我防卫的我们的最大限度的报复。

更大的一个事件,是他发表了对当时的美国总统肯尼迪被刺的看法。

当时的黑穆斯林运动领导人避免攻击,要求全体黑人对肯尼迪被刺事件保持沉默。但是马尔克姆·X却恰恰被选中担任一次无法取消的、已经预定的讲演。他被历史推上了前台,无法回避如同行刺一样的记者提问。

当被问及对肯尼迪被刺事件的看法时,他回答:"这是一个——害人者反害己的好例子。"他的意思是,他并不是对肯尼迪遇刺不遗憾,他是说,在美国白人之中充斥着的一种对人的憎恨与恶意,长久以来发泄于残害黑人之上而不能餍足,这种罪恶,终于蔓延到了自己的白总统身上。

但是用语可能是极易误解的。最近由 Spike Lee 在洛杉矶黑人被白人警察残酷毒打成大乱之后,拍成了巨片《马尔克姆·X》。影片中反复重播了这句被争议的英语。无疑此语犯了天下之大不韪,美国舆论大哗。他被描写成一个黑色恶魔。此事使得美国的黑穆斯林(The black Muslims)运动感到必须避嫌;这也是他的启蒙之师、黑穆斯林领导人与他分道扬镳的原因之一。能感到,热爱体制和肯尼迪的美国社会对他的攻击,可能是相当恐怖的。然而,我却觉得他的那句话说得太棒了,不仅勇敢和一针见血,而且富有文学色彩。(如果我们把原文"硬译"一下的话,虽不妥,但可得一句:the chickens coming home to roost——"鸡必回窝"。)

正当他企图与一步步走向原教旨主义和体制派的黑穆斯林运动分离,企图在纽约举世闻名的黑人贫民窟区哈莱姆建立一个新的伊斯兰中心和黑人运动中心时,一阵罪恶的扫射把他打死在讲坛上。

而前不久,他在写完这本自传之前曾说:"这本书出版时,如果我还活着,那才是奇迹呢。"自传写到一九六四年夏天,他死于次年五月。书当年六月便已编成,但他的预言对了:他没有见到自己的自传出版。

这是一种省略极多的暗示。这不是预言或预感,而是清楚的判断。没有人比死者更明白危险有多临近;只是,没人听见这暗示。X在讲出这句暗示的时候,没有忍住自己的"弱",但世界——等着他迈上那个死的讲坛。

他的自传的编者在前言里记载了一件事。一次,马尔克姆·X到他家做客。客人离开以后,他的妻子沉思许久,然后对这位编者说,真像刚刚和一头黑豹在一起喝过茶一样。

——这一系列鲜烈而干脆的思想和行为强烈地诱惑着我。X使我看见了一个纯粹的例子。

3

无论如何我们必须了解世界。而自己去摸清资料多得令人生厌的、复杂的外国问题,是非常困难的。

由于语言的障碍,首先需要翻译作中介,但是翻译们随人有异;他们传递过来的观点甚至资料,全打着他们的烙印。问题不在于他们的水平高低,而在于他们受了一种特殊的教育——他们中的很多人,不仅已经惯于对自己母语依托的文化妄加鄙薄,而且他们脑子里的外国观常常是保守的经济主义、科学主义和体制主义。我们必须向外界学习。但是真理和真正的人都是未知的 X,而且要自己去找。

　　但是自己找是很危险的;我们找的时候,其实已经有了个模糊的结论或者目的,已经是在为自己的一个感觉找根据。真是没有一个客观的世界,我们的心里的动机和憧憬,在引导着我们认识世界。

　　我没有必要保证说,这回没写错。我只想说,我写出的对马尔克姆·X 的主观的感想,是我的心深深向往的。我真的,深深地喜爱他那种激烈的血性。换一个描写的词汇,这是比生命更宝贵的自尊。

　　我镂骨铭心地觉得,若是没有这样的自尊、血性和做人的本能的话——人不如畜,无美可言。我不知人们是否接受如上的思想。我不知我们古老的中国,是否应该接受如上的思想。我只是感到,这是——自救的思想。

　　也许,他的细末如何并不重要。我有时琢磨自己的接近这个思想的过程。或者惟有我自己的这个轨迹——从莫名其妙地对"美国梦"和金牧师的兴趣,到对马尔克姆·X 的独自的潜读;从单纯地对世界崇拜,到激烈地爱上异端;从傻傻地要以他们为师,到狠狠地想向他们开战——惟有这个轨迹才有着意味。

　　真遗憾毛主席那篇珍贵的唁电,包括那些名句没有发给马尔克姆·X。对于主席来说,他要表达的只是他对人种压迫和所谓非暴力主义的观点。我猜想,也许是秘书们和专家们的失职,没有向毛主席介绍这本自传和马尔克姆·X 其人。毛泽东是一定会喜欢马尔克姆·X 的,这一点毫无疑问。

　　聊以为慰的是,当年的《人民日报》发表了文章,指出"马尔克姆·X 是为两千三百万美国黑人的解放而斗争的","对待帝国主义的压迫者,只有以暴力反抗暴力"。这篇文章很重要,它使中国毕竟显示了中国气度。

至于马尔克姆·X,我崇敬的是他的尊严的魅力。

在我的主观的、冥想中得到的印象中,他确实像一头高贵而危险的黑豹,一个笔直矗立的黑影,一个深刻的黑色字母 X。我常常觉得他对我们是一个重大的参考;决不仅是对穆斯林们,而是对中国青年。

北庄的雪景

那一年在河州城,在几个村庄轮流小住。都是些在西北史上名气很大、实际上贫瘠荒凉的山沟庄子,比如莫尼沟等等。放走了一匹久骑的爱马,看着它赤裸着汗淋淋的毛皮跑回草地,手里空拿着一副皮笼头——当时我初进回族世界时的心情大致就是这样。

不愿去想熟悉的草原,听人用甘肃土话议论《黑骏马》时感觉麻木。也不愿用笔记本抄这陌生的黄土高原,我觉得我该有我的形式。

总听人说,北庄老人家如何如何淳朴,待人如何谦虚,生活如何清贫。农民们说他有国家派给的警卫员、手枪和"巡洋舰",可是永远住土炕,一天天和四方来拜谒的老农民们攀谈——而且农民坐炕上,他蹲炕下。

听得多了,心里升起了好奇。我的不超过五名的弟子之一,出身北庄的马进祥摆出一副客观介绍的样子,不怂恿我去,但宣布如果我愿意去,他能搞到车。我望望迷蒙的大雪,心里怀疑。但是广河县的马县长把一辆白色的客货两用丰田开到了眼前,进祥又把他的老父亲请到驾驶员右侧的向导席上,驾驶员也是姓马的回民。——我背上了包。

在无数姓马的回族伙伴拥裹之中,我这个张姓只有一种客人的含义。去投奔的人也姓马,大名鼎鼎的北庄老人家马进城先生,中国伊斯兰教协会副会长。

外面大雪纷飞,雪意正酣。

  河州东乡,在冬雪中它呈着一种平地突兀而起、但不辨高低轮廓的淡影,远远静卧着,一片神秘。奔向它时会有错觉,不知那片朦胧高原是在升起着抑或是在悄悄伏下。雪片不断地扰乱视野,我辨不清边缘线条。只是在很久之后我才懂了这个形象的拒否意思:它四面环水,黄河、洮河、大夏河为它阻挡着汉藏习俗和语言以及闲客,南缘一条水拦住回民最密集的和政、广河、三甲集一线——使古老的东乡母语幸存。它外壳温和,貌不惊人,极尽平庸贫瘠之相,掩藏着腹地惊心动魄的深沟裂隙、悬崖巨谷。

  我竭力透过雪雾,我看见第一条峥嵘万状恐怖危险的大沟时,心里突然一亮。大雪向全盛的高峰升华,努力遮住我的视线。东乡沉默着掩饰,似乎是掩饰痛苦。然而一种从未品味过的、一种几乎可以形容为音乐起源的感触,却随着难言的苍凉雄浑、随着风景愈向纵深便愈残酷、随着伟大的它为我露出裸体——而涌上了我的心间。

  这是拥有着一切可能的苦难与烈性,然而悄然静寂的风景。这是用天赐的迷茫大雪掩盖伤疤、清洁自己、抹去锋芒、一派朴素的风景。我奔向它的心脏,它似乎叹了口气,决定饶恕我并让我进入,如一尊天神俯视着一只迷路的小鸟。

  我屏住呼吸。我没有把这一切告诉我那傻乎乎自以为是主人的马进祥弟弟。我瞟了一眼在向导席上端坐着始终不发一言的、后来我曾从北京不远数千里赶到他坟前跪下的进祥父亲。我从那一刻目不转睛——这是我崇拜的那种风景。

  雪粉成旋风,路滑得几次停车。我们猛踢崖缝上的干土,再把土摔碎在路上,让车开动几步。后来干脆把车上的防水帆布铺在轮前,开过去,再扯着布跑上去铺上。最后——车从一道大梁上疯了一般倒滑下来,不管我们的汗水心意。

路已经是雪白一条冰带子,东乡的山隐现在雪幕之后,谦和安静,我抬头望着这不动声色的淡影,绝望了。

向导席上的进祥父亲一动不动,一声不吭,好像已经入了定。驾驶席上的小伙子笑容不退,好像那一溜到底的倒滑挺有趣。我抖擞起来,兜屁股踢着进祥,把半堆土坯块装上了车。

重车不滑,白色的冰带不再活泼,代之移动起来的又是东乡的雪中众山。雪现在时浓时淡,像是为我拉开了一幕又一幕。我不解,但是我此刻心情已经端庄。鹅毛大雪中,山峦变得沉重而肃穆,音乐真的出现了。我刚刚要侧耳倾听,车子一转,驰下了小道。

深不可测的涧谷近在腋下。四周群山竞相升高。我们正在爬坡,视野中我们却降入了一个海底。东乡的山,它涌着,裂着,拔地而起矗立着,无声嘶吼着,形容不出的激烈和沉默合铸着它们。沟沟如刀伤,黄土呈着一种血褐。我知道,自己就要撞入一种可怕的真实——它们终于等到了我,它们的倾诉会淹没我,但是我已经欲罢不能了。我只能前进,冒着这百里合奏的白雪音乐。

大雪在覆盖、隐藏、拒绝、装扮。雪是不可破译的语言,我直至今天仍不解那天那雪的原因是什么。

无论是好奇或是理解,无论是同情或是支援——在这茫茫的东乡大雪中都不可能。只能够静静地赞美,只能感觉着冰冽的纯洁沁入肉体,只能够让自己也进入它的内容。

马进祥的老父亲一直纹丝不动。走了这么一路他没有说一句话,拐入小道时他也只是用手稍微地指了一指。

北庄如同海底的一块平地,雪在这里像是砌过抹平一样。在这片记忆中平坦得怪异的地场正中,有一株劈成双盆的柏树。巨冠如两朵蘑菇云,双树干在根部扎入白雪,远远望去有一种坚硬扎实的感觉。树冠顶子模糊的雪雾里,干墨黑中隐约一丝深绿。

雪海中这一棵树孤直地立着,惟它有着与雪景相对的墨黑色——其他,无论庄子院落,无论山峦沟壑,无论清真寺和稀疏的行人,都溶入了大雪之中,再无从分辨了。

我们进了一户庄院。北庄老人家披着一件黑色的光板羊皮大氅,头戴一顶和任何一个回民毫无两样的白帽子,疾步迎了上来。

他精神矍铄,面目慈祥。互致问候之后,久闻的东乡礼性便显现了:老人家坚持我们是客,要上炕坐;而他是庄院主人,要在炕下陪。我坚持说无论是讲辈分、讲教规、讲遭遇经历,或者北京的虚假客套,我都要让他上炕坐上首。推让良久,我不是东乡淳朴礼性的对手——后来几年之后回想起来,我还为那一天我在炕上坐着又吃又问,而大名鼎鼎的北庄老人家却在炕下作陪而不安。

真人不露,他的谈吐举止一如老农,毫无半点锋芒。他的脸庞使人过多久也不能忘却,那是真正的苏莱提——因纯洁和信仰而带来的美,这种美愈是遇上磨难就愈是强烈。

屋外惨烈的风景与我仅隔一窗,我几次欲言又止,最后决定不再探问。其实我们彼此看一眼,心里就都明白了。话语的极致是不说。

这就是神秘主义的方式,我心里默默地想,答案要靠你用身心感悟。那满天的大雪一直在倾诉,我既然是我,就应该听得懂东乡大雪的语言。我想着,喝着盖碗里的茶。时间度过着,我觉得自己在那段时间里,离求道的先行者们很近。我想到那棵独立白雪的大树,心中一怔,觉得该快些去看看它。

北庄老人家给我讲了一些关于除四害时,全国追杀麻雀的话。他用一种我从未见过的语气说:

那些麻雀也没躲过灾难,人还想躲么!

我后来常常琢磨这句话。

真是,有谁将心比心地关怀过他人的处境呢,有哪个人类分子关怀过麻雀的苦难呢。有些人为着自己的一步坎坷便写一车书,但是他们也许亲手参与制造了麻雀的苦难。为什么人不能与麻雀将心比心呢?

那棵笔直地挺立在白雪中的大树身上,一定落满了麻雀。我想着,欠身下炕,握住北庄老人家温软的手,舍不得,还是告别了。

在废墟已经完全被雪埋住,仅仅使雪堆凸起一些形状的北庄雪原上,那棵树等待着我。

雪地上只有它不被染白,我觉得一望茫茫的素缟世界,似乎只生养了它这一条生命。

我和进祥一块,缓缓地踩着雪,一面凝视着那株双叉的黑色巨树,一面走着。雪还在纷纷飘洒——只是雪片小了,如漫天飞舞的白粉。

我不知该回答些什么。我抱歉地望望四绕的悲怆山色。一瞬间莫名其妙地,我忽然忆起了内蒙古的马儿,还有鞍具。我进来了,我迟钝地想道,伊斯兰的黄土高原认出了我。

我正要和马进祥离开那棵树时,他的老父亲急匆匆赶到了。老人没有招呼我们,径自走近了那株古树,跪下上坟。

那是几年前的事了,那时我尚在浮层,见了老人上坟尚在似懂非懂之间。当时的我不像如今;当时我只是心头一热,便拉着马进祥,朝他的老父亲走去。

　　雪又悄然浓密,山峦和村影又模糊了轮廓。东乡的山就是这样,它雄峻至极,忍着一沟沟一壑壑的悲哀和愤怒,但是不肯尽数显现。我茫然望着一片白濛濛飞雪大帐,在心头记忆着它的形象。

　　雪愈下愈猛,混沌的白吞没着视野。只有这棵信号般的大树,牢牢地挺立在天地之间,沉默而宁静,喜怒不形于色。

　　我们捧起两掌,为北庄也为自己祈求。这一刻度过得实在而纯净。我一秒一秒地、恋恋地送走了它,然后随着老人,低声唤道:"阿米乃!你容许吧!"

　　声音很低,但清楚极了。树梢上嚓嚓地有雪片震落。我抬起脸,觉得雪在颊上冰凉地融了。我睁开眼,吃了一惊:

　　原来,只只麻雀被我们的声音惊起,溅落的雪混入了降下的雪中。

　　我望着那些麻雀,还有那棵高矗雪中的大树,说不出一句话来。过了一个时辰,我们便离别了北庄,离开时那雪更浓了。

回民的黄土高原

我描述的地域在南北两翼有它的自然分界：以青藏高原的甘南为一线划出了它的模糊南缘。北面是大沙漠。东界大约是平凉坐落的纬线；西界在河西走廊中若隐若现——或在汉、藏、蒙、突厥诸语族居民区中消失，或沿一条看不见的通路，在中亚新疆的绿洲中再度繁荣。

为了文学，我名之为伊斯兰黄土高原。

它的标识和旗帜是中国回教各教派。而我所以使用"中国回教各教派"一词，是因为我想区别世界伊斯兰问题中出现的一些情况。中国回族的问题与伊朗或巴基斯坦的不同。

这片以回族为主要色彩的土地干旱荒瘠。黄土上几乎没有植被，水土流失的严重已经使人们向它要粮的决心归于失败了。近年来退耕种草，改农为牧已经成了政府的国策。这项政策更形象地形容着这片黄土山地可怕的自然环境；因为一般说来，要拥有数不清多悠久的艰苦奋斗、农耕为本之传统的中国农民放弃犁锄，简直不可思议。然而"弃农"在中国农民史上就这样出现了，出现得悄然无声而且毫无阻碍。难道你感觉不到一种巨大的顺从之潮么？

在汉代画像石中描画过的原始技术两千年来丝毫未变：两牛抬杠的犁耕，抡甩连枷的脱粒。黄泥小屋前有一块光滑的打麦场，冬天那里矗立着两个草堆：一堆大而发黄的是麦垛，一堆小而发黑的是胡麻垛。大堆供着一年的吃食；小的碾油卖钱，挣来一年最低限度的花费。

你默默地离开那片光滑的打谷场,你登上赤石嶙峋的荒山之顶再回头望去,一片悄然寂静的小山村正在那黄色的荒山浪谷里静卧着,村头有一座醒目些的建筑,那建筑顶上有一支金属的镰月在黯淡发光。

你感到说不清心里的思绪。你感到心抑、尊重、同情和被疏远。你觉得你该离开它了,但是你不甘心,因为你确实没有深入它。

——是的。这就是我说的中国的回族的黄土高原。

纪元七八世纪间,阿拉伯、波斯和中亚伊斯兰教徒进入中国并进入盛唐文明。十三世纪因蒙古可汗国的军事行动和后来治理中国的需要,"回回"一名响彻中国并且"元时回回遍中国"。大运河是从广州、泉州港向此输送伊斯兰教的动脉;与这几条海路相对应,新疆塔里木南北缘绿洲线,以及河西走廊便属于伊斯兰教血统与教统传播的陆路。

蒙古人的元朝灭亡时,这一类人已经走完了丧失母语的历史;一个新民族出现了——它是一个操汉语汉文而保持着与汉文化不同的宗教心理的异乡人之族。

我的断代自此开始:从蒙元以后,中国回回民族数百年间消亡与苟存的心情史展开了;一个在默默无言之中挤压一种心灵的事实,也在无人知晓之间被巩固了。它变成了中国文化的一个死角。散居的、都市的、孤立的回族成员习惯了掩饰,他们开始缄口不言,像人们缄口不言自己家庭中的禁忌的家底。这些人属于回族而并非伊斯兰教徒的原因就在于此,就在于我知道他们心中有这样掩藏的隐秘。

但在聚居区——在我讲到的甘宁青边区,在蒙、藏、维三大块文化世界的夹角,在草原的绿、藏区的黑、中亚十字路的花色之间,这个回族人口密集的世界闪烁着一片血染过的蓝色。

血是红色的,而信仰是蓝色的,它们相浸相染后的颜色竟是——贫苦悲壮的黄色。

它是黄土的海。焦干枯裂的黄色山头滚滚如浪。黄土山沟里坐落着的黄泥小屋难能分辨。黄土壤中刨出的洋芋也是黄色的;它沾泥带土,一串串捧在回民们的大手里,像是上天给予的最严厉的命运。

黄河在这里奔腾出了它最威风最漂亮的一段。它浊黄如铜,泥沙沉重,把此地的心情本色传达给半个中国。

人聚众而胆壮。因为在中国一隅这微小的聚居,回族在清朝三百年间为自己争来了一个"三年一小反,五年一大反"的叛逆者印象。十八世纪的清军统帅确实不能理解:为什么起义的农民能够举着木棒铁锹扑向兰州城呢?为什么他们在可以突围转移时,却死守华林山全体牺牲呢?十九世纪末的人物左宗棠更不能理解:为什么在他的大规模的军威皇法前,挑战的尽是些褴褛的、菜色的人?为什么在他看来是目不识丁的农民马化龙即使被他凌迟活剥,而这颗马化龙的人头在示众中国各州县十年以后,还有人会苦苦恋着,一直欲盗回那颗枯干变形的人头呢?

血流成河。血浸入我坚信曾是蓝色的山地以后,蓝世界变成了黄土。左宗棠下令移民,战败的异乡人被赶进了无水荒山。西海固无水,河州东西乡无水,平凉山区和靖远山区无水。不仅没有灌溉水,而且没有食用水。如果你今天去宁夏回族自治区的海原县,如果你今天去甘肃临夏回族自治区的东乡县,你能看懂农民屋后的那个肮脏的深窖么?挖一口大窖,接一夏天雨水,

一瞬的海军

明日归国

冬天女人们背上筐远上深山,一筐筐背来积雪倾入窖内——一冬的雪水供明年一春的饮用——你能理解吗？这种违反居住规律的居住,这种死境中的生存,这种细菌万种发酵发臭的窖水居然哺养着一支最强悍的中国人——你还能相信科学么？

　　科学在奇迹面前几乎变成了无稽之谈,这里是宗教栖身的土地。伊斯兰教在这里变成了一种中国式的、黄土高原式的、穷人的、异乡人的惟一可以依靠的精神支柱。河州变成了一个学术思想的中心,专为穷苦的黄土高原居民制造渡世理论。河州教派林立,门宦如云,清真寺里住着一个又一个淡泊不露的哲人。精通阿拉伯文、波斯文的老者没有受过正统教育的污染,他们著作的书籍在来世也许会使诺贝尔文学奖感到羞耻。临潭终于出现了西道堂门宦,我可以解释得很简明：西道堂是一个实现了的乌托邦；在宗教的纽带维系下,它实行了整整半个世纪伊斯兰共产主义。西吉表现的是另一种精神,哲合忍耶苏菲主义因为清朝官府的镇压,坚信殉教可以直入天堂,因此它反叛不已,辈辈流血。农民坚持着自己的信仰,后来对信仰的坚持已经变成对自己利益和心灵的守卫。坚持带来了牺牲；死人受到了狂热的崇拜。光辉灿烂的秦皇汉武唐宗宋祖在不识字的黄土高原里没人知道；代之而起的是另一些名人,农民的名人,一生清贫终遭惨死的穷伟人。他们的坟墓有自愿的教子虔诚地看守,每逢他们的忌日就有来自天南地北的崇拜者在此念诵祷词,让那些列在中国历史教科书年表上的历代皇帝们永远嫉妒。

　　是的,从湟水到六盘山,从藏区北缘到沙漠南线,这片文化教育落后而民间的文化却如此发达的世界里藏着真实——昔日统治者的历史充满谎言,真实的历史藏在这些流血的心灵之间。

　　但你要记住：真实只在心灵之间。人们是很难向你诉说的。人们习惯了：像千里瘠荒的黄土浪涛默默无语一样,这里的居民

回民的黄土高原

在数百年漫长的时间里也习惯了沉默。

你满怀真诚,你恋恋不舍,你想追上去揪住他的衣襟,你想大声喊:"我是你的朋友!"——但你早已走远了,晃动着一个伛偻的背影。

我写得非常简单。也许根本不应该把文章写到这一层,我不应该忘记首先应该描写一下甘宁青黄土高原的地貌景观,写写它们的物产,写写村庄和房子的模样,写写这回民区最著名的而且经常被人观光采风的民歌——"花儿"与"少年"。

是这样的。"花儿"作为中国农村民谣的一种,确实极有特色。我在我的中篇小说《北方的河》中引用过一首:

哎哟哟——
西宁城我去过
有一个当当的磨

哎哟哟——
尕妹妹怀里我睡过
有一股扰人的火

为了"不伤教化",在小说中我把其中一句"尕妹妹怀里我睡过"改成了"尕妹跟前我去过"。其实这些山歌都是粗野而质朴的,歌中引用的触景生情的联想活灵活现。

在这片强悍之地,在这片与官府互相敌视之地,又令人感动地保存着最好的民风。我在甘肃东乡的大山里走路时,曾经看见了一幅传说中的景象:远远山路上走来了一对婆媳,发现我之后,年轻的媳妇背过脸,对着山崖,年老的婆婆叉手站在前面,恭敬地对我行礼。再走了一程,迎面有一人骑着自行车驶来;发现我之后,那人为了下车让路,险些摔倒在山路上。心里怀着感动和惊奇朝前走着,一路上遇到的农民毫无例外地让路——荒山中严守着淳朴的礼节,宽宽的大路一次次地被"让"给了你一个人。"让路"——在中文中尽管还有这个词汇存在,但除了在这片黄土世界里,你在哪里也难找到这个词汇产生时的古老景象了。

心在朴实中活着会变得纯洁。沿着这片黄色的山地,回味着这里在几百年之间发生的历史,听着人们对于民族理想的真诚希望,看着一种文化落后和文化发达的并存现象,你会理解感悟出一个朦胧模糊的什么——也想即兴随情地唱几声;你没有唱出来是因为你还没有得到那千锤百炼的调整句,你想唱是因为你显然已经抓住了那质朴真实的旋律。

我只能这样粗疏地画一个圈在地图上。我只能告诉你这是一个神奇的世界。我只能简单地呐喊几声这里不是伊朗或沙特阿拉伯;只能强调这里的一切问题都是关于人、人心、人的处境的问题。另外,我还想提醒你:带着一副旅游客的派头和好奇心是不可能进入这个世界的,甚至连靠近它都困难。因为在这片僻远山区里没有任何奇观异景,只有一片焦渴干旱的黄色大山在等待着成熟的朋友。

它在等待理解,但它决不怕孤独。数百年淌过它心灵的历史使它习惯了背对人世,它同样可以背对你。

但我愿你们能理解这片黄土大陆,像理解你们自己的家乡。当历史流到今天,当二十世纪末的人们在为种种问题苦恼的今天,我想也许甘宁青的伊斯兰黄土高原里有一把能解开你的苦恼的钥匙。只要你怀着真诚,只要你懂得尊重,也许最终感到被解脱、被理解的人不是别人,而正是你自己。

如果,主允许,如果我们有如此之深的缘分的话,那么我们的相逢在明天,在那里。

明天，在那片雄浑浊黄的大陆背影里，我们一定会找到真理的一些残迹。

为了暮年

　　前两年,元史界和北方民族史界的同行们曾筹划为南京大学教授、我国元史研究会会长韩儒林先生纪念八十寿辰,出版一本元史蒙古史论文集。但工作正在进行之中,韩先生却溘然辞世,旨在庆贺的论文集变成了追悼论文集。

　　今年,我们又筹备为纪念翁独健先生诞辰八十周年、从事学术活动五十周年编辑一本论文集;可是历史又重演了——翁先生竟也在酷暑之际,不留一言,突然弃我们而去,使我们又只能出版一本追悼论文集了!

　　至少我感到,大树倒了。一个值得注意的时代,一个失去长者的时代已经在悄悄地开始。在长者逝去以后,我不愿让自己的文字因规循俗而乖巧、而奉承;也不愿在恩师辞世之际嗫嗫嚅嚅作孝子态;我宁愿继续在先生的灵前照旧童言无忌,以求获得我受业于他的最后一课。

　　翁先生是一位学者,但他作为学者的一生也许是悲剧。我认识的翁先生是一位老人;他作为一位老人却拥有着无愧的暮年。

　　翁先生个人的著述不算多。除了他在哈佛留学期间用英文写作的《元史〈爱薛传〉研究》(一本研究元代中国与欧洲关系的著作)之外,论文很少。其中最重要的《元典章译语集释》(燕京学报三十,一九四六),仅作了几个词条,显然是一件未完之作。翁先生的论文几乎都发表于四十年代末期,那以后,先是繁重的教育工作,再是繁重的学术组织工作——吞没了他的精力和健康,也吞没了他作为一位学者应有的著作。

在他生命的最后七八年间,我总感到:他似乎下定决心不再著述。

从一九七八年我考上他的研究生以来,我和同学们不知多少次表示愿做助手,愿为先生留下一本传世之作竭尽全力。但他总是微微地摇摇头,默默地吸着那著名的烟斗。他那神态使我内心感到一种震惊,我觉得他似乎看透了一切:包括我们的热心,包括学术著作本身。

我觉得他的那种神态平衡着我的年轻好胜的冲动。但我毕竟是我;一九八三年我在日本东洋文库进行中北亚历史研究时,我曾向一些极著名的日本教授谈到翁先生是我的导师。但他们的问话使我终生难忘,他们说:"哦,是吗?我怎么不知道您的老师,他有什么著作?"

我觉得自尊心受了重重的伤害。著作,著作就是一切!我简直是在咬牙切齿地这样想着、写着。

但翁先生仍然默默地嚼着他的大烟斗。在他那残破而昏暗的室内,时间在无言中流逝。黯淡的光线映着他的脸,我觉得那脸上现出了一种坚毅。

惜墨真的胜于惜金。

先生不著作。

然而,在他殚精竭虑的领导下,中华书局点校本《元史》已经饮誉海内外。伊儿汗——波斯史料《世界征服者史》和《史集》的汉译本已在我国出版。内蒙古学者对元代另一巨著《元典章》元刊本的点校已经开始。基本史料整理,骨干队伍建设,都已初现规模。翁先生一贯坚持的思想已经在我国蒙元史研究界日益成为现实。——但上述这些本不该由我来写;我知道在这些学业大计的背后,有不少学者在感怀着他们与翁先生之间的故事。那些故事使人们在漫长而枯寂的劳累中,体会到了一些纯净和崇高。

翁先生家门大开,不拒三教九流之客。我曾经陪着翁先生和外国学者谈话。他握着烟斗,用英语和他们慢声闲谈。但只要听到书名和论文的题目,他马上打断谈话,当场要求把那名字写在纸上,然后仔细问清内容。这时他的小外孙女领着一个同学进来了,她们大概刚上初中,做不出一道英文作业题。翁先生抽出他数不清的辞典中的一本,他给那两个小孩讲解时的神情和主持学术会议完全一样。小姑娘走了,我看见翁先生脸上有一丝快意,也看见外宾脸上浮着的惊讶。

翁先生晚年慎于署名著述的态度近于神秘。

无论是我们同学,或是学术界一些同志,往往在自己的论文末尾注明"在翁独健先生指导下"之类的话。这并非恭维,因为翁先生确实关心着他知道的每篇文章。但翁先生一视同仁,一律大笔一挥划掉那句话。他划掉那句话时,那近于快感的神态简直使我无法理解。

但是,在告别遗体时,当我看到数不尽的学者、青年、前地下党员、工人都在恸哭,为一位哈佛大学博士、燕京大学代理校长、中国蒙古史学会理事长、联合国教科文组织中亚文化研究协会副主席失声恸哭时,我突然想:

——著作真的就是一切么?

也许,有的青年在他人生的途中需要一位老师。常常是,有幸遭逢的一席话甚至一句话就能推动人生的一次飞跃,"导师"的意义就在于此。

我在翁先生面前肆无忌惮。我激烈地咒天怨地。我发泄地攻击批评。我发现了一条新史料欣喜若狂絮絮不休。我写作时需要去找翁先生说个痛快才能继续。翁先生总是端着他的大烟斗,心平气和地听着,即使插上几句也全是商量口吻。我特别兴奋的一次是在《文史》上发表了关于天山硇砂的文章之后:那次我对先生说,不管怎样我总算搞出了一篇肯定是正确的文章,因为我利用的不只是史料而且利用了地质资料馆的"物证"。翁先生听着,不加评价,表情也很淡然。但是后来,我胡扯中说一句:

"日本有个古代雅利安博物馆——"

翁先生问:"什么?"

我愚蠢地又说:"古代'窝、利、安、特'博物馆。古代雅利安——"

翁先生怀疑地望望我。他指指书架说:"那本字典。"

翁先生用他那本我也有的《日语外来语辞典》查了我那个"窝利安特雅利安"——Orient,东方。

我挨了整整一个小时训斥。翁先生在那一小时里的厌恶、严厉、忿忿不满的神情至今像是还在剥着我的皮肉。后来,有时我听见文学界一些朋友嘴里挂着"感觉"、"特棒"、"文化学"等等词儿时,我喜欢抬上一杠:

"哪儿棒啦?什么文化?我怎么不懂呀!"

这种抬杠源于那一小时。我已经感到这种抬杠(当然更多是默不作声的)使我收益匪浅。

在学问上,我是翁先生的不肖之徒。记得一九七九年初,我终于没有瞒住、而让翁先生读了我的第一篇小说以后,我使劲解释说,写着玩儿的,休息时写的,我不会耽误功课;而翁先生沉吟了一下,说道:

"你会成为个作家。"

他的口气中没有一丝不同意。我觉得他这个人没有一丝干涉学生,干涉别人选择的坏习惯。他只是平静地发表了一下他对我观察的见解而已。

一九八五年年底,我鼓足勇气请求翁先生为我的小说集《北方的河》题写书名。我没有表白我鼓足勇气的原因;没有说一句我对这本集子的自负、珍惜和我盼望能和先生之间留下一点纪念的心情。

翁先生已经捉不牢手里的笔。在他那间永远昏暗的阴冷的屋里,我看见这白发苍苍、生命已届迟暮的老人颤抖着,用硬重的笔触为我写下了"北方的河"这四个年轻的字。

他看不到这本书了。

翁先生在暮年下定决心不著述,这于我是一个深奥的谜。我因为不能悟透这个谜,所以总觉得作品重于一切。但有时我又觉得这里的矛盾并不存在,我觉得我们师生其实是在完成着同一个过程。更古怪的是,我虽然年龄尚小却禁不住地总在思想暮年;也许是先生的暮年给我的印象太深了。

是的,生命易老,人终有暮,更重要的应该是暮年的无愧。学术会被后代刷新,著作会被历史淹没,不是所有学者教授都能受到那样的敬重,也不是所有白纸黑字都能受到那样的敬重的。这是一种现世思想呢?还是一种来世思想?——我不知道。

我只知道,能有一个像翁先生那样的暮年,是件很难的事,也是件辉煌的事。

在听到翁独健先生逝世噩耗的那一夜,我觉得我该做点功课纪念自己的导师。我打算写一篇严谨扎实的蒙古史札记;但写成的却又是一篇小说。我写了我国蒙古族牧人活动的最西极边境——伊犁的一个名叫波马的地方的日落景象,然后填上了一个题目:《辉煌的波马》。

我相信,先生是会原谅我的。

1986.7.1.

文责初检

流年又近岁末,在浏览旧日的文字时,又发现了自己的一些错误和败笔。大的问题不能三言两语说清,有些还需思索并等待出现讨论的语境,因此容让另纸;现在必须作出检讨的,列出数条于下。

一、我在一些散文中,对英雄包括成吉思汗,有过随俗的或过分的赞美。主要见于《北马神伤》(又名《骏马的神情》)和《荒芜英雄路》等篇什。我是有意识地那样写的;因为那时觉得,尊重一部民众的感情是一种作家的立场。但后来我感到单纯立场的薄弱。历史和世界还要复杂,真理确立的依据也还要严峻。即使在十三世纪,贵族和大汗虽然率领着由平民和底层组成的战士,但是他们的方向毕竟不等于平民及底层的方向;他们的成功更不意味着永恒真理。"英雄和民众"的范畴费人捉摸,就文章而言,即使尚未找到坚持的原则,也应该找到更深沉的表达。

类似的矛盾,也表现在散文《杭盖怀李陵》中。如著名伪作《答苏武书》所代表的,我也偏爱李陵;但毕竟文章涉及"个人与国家"的巨大命题,我其实不仅缺乏把握,而且正在矛盾中迟疑。同样的暧昧,还存在于《夏台之恋》。面临"国家与民族"的历史盘问,我虽然呼吁了和平的珍贵,但是无力触及民族的权利。我并不觉得这样做是错误的,只是,两篇散文各自强调事物之一面,隐藏了一丝逻辑的诡辩。这一点,应该对读者有所说明。

二、激烈的情感和严肃的分寸,也许是文学的一个基本品格。回顾近年的散文,至少有以下几处掌握的失误:

《致先生书》中,笔锋触及"活得轻松妙趣横生"文豪时,言及郭沫若。这是错误的。我无权因对譬如《李白与杜甫》的印象,就对大气磅礴的早期郭沫若讥讽。还有对沈从文议论的一句,没有落在服饰史的学科特点即常被新的考古资料刷新之上,而是胡扯"控制古代之力",出口不逊。

另一篇《以笔为旗》中,写得失去自制,结果写出了"竖起我的笔,让它变成中国文学的旗"的败笔。我虽然马上意识到不妥,很快把它改成"让它变成我的反旗";但是,错字连同认识虽然都可以改正,虽然以后我愈来愈认识到文学的个人化原则,而劣迹已经存在。无论如何,失误暴露了自己的张狂,此刻写着觉得羞愧。惩罚其实早已降临,文章既然没有守住分寸,那么,就很难使有据的激烈成立。

三、刚刚出版的《牧人笔记》(花城出版社,一九九六)里,又出现了严重的转写错误。我已经必须彻底检讨自己的语言问题。由于蒙古语言的书面语和口语的差异,使得我感到拉丁转写的困难。其实应该下决心求教专家,解决它以对读者负责。而我原谅了自己书面语功底的薄弱,并竟自对口语尝试转写。写了几个以后,觉得不可行,于是从第二章开始,取下策改用汉字转写音译。但是编书时又出了遗漏:第一章的拉丁转写没有删除干净,加上错排(如字母 ϒ 全部印成了 r),第一章的所谓"转写"简直惨不忍睹。这样一来,前言里关于术语问题的苦心解释,也等于失了效。

我想,不要再晦气地举例说明了,惟一的办法是彻底完成正确的转写。我已经与蒙古族的语言学者联系过,开始认真制作一份术语对照表,以作补救。书万一有幸再印,届时可以纠正。

其实为《热什哈尔》一书所写的序言《心灵模式》中,对"热什哈尔"一词的释义也缺乏明晰。阿拉伯语 rashah 的原意是"渗漏",著者的本意也更接近"泄密"。对语义的缺乏把握,源于对语言使用者的思维的缺乏认识。我对黄土高原回民的历史观还在琢磨之中。他们视历史过程的规律为真主的机密;因为这种历史观点,《热什哈尔》的著者认为,自己的书,只是机密之海"渗泄"出来的几滴。这种认识论和这种自识都具有深味;但是我没有能介绍明白。我把它文学化地解释成"露珠"时,没有强调使露珠渗出凝结的本体、即机密的大海。虽然我后来在另一篇文章中作了补充,但仍没有能够简洁地给读者讲清楚。

四、还有一处不妥之笔,应该对它怎样反省我还没有想清楚:一九九一年,在《心灵史》前言(花城版)里,写入了把中国回民与犹太人相提并论的字句。其实这是一种在中国穆斯林知识分子当中多少流行过的说法。后来,几次有人向我严肃地指出,这个比拟有误。一个外国友人甚至特意给我买来关于犹太人的书,他觉得我的突兀联想简直不可思议。

我逐渐感到此界的深不可测。正因此,我不能草率地论述这个问题。能说的只是:前言的提法至少是不妥的。这个教训使我感到,刻意的表达好意是不必要的和错误的。具体的表达中又使用了所谓"主的选择";这是一个我并未究明的、旧的宗教概念。用选民概念来形容信仰的中国人,也许是一个更大的失误。

只是稍作打扫就有这么多,禁不住心中吃惊。黑字白纸,已经难以追回了。只能说,我的知识修养体系中存在着很多毛病。确实,一路的顺风往往诱发病灶,释放出自己浅薄的一面。谨向读者致歉！我将常怀自警，时时清算自己的文责。

今年就以此文谢岁。

1996.12.

幻视的橄榄树

1

也不知怎么回事,就迷上了橄榄树。

最开始在摩洛哥时,我没有太留意它,现在忆起不能不说是憾事。若说它特别漂亮是夸张的;它其实只是一种低低蹲踞在黄褐山坡上的、灰绿色的大树。它覆盖的山坡田野,也并非如同南方那样一派碧绿的植被。

橄榄树种植的地方大都是炎热的半荒漠。栽了橄榄后、橄榄树长大并长了几十年后,也不过使大地呈现为一幅黄绿间隔的棋盘——这青绿树盖与红褐裸土斑驳的格子,无际无涯地随地势漫铺起伏,直至视野尽头,直至天地之交的远方。

"wo al – Tin – i …… wo al – Zaytun – i ……"

遥远处传来的唤声,如一缕若隐若现的天籁,不易察觉地飘忽而来。我使劲凝神倾听,它已经远去了。那是什么?

接着在法国就感到了它的地位。艾合维的蔬菜沙拉那么好吃,他把两米高的巨大身躯靠着门框,自信地望着我的狼吞虎咽。我不愿以后就吃不着,于是掏出笔记本,一句句仔细地问,开始记录这沙拉的做法。正写着,他问道:"在中国有橄榄油吗？"

到了西班牙和葡萄牙以后，橄榄树更成了大自然的主角。人们经常谈论这种奇妙树木与农民的关系，与干旱土地的关系。听着他们的话我常想，没准它是地中海的第一植物，否则怎么如此被各种各样的人喜爱。

当我发现，西班牙农民大多是依靠它为生的橄榄农、他们的家乡是以酷热干旱著名的安达卢西亚时——我突然神不守舍。和人交谈着或者就在做客的餐桌上，视野中，突然在一瞬间哗哗地涌进了熟悉的重重山影。

我费力地辨认着，是西埃拉·内瓦达山么，怎么看不见上头的雪。那片血红的碱土断崖，怎么像是黑窑洞的后山。确实不知怎么回事，最近经常出现晕眩，甚至发生幻视。倒不觉得该去医院，幻视带来一种美妙陶醉。人可以趁生病，悄悄享受一番。

视野中，七月夏天的山一派黄绿间隔。我使劲揉揉眼睛，还是辨不出青青的是些什么。庄稼嘛还是树？心里正嘀咕，却看见一伙农民——我不由得乐了：那是我的亲房，西海固的兄弟。此刻，这一伙常常惹得官僚以及官僚智识阶级不高兴的、不熟王法的粗拉拉的农民，正挑着沉甸甸的油橄榄篓子，在公家的收购站门口排队。

在颜色暗绿青白的、叶子厚硬对生的密密梢头上，成熟的油橄榄成串成挂，果实累累。低低蹲踞着扎根在黄土中的大树，排开稀疏的间距。一棵，一棵，不尽的粗壮大树朝着山顶排排耸立而去，一直化成浓暗的绿云，遮住了同治十年他们坚守过的那座山岭。一个单薄的影子在那高处寻觅，近看时，原来是依斯儿妈，她舍不得风吹落在山顶上的橄榄，正提着个布袋拾呢。

我意识到自己的幻觉。餐桌对面坐着一位阿尔·布哈拉的农民，他正等着我的回答。怎能对他讲解清楚如此的梦境呢？我做出考虑一下的样子，悄悄让自己静下心来。我把玩着盛着

Alpujarras(阿尔布哈拉)牌橄榄油的、精致的玻璃瓶,它简直如黄琥珀般透明。

沉吟了一会儿,我保守地说:"大概,这种树不能在中国生长?"

但是大胡子的橄榄农不容辩论地断言:"不,它能在任何土壤里生长。"他像是猜到了我的心事,特别补充说:

"它特别耐盐碱,不怕碱大的土地。"

我又看见白崖子女婿和他姨父,正守着两个大缸卖橄榄油。公家的收购站依旧凶神恶煞,像当年不收胡麻一样,拒收农民的新产品。见你的鬼,我愤怒了。那是昂贵的橄榄油啊!难道……它抗住了白崖红沟的盐碱,成活了,结果了,榨出了巴黎吃的橄榄油?

我不信。什么叫白崖子?就是土质恶劣,土地泛碱,一面山崖都是白碱土的地方。大西北的地名学很简单,整个就是一个系统的描写。我急忙近前:好家伙,牌子正是"Alpujarras"。看见我,白崖子女婿他姨父不好意思地笑开了:"他巴巴,你看看:曹们(注:这是一个有趣的西海固语汇。老师在语文课上常讲:曹们的曹,就是我们的我)再不种洋芋啦,这油的名字,叫一个橄榄油。失笑得很!"我追问:"啥一个油?你嘴里念下的听不真,啥?干乱油?"女婿是高中生,一边憨憨笑着补充道:"皮儿核儿都榨得油。还说是降胆固醇。出口走西班牙呢!"

猛地从遐思里醒来,留意到自己嘴角的微笑。此刻可不正坐在西班牙。我一怔,发现对面的农民们也微笑着,静静地坐在对面。

"Hola,"一个老汉咳了一声,他已经注视了我许久。

"中国有橄榄吗?"他问。

已经有过不止一次的体验,我为弄不清植物的名称来历而

我的黄土高原

窖水

发愁。关于橄榄,我只能说,反正中文里有这个词儿。当我苦于不知答案的时候,我虽然还不知道北京的超市里有没有进口橄榄油,但已经知道中国人含在嘴里慢慢吮咂的、那种青涩的、大都腌制成蜜饯的尖头果子,并不是我们谈论的橄榄。

学习考古和伊斯兰知识的时候,我曾两次接触过这个暧昧题目。最开始是古泉州发现了巨大的古代沉船,一门新兴学科——水下考古应运而生。那一阵我们学考古的翻阅的本本里,常有一个地名"刺桐"和泉州并用。心里也模糊有了这么一点印象:刺桐城,刺桐港,它是古中国的水门,是世界的大港。

后来读了张星琅编的中西史料,模糊记得刺桐这个词,像是一个舶来的词汇,心里概念闪烁不清。有一年翻过吴文良《泉州宗教石刻》,印象里,刺桐城是阿拉伯人给泉州的雅号。阿拉伯语 zaytun 即英语的 olive:橄榄。

从那以后,我的心中便出现一个随意的印象:刺桐城泉州,应该是遍栽橄榄树的一座古代港口。

——所以我顺口回答说:

"虽然不多,但中国,大概有橄榄。而且,南方海边有一座非常古老的城市,名字就叫橄榄城。"

可别说反了,心里想。

这么想着,为了保险,查了一下书。

2

但是恰恰把事情说反了!

《伊本·巴图泰游记》记载了这个拗口的典故。多少年来不求甚解,我一直保留着一个错误的印象。

我的错误实在不可饶恕。因为《伊本·巴图泰游记》是一本与我关系密切的书——它的中译本,是我家的世交、马金鹏伯伯费半生心血翻译的。书稿转辗曾经翁独健先生之手,那时我正读研究生,记得翁先生指着译稿特别对我讲过,名著翻译必须与其他译本对校、特别要经过与欧洲译本的对校。书的责任编辑是杨怀中先生,也是多年对我呵护的、如同兄长的先辈。我该把它读得仔细才对。

伊本·巴图泰是十四世纪的世界第一大旅行家。他的旅行记有趣而重要。书告罄后二十年不得重印,最近承蒙摩洛哥国王(伊本·巴图泰是摩洛哥小城丹吉尔人氏)问及,出版社才赶印了第二版。我抄几句:

> 我们渡海到达的第一座城市,是刺桐城。这座城里甚至全中国和印度,都没有刺桐(油橄榄),但却以刺桐为名。这是一座巨大城市,此地织造的锦缎和绸缎,也以刺桐命名。刺桐城的港口是世界大港之一,或者是世界上最大的港口。港内停有大船百艘,小船无数……

伊本·巴图泰告诉中国人,泉州乃是世界最大的港口之一。同时,他也把泉州的美名传遍了世界。但这个他写下的泉州名字,叫做 zaytun。巧的是,zaytun 和刺桐,两个名字读来几乎同音。于是,闽音和阿语、刺桐和橄榄、中国淡漠的海角小城和西方传说的天下大港之间的一连串的有趣误会,就丝丝入扣地重合着展开了。

在整个中世纪,世界不知泉州,却在念叨着一个神秘的 zaytun 城。中国人把这个音还原时,参考留从效植树故事(他是五代时的泉州长官,曾经板筑泉州城,并且环绕泉州遍植刺桐树),渐渐把一个"刺桐城"的名字也叫得响亮。这座城的名气,今日已很难理解。但在宋元几朝,只有大都、广州等两三座城市能与它并列。

误读很快就消失了。经过桑原骘藏、马坚等学者的辨析,人们知道了大名鼎鼎的刺桐城，就是泉州。也知道了 zaytun 并不是刺桐。

英文名 olive 的油橄榄树，在阿拉伯语里被称为 zaytun。但在《圣经》被汉译的近代，这种植物和果实随着基督的教示，被译成了"橄榄"。而在另一条途径上，阿拉伯旅行家听见泉州人嘴中满口"刺桐"，他们四顾港口内外觉得奇怪：这座没有 zaytun 却又被叫做 zaytun 的城市！如此想着，旅行家便在吟哦之间，即兴地把它名之为 zaytun 城。

这样，加上基督教经典之习惯汉译，zaytun 城就成了橄榄城。当然，若一定咬文嚼字，它也可以译成"油橄榄城"。

但是事情还没有完。

中国也自有一种橄榄，两头尖尖，味道甜涩，但不是油料作物。不仅刺桐树已经和橄榄树纠缠了一回，在地中海各文化和各宗教圣经中大名鼎鼎的油橄榄和中国南方人吃的青涩橄榄，也在混淆与争夺。在无言中，它和 olive 以及 zaytun 争夺着一个美好的汉语名称——究竟让谁做"橄榄"呢？

传承和翻译中的这个小误会，不知为什么让我喜欢。一切的误解和印象，都因为巧合的读音。刺桐在闽南话里的读音，和油橄榄在阿拉伯语中的发音，实在是太像了：zaytun。于是，闽语阿语叠音，地名树名转义，它们引导着多少人，转了一个误解、梳理、恍然、失笑、回味的圈子。

圈子好大呀。

比如这一句，今天看来这么译是不妥了：

　　没有刺桐，但却以刺桐为名。

因为伊本·巴图泰的本意是要说：

　　没有油橄榄，但却以油橄榄为名。

虽然最准确的办法,是避开刺桐或油橄榄两个汉语词,但那样的译文读着不会舒服:

没有 zaytun,但却以 zaytun 为名。

绕出了第一个圈子。可以休息一下脑子了,我疲乏地从逻辑的圈子里退出来,闭上眼睛。视野里,次第掠过了刺桐、油橄榄、涩橄榄的影子。急急闪过眼前的,是安达卢西亚起伏的山野,满山遍野的橄榄拉开株距,黄白的沙,黑绿的树。

那片旱渴苦焦的大山上,黄绿间隔地长满的是什么?

我似乎睡熟了。

不同的植物,相同的读音。于是导致了小小误解。但是它们使人喜欢得心疼,瞧它们的使命完成得多有趣。过去它们诱导了不确的传说,现在它们继续着译文的难题。

今天当然可以对号入座了,泉州本来就是刺桐城。但是,使它扬名天下的,是油橄榄而并非刺桐。区别了树,区别了果,最后还是面对着选择——把橄榄改译成"油橄榄"么?即便那样,能改变人们头脑中对《圣经》最著名的洪水故事、对鸽子、对和平的橄榄枝的一切印象么?

再把鸽子从方舟放出去,到了晚上,鸽子回到他那里,嘴里衔着一个新拧下来的橄榄叶子。挪亚就知道:地上的水退了。(《旧约·创世记》)

总之这个例子藏着不可思议的美感。愈发说也说不清了,橄榄,它究竟是什么呢?——我喜欢脑子里这暧昧的感觉。

若允许我来裁决——

中文的橄榄一词,以后专用于 olive 以及 zaytun。当然,依据是非法律的。第一为着它能榨油,它能使西海固变得富裕。第二,橄榄这个词已经无法替代。你想,当灾难结束的时候,飞来的鸽子嘴里衔着橄榄枝。它的形象,人对它的想象,已经是永恒的。

至于那种青涩的、两头尖的、吮吸久了回味微甜的果子,姑且叫它青橄榄或者青果。我们山东老家,就叫它青果。

我不是贬低青橄榄的味道。其实好吃不好吃,也是一个很主观的事情。若是二十年前我会这般地情系橄榄吗?我们那会儿只读过《人民日报》;橄榄枝,这圣洁的象征,被粗俗的宣传部长们肆意亵渎——在政治漫画里,橄榄枝,是帝国主义妖魔手中与炸弹并列的道具。

就这样,我体会了趣谈。一个调皮的精灵,它有着变幻的力量。它把两个巨大的地理和文化的概念扯在了一起,把隔膜的两类知识搭上了桥,自己却咯咯笑着逃去了,如那只咕咕叫着的神妙鸽子。

3

绕出了橄榄的圈子,还有第二个圈子——悄悄地在一边不语的,是刺桐。

能与那宗教文化名树混淆一番,估计刺桐也绝非等闲之树。我直感到,这不会仅仅是一个读音巧合导致的误会;我猜出泉州的刺桐肯定也是一种奇树。这么盘算着,我等着走一趟泉州的日子。

这个念头,去一次南国的泉州,去瞻仰大名鼎鼎的圣友寺、并且亲身去确认橄榄树和刺桐两种树木的念头,在后来被成全了。

泉州城不仅失尽了昔日的繁荣,连脍炙人口的刺桐,也衰落凋零了。那种在古代怒放的嫩绿鲜红,那种绕城三匝密密高矗的刺桐树,那种刺桐花开满城红霞的景象,早已不可再求了。

果然又是一种奇树。

它美丽得简直使人不忍离去。据书上说,当年留从效夯土板筑泉州城时,围城栽满了这种树。书载它在夏季开花,叶青花红,娇艳美好。关于它有两首诗文遗墨,是两代官员各自以它比喻民生,显示比斗自己对于爱民以及爱花的见识的。读着想,看来刺桐在泉州,一定曾经使得人人乐道。于是,伊本·巴图泰的耳朵里,就被灌满了zaytun、zaytun的声音。

如今在泉州寻找刺桐,已不是一件易事——虽然有一个微型的刺桐公园,有一两条街路,稀稀落落地栽着它。——它不至于也如北京,被人以立交桥和市容的名义,用大锯斧头、或者用坦克改装的重型挖树机,连根刨光了吧?

我看过的最漂亮的一株刺桐,是在厦门植物园里。拔节的树干光滑干净,鲜绿的叶片簇拥中,长条的红花瓣围成一朵一朵,默默地盛开着。如此的红绿衬托,如此埋没的美丽,使我这北方蛮人大吃一惊。向植物园里小商店借了一枝圆珠笔,匆匆勾勒着它的线条,我心想,若是动员在这儿改种橄榄,泉州人会不同意的。

在泉州,我满街拦人问刺桐。他们开口时我赶紧竖起耳朵——啊,zaytun,听见了。我觉得如同品味音乐。这句闽南话,简直就和阿拉伯语一丝不差。

我又赶去清真寺,去听阿拉伯语的"橄榄"。

那是一个星期五,穆斯林聚礼的主麻日。我闭上双目,天籁般的阿拉伯旋律环绕着周身。沿着泉州寺的花岗岩石壁,庭院里飘荡着悠扬的诵经声:

"wo al–Tin–i …… wo al–Zaytun–i……"

("以无花果树起誓,以橄榄树起誓"——《古兰经·无花果章》)

又听见了就是那个词。丝毫不差,他们嘴里发出的声音,就是 zaytun。我不禁暗自惊奇。多么巧啊,这一声,搅进了三种树两样果。这一声,把我们的心扯过了爪哇国,带到了地中海。

4

说服西海固的回族农民种植橄榄,一开始并不那么容易。

他们实在穷惯了,苦惯了,倒霉惯了。

还有,种洋芋种惯了。

我的宣传如同独角戏。一辈子没为什么费过这么多口舌。连续几年,从庄子里到林业局,我给寺里的阿訇、给学校的老师,给能说上话的书记、给说不上话的县长——津津有味地讲橄榄油怎么值钱,橄榄树怎么耐旱。还从网上查来资料,讲古罗马怎么把吃动物油视为野蛮、把橄榄油当成文明标志。

还是没人听。

于是我口干舌燥又十倍热情地,给他们讲全盛的科尔多瓦时代,讲穆斯林那时怎么聪明地分配灌溉水,怎样实施了国家规模的橄榄树种植。可是,从一对对奇怪地瞪着我的眼睛里,我明白了:任你说破了天也不管用。

对付他们,让他们俯首听言只有一招:请出《古兰经》。

沿着大名鼎鼎的瓜达尔基维尔河,科尔多瓦郊外是一望无垠的橄榄地貌。今天我后悔没多拍些照片,而当时人就在橄榄林里穿行。我们的车几次擦着橄榄树梢,冲过林阴遮蔽的道路。一条厚叶片的橄榄枝,噗地拂进了车窗——和鸽子衔着的那枝一样。如此贴近橄榄树,感觉是很特别的。

在另一个地方我更近地接触过橄榄树。

那是依约拉,它比任何镇子更小、但有井然的市中心,不能说是村庄。它位于格拉纳达的郊外,依着一个穆斯林时代的城堡,渐渐扩展而成。

　　我猜依约拉的橄榄,当年一定供给着格拉纳达。因为它不仅粗大、老龄,而且已然长出一种气势。我跨过依约拉镇口的公路,走进林子里。揪下一枝橄榄叶子。树林漫延而前,走进去以后,世上便只有橄榄林了。这样的橄榄林,无疑可以源源向都市输送最时鲜的橄榄果,以及最考究的橄榄油。

　　听说从叙利亚到葡萄牙,从摩洛哥到西西里,环绕着地中海最主要的植物就是橄榄树。依约拉的橄榄树呈着一种古老的感觉:它多根、低踞、巨大的伞盖遮蔽半边天空,使人不断地联想起古老的地中海。

　　一棵,又一棵,每一棵橄榄树都那么难以置信的巨大。我看不见密密梢头叶片间的果实,这种年龄太老的大树有拟人的感觉,酷似什么巨兽或大象。隔过沙地,前面又是一片。幸亏如此的株距,我想,这么大的树会给土地多么重的负载。这么想着,愈发觉得这无边的风土不可思议。

　　欧洲人或阿拉伯人都说,地中海文明与橄榄树丝丝入扣。罗马人把野蛮人(大概他们指的是游牧民)定义为:不知道铁、房子、宝石、橄榄油。希腊法律曾规定:伐橄榄树者处死刑。

　　地势起伏着,涌起丘陵和低谷。爬上高处以后可以眺望。变小了的橄榄树一丛丛,宛如西海固的洋芋地一样——默默地随着地势,升起来落下去。在依约拉靠近了它以后,我的心便患病一般,把这树再忘不成了。

　　这样视野壮观的橄榄林,我还在摩洛哥北部看见过一次。估计在安达卢西亚中北部干旱区,橄榄林会更壮观。我本想沿着地中海两岸把橄榄树的分布看个究竟;但是,能旅行已够奢侈,我不敢为了树,再设计更放纵的路线了。

　　从林子里返回依约拉,路过一片砂石的时候,我看见了依斯儿妈。她被强悍的高原的风吹得摇晃,提着布袋,独自拾着落在地上的橄榄。我远远一望,大地浑如棋盘。橄榄树疏落地拉开株距,把西海固的不尽荒山一面面都点缀了。干旱的黄掺入了绿,单是植被就覆盖了贫瘠。

橄榄树的奇妙,是在它橡皮般干净匀称的叶片枝条呢,还是在它包含的神秘宗教内容?不知道。只是远望蔓延的青白暗绿,凝视随山冈起伏的浓重阴影时,人会感到不可思议。鸽子飞回到诺亚方舟或是努哈船上,它可爱的红喙里,叼着一个嫩橄榄枝。

在摩洛哥北部,沿着七姊妹山脉的斜坡,它遥遥地向东方伸延,顺着地中海的南缘一直伸延到波斯。凡是古罗马的旗帜和基督教示所及的地方,都栽种着这种树木。有了它土地便不再是贫瘠的了,坚韧的青绿抹在红黄的沙丘上,颜色获得了平衡。林带蜿蜒着,沿溪谷随意地涂抹着青绿,如一条古老的河。紧抱着流动的林带,旱渴的焦土在吮吸畅饮。

望着它,人会联想《橄榄树下的情人》最后的镜头。墨绿的橄榄林带流畅地弯曲着,引导着小伙子追求的心。最后,在树林与大地交融的尽头一切终于如愿:姑娘在橄榄林深处答应了,小伙子高兴得飞快奔跑,如那只衔着树叶的鸽子。欢快的音乐一涌而出,在橄榄树中穿梭流淌。

在西班牙南部,顺着堂吉诃德仗义行侠的干燥地,它占据了一切干旱的地方。显然科尔多瓦—格拉纳达时代的穆斯林继承了罗马传统提倡橄榄油;所以 zaytun 这个阿拉伯语汇挤了进来,成了西班牙语中的借词。我无法遛遍所有栽种橄榄树的地方,安达卢西亚就在眼前,这是我的独享,也是我的界限。

在沙砾和褐土块,在沙质的丘陵上下,巨大的五百年老树,罕见的千年老树,盘根错节地纠缠着枝干,撑挑着青白沉重的大伞盖。阳光射透的缝隙里,厚实的叶片闪着白光,抖动着《圣经》

描画过的那种椭圆细长的线条。一排排，一片片，无限的橄榄林充斥了视野，消灭了干旱，主导了世界。洪水已成过去，神意已经降临，和平的新生活，终于开始了。

那只白鸽子，还在高天上飞翔么？

这里是安达卢西亚，绿林和浪漫的摇篮。脚踩着树下的落枝，弹性便传上膝盖和胸腔。这里有点像中国西北；只要你能把脚着实地踏上泥土，你就能踩到生动的历史和人事。我一生喜欢追逐一丝丰富感，没想到，这一次它藏在橄榄树下。

和老外坐在一起，只要谈橄榄树的话题，谁都喜欢。

哦，怎能不感赞造物主的慈悲！它一边满足最奢侈的欧洲大餐，一边又能养活大量的农民——且不说它叶可制药、果可腌渍、含有大量维生素 E、杨柳枝一般插地能活——听得我想入非非走火入魔，我怎么能不梦魇般地幻视黄土高原，还有我的西北亲房、联想他们的庄户和山坡地呢！

这个老外相貌朴实。不知他是否能帮我海运几捆子橄榄枝，我分析着。

只要海关别捣乱——那一年，从新疆寄到加拿大一包莫合烟，被加拿大农业部查了好一阵子。吓得我不轻，谁知道莫合烟里有什么元素。只一个海关麻烦，我悄悄想。只要能运进了北京，就有办法把它们运到西海固。枝插，我怎么想都觉得不费事。

我画过一张西海固风景。不知怎么光秃秃的看不顺眼。现在我恍然大悟：黄泥小屋的左右，应该有伞盖般的一株大橄榄树！

不觉之间这件事占据了我的心思。我向行家，也向互联网查询细节。最大的担忧，依然是干旱寒冷。比起黄土高原，安达卢西亚不能算多么干旱。网上说,它耐旱,但最好有四百到五百毫米的降水。而甘肃的年降水只有三百零二毫米。它耐热,可不知它在冬天,是否熬得住零下二十度的寒流。

我闭上眼。白崖子女婿腼腆地站在炕下。他慢吞吞说:一棵树根根下,埋一个陶土粗沙罐罐。咱把罐埋近树根,渗灌。

我像是抓住了救命稻草,忙抓住他,问是不是真的能行。他接着慢慢说道:"还能试试可移动滴灌。曹们的人说,一棵树,滴灌只用十方水。巴巴您说的那树怕是能喝得很,算上二十个方,还把它喂不饱么。"

我兴奋得大吼一声。"那就啥也不怕,这树种成啦!"

我的情绪感染了亲戚们,女婿他姨父也插言道:"甘肃闹121工程,不就是收集雨水么。曹的地方也能成,先种了自家的南山,不成也就是儿下几个洋芋,"儿下就是扔掉。边说着他瞟着我,好像"儿下"三十亩洋芋,为的只是安慰我。不过,忧前想后的他,还是小声补充了一句:

"怕的是,树嘛种成了,油嘛榨出来啦,公家的收购站又卡着不收。那一年不就是:熬到丰收了,收购站不收麦子。"

妇人嫌男人啰嗦,依斯儿妈插言道:

"他巴巴,你就再不焦心。栽树!引上雨水灌给。南山成了再种北山!"

如盖的树冠点缀着,橄榄树与裸露的砂石之间,形成了一种黄绿间隔。这样的视野一下子吸引了我:它简直就是……它又完全不是……

我宛如钻进一个黑暗的蜜罐子。头脑和眼睛,都甜甜地迟钝了。

5

普及橄榄树种植时,如下一段文字印进了政府的宣传布告。红漆或石灰把这段话,写遍了西海固每一个村庄的路口:

> 真主是天空与大地的光明。这光明如一座灯台,这灯台上有一盏明灯,灯盏置于一个玻璃罩里,那玻璃罩仿佛一颗灿烂明星。吉祥的橄榄油燃着明灯。它不是东方的,也不是西方的。那油即使没有点火也几乎发光——光上加光,真主引导他所意欲者,走向他的光明。
>
> (《古兰经》光明章 35 节)

如今在西海固和张家川,在新疆和东乡,在我们那片贫瘠温暖的黄土高原,已经没有人再争论能否种植橄榄树的问题了。

满山遍野,在以前人们认为旱渴不毛的黄土高原的地方,间距疏松地到处栽满了橄榄树。何止西海固一隅,整个陇东陇南、河西走廊、新疆戈壁,后来甚至伸延到南部的云南贵州——处处都是麻麻点点的黄绿交错,满眼都是茂盛的橄榄林。洋芋退耕了,天旱了就只打三十斤的春麦退耕了,茂密的草随着长起来,水土像是不大流失了,干旱在不言喘间悄悄离去。如今的大西北,是橄榄树的天下。

沉甸甸的橄榄果熟透了,紫亮透明,真的"没有点火也几乎发光"。一股晶莹的琥珀色的小溪,顺着大山谷间,顺着以前只流过血的沟壑,快活地流淌着。

成功了,我痴痴地盯着远处瓜达尔基维尔的粼粼波光。

对面的西班牙农民仍然在比画着,讲解着他的橄榄。年降水量不是问题;我的念头坚定了。罗马人饮用雨水,世上许多地方自古使用雨水。四千年前,沿着地中海后来栽橄榄树的地方,人们就靠雨水解渴和灌溉。我默默地独自冥想着,靠近了一个结论。

剩下的只是越冬的事了。我欠欠身,问道:

"Hola,如果……橄榄园遇到寒流呢?比如说,气温突然下降到零下二十五度?"

那个西班牙大胡子轻轻捏起一颗橄榄,好像西北的寒冷问题只有一个橄榄果大,他自信地说:"您说防寒么?没关系,有很多办法。"他把那粒盐渍的橄榄丢进嘴里,补充说:"重要的是,它非常非常耐旱,而且,它又是一种神圣的树木。"

就这样,踏查着文明的遗址,我目击了隔地中海沟通的东方和西方——我就这样听说了橄榄,听说了它与各大宗教的关系、它的古老历史、它的神圣和利润,尤其听说了它喜好扎根干旱的消息。

我要赶写这篇文字,为着快些把它打印出来,寄给念过高中的白崖子女婿。当然,也要寄给他的姨父。我这么急,当然是为着能挑唆他们试着先栽上几棵。一想到在庄户门前的空地山坡上矗立着两三棵伞盖青绿的橄榄树,我的兴奋就无法抑制。

一株西海固的橄榄树,我咀嚼着这个陌生的词儿。是否它包含着什么意味呢?我弄不清,我只是觉得,过去和现在,一切的一切,我们之间的故事和我们亲爱的山村,都一直在等着、都在等着这棵树的点缀。

西海固坚忍的群山中央,挺立着一株橄榄树——哈,我简直要画画了!

6

以后会发现,我们弟兄的那个荒山夏夜,是值得回忆的:

那个晚上,天色已过了夜礼时分,吃罢了饭没什么事,我想在月光下散步。

于是女婿他姨父就陪着我,视察了他这两年的业绩。逃出城市的酷暑,才知道山里的晚上这么凉快。星星眨眼的天,就是一个大空调,呼呼地顺着山沟,凉爽的风强劲地灌了进来。我舒服地在土坷垃地上趿拉着拖鞋,看着他姨父在黑影里跳来蹦去,为我讲解他的规划。好家伙,他的干劲真让我预料不及:他居然把一条旱沟用推土机平了,准备在造出来的这块山坡地上,栽种果树。

"那你就栽它两棵橄榄树,"我说,"别一天只知道个杏子梨。你为啥不能栽两棵橄榄树呢?那可是古老文明的树!……"

"嘻!不会不会!那咋能行!"

气得我又是搬出《古兰经》。我已经不知多少次念过那著名的光明章。念罢了,又强调他在聚礼的主麻日,礼拜时念的"zaytun",就是橄榄树。

他不答言。半瓣明晃晃的月亮,正文静地高挂中天,迎着高处吹下来的凉风,手抱双肩非常舒服。我滔滔说教着,听得见沙子在轻微地簌簌响。他听得将信将疑。这些顽固的农民,凡他们没见过的事,就是不肯吐口答应。

"那是一个,人家外国的树,种了能成么?"他一点也没有信心。

"你种的洋芋,难道不是外国来的?……麦子晒焦了,一年不落雨,满山指望的还不是个洋芋?那可是外国的,你为啥南山北山,三十亩五十亩地种?"我不觉吼起来。

这么一来他姨父笑了,揪住我的衣衫,哄娃娃一般晃着,"就种就种,种橄……干乱树。娃他巴巴你不急。"

于是我俩心思合在一搭,谈起橄榄怎么比洋芋值钱,谈起井水如何浇着方便。还商量用啥办法能学会榨那高级油,以及讲究的腌橄榄果是否卖得动。我俩从地头跑到井沿,争论着密谋着,月亮光涂抹在土地上,白光黑影一片斑驳。村子里,各家似都睡沉了。

正是古历六月,大暑后十天的节气。天上繁星,四下山影。闲扯着,夜深了,视野里愈渐漆黑。门前模糊的斜坡地上,只有我们弟兄二人,徘徊细语,说个不停。围抱的是西海固山里的夏夜,它真是凉爽极了。

临别前,我交给女婿的任务是:勤快着跑林业局,看哪里能寻上橄榄树苗。

同时我准备给大胡子去一封网信,看他能否趁旅游来中国的时候,给我先带几根橄榄苗来。哪怕你冒充拐杖,也要把树苗混进海关。我暗暗发着狠想:只要你能把树苗带进北京的海关,我就能让它栽到西海固的山上。

未来虽然遥远,但未来的头已经开了。

未来不属于我。但我的事,就是想象未来。

放纵联想是一种快乐的秘密。健康的幻视,更是人生一大快事。当我喜欢上了橄榄树、而它又和干旱的土地密切相关的时候,我怎能不幻想和更甜蜜地幻视呢?

我看见前方矗立着一株灰绿的巨伞。它在引诱我,试探着也测验着我的兴趣。何时何月,西海固能变成第二个安达卢西亚呢?心底的叹愿,一声接着一声。它已经成了病,一种为我甘受的不治之症。我舍不得吃药治它,无限的幻视妙不可言。

2001 年 8 月

桃花面片

从庄子外奔波了一日归来,扑掸掉衣上鞋上的浮尘,收拾罢周身杂事,讨水洗净了手,我常在高房上歇息一下精神,或顺手记下几笔听来的学问。那时大人们一溜烟不知都躲到哪搭走了,屋里独剩下我。最小的满拉进屋来捅开炉子,炖上罐罐茶。我一头划拉罢最末几个字,一头随口打问些他学习的细节。

冬日的下午,静寂而温热。窗外那旱透的山梁,近几日呈着淡白色。已经旱了几年?数数大约从一九九六年以后就没有什么收成。今年一样不祥的晴空,蓝晃晃的看不见一丁点雪的音信。去年无雪,今年无雪,明年还是没有雪吧,我好奇农民们的态度,我总想探测——他们忍受灾难的限度。

满拉把茶杯斟满。我问:"你姐姐呢?"

他答:"给巴巴做饭着哩。"

我把杯子端起趿鞋下炕:"走,下去看看。"

若说起过去的西海固,灶房是女人的秘界,外人男子是不得进去的。客来了,正房坐下。饭熟了,有丈夫儿子端过来,通常是丈夫在炕下站着伺候,一边连声对着炕桌催着客人快吃,一边伸手隔着门帘接过托盘奉上。如今山区甚至半个北方仍然一样,妇人不见男客,叔伯不进灶房。算不清该追根于中国的封建传统,还是该溯源于回民的教门规矩。反正忆起八十年代的下乡日子,最初我只看见饭菜在那片神秘的门帘子两边传递,却看不见给我擀出细细的清油长面的"娃他妈"。

求学的一页

旱了的是麦子，收了的是感情

俱往矣,我早凭我在穷乡僻壤结交百姓的本领突破了封建门帘,自由地出入于灶房。屈指近二十年的磨砺验证,使得一扇扇农户的柴扉对我敞开,也使一个个农民的家人认清了自己人的记号。妻女不再回避,灶房由我进出。我来时,女儿们便回娘家帮厨,小满拉也请了假跟随,娃他妈常和娃他父亲一搭,和我商议家务到深夜。

一步跳过了这深沟隔阂,心里常觉得往事如烟。一切的变移,一切的飞跃都是在默无声息之中完成的——如今有谁看得出,我们这乐陶陶的一家,藏着怎样丰富沉重的心事?

——端着茶杯,靠着女子屋里炕上的被褥,我恍然陷入了如上的遐思。

她们正和着面,准备给我揪面片。

原想说我不饿,一想又没开口。

当年四岁的、在罕见的大雪中冻得两腮通红的桃花,如今已出落成一个漂亮勤快的姑娘。她没有宣布,但全面接手了做饭的职责。冬天灶房太冷,男孩都打工去兰州,一家的饭,就都在她的屋里做。我来了,做饭次数骤然增加,烧得屋子暖暖的,于是一家人便更挤在这屋闲聊扯磨。

那时她赤着脚,在飞舞的雪花中睁大着黑黑的眼睛。破棉絮从红花袄的肘上襟上露出来,一只粗瓷大碗被小手吃力地捧住。想着不禁又一阵心疼。

"巴巴,你笑啥呢?"突然,我看见桃花大眼睛闪闪地正望着我。锅已经哒哒地滚开,她连同从姐姐婆家来浪亲戚的女孩儿,正左右开弓地对准了锅,嗖嗖地揪着面片。

"笑你两个穿一样的红,又叫一样的名,"我忙答道。来到她嫂子家串门的女孩儿也叫桃花,又灵巧又懂事。赶上我招来的乱,她不但没有怨言,还一天到晚跟着担水做饭。

两个女子高兴得美滋滋的,嗖嗖的揪面片雨点般飞向汤锅。

我和她们扯着闲磨,舒服地靠着被垛。这些年西海固连连苦旱,有些年甚至绝产不见颗粒。但是农民们知道救助自己的只有自己的两只手,所以家家开荒,户户打工,不少人还在地球的温暖化灾害中开始改种冬麦——于是年年难过年年过,如今虽然吃的是一九九六年的麦子,但是油香水饺米饭面片,光阴居然在和大自然的攻防拉锯中,一年年地改善了。

喏,桌上不是摆着彩电,只是没人看它。一家人喜欢热腾腾地挤在炕上炕下,享受一个无人打搅。我又一阵阵陷入遐思,当年雪地里那小女孩的形象总是幻现浮出。门推开,娃他父亲进来了,娃他妈相跟着。最小的满拉给我的杯子里又斟了一回水。"这屋好!冬天这屋暖和!……"娃他父亲自赞自叹。娃他妈看他一眼笑一笑,完全是听天由命的神情。

两个桃花并肩站着,一色的红外套,一样的粗辫子。交叉飞着两条线的面片,串联着我的心绪。饭熟了,这一个桃花精心地盛一个满碗,那一个桃花双手地端了敬给巴巴——我忙示意要让一让娃他父亲,结果娃他父亲率领着小满拉,正对着我道开了赛俩目。我无奈,使筷子拨了一下,吹吹热气,夹起一块洋芋吃下,再扒了两口面。香香的滚烫,一下子穿透了肚肠。

2002年2月

祝 福 北 庄

1

最初听得很模糊,有消息说,好像在北庄村里有我的文章。后来,有个兄弟在电话里又说,他听人讲,在北庄老人家的墙上贴着我的一个散文。

我闻言心中吃惊。老人家的宅院,是究里的深处、是大名鼎鼎的门坎;我的浮层文字怎会贴到那里去!但传言使我不安,我在电话里嘱咐兄弟,要他抽空亲自去看看,然后把情况仔细告诉我。

不多时回音来了。"确实,你那北庄雪景,端端地挂在老人家的正房墙上。我不多说:你看照片吧。我拍了照,已经给你寄去了!"

只是在看见照片的时候,我才明白事情的重大。我看到,那篇《北庄的雪景》被用电脑打印成竖排黑字,又被绫边挂轴,书法作品般地裱成了横幅,挂在老人家的道堂兼客厅的中央。我不敢想象——我那两三千字,我涂鸦的那个随意凡俗的小文,怎能挂到了那里!……而且那是穷乡僻壤的极地啊,那是伊斯兰的东乡!我在看见照片的一瞬,心中刹那空白,耳际嗡嗡轰鸣。

一时思绪还不能够梳理通顺,我只是意识到:这事于我又将是一次不可思议的经历。它如同又一次降临于我的传奇,使我猛然地淹没在幸福里。刹那间我不由得暗暗感赞。我明白：这是我的人生大奖，是我一生心血的回报。我知道它将永不磨灭，长久珍存在我的心里。

北庄老人家与我之间，十五年里，见过三四面。

在我独自寻求于一条小路的那些年月，他如一个遥远的山里传奇，伴着神秘的东乡语，吸引着还年轻的我。

后来我得以拜见他；那是一个大雪倾泻的日子，他披着一件光板羊皮大氅，如一个朴实的老农，坚持坐在下首。

头一次，当然他不会记住人群中的我。后来，谁知道时光流逝如此迅疾，随着我对浮层之下这一领域的深恋不舍，我不仅熟悉了大西北的礼性，更对这块风土，有了愈来愈专业的理解。

末一次我们见得匆匆忙忙。他来北京开会，拜会的时间，真的只够说一句赛俩目。下了友谊宾馆的台阶，握着老人温热的手我只觉得留恋。但是我万万没有料到：这一次我让老人家挂念了。接着就是文章被错爱的事。

一个念头充斥了我的大脑。

——要全了我的礼性！要亲自去道谢！

紧接着，这个念头慢慢膨胀，迅速丰满了：这必须是怀着一种举意的道谢。一个消息，对于我它是一个饱受劫难的民族的奖励——从天而降了。它如一个1字，如阿文字母表的第一个艾里夫。那么，我的答辞，我的道谢，也要包括信仰世界的解数。

我要在低低的坡下头就停了车。绝不能傲慢地让车开到老人家门口。我要进了门先要汤瓶净身，完成了最重要的事情再坐下喝茶。我要言谈举止如同毕业答辩一般讲究，不能人家客气我就不拘小节。学着以前看在眼里记下的西北礼性——抢着掀门帘让着出门，抢着下炕为长辈拾鞋。

东乡人都在猜想老人家的举动呢，要让那些庄稼汉感到值得。也要让那如此错爱了我的老人，获得一星半点——他从不追求的慰藉。

走着神不禁扑哧一笑。我突然联想到，在城里的文人堆里，怕没有谁说我谦虚。尺度规矩是什么呢？我也闹不清楚。

2

七月的东乡，滚滚无边的黄褐，染点着层层的碧绿。是千万座疤伤累累的苦焦大山，到了青枝绿叶的夏季。刺目的视野，好像在无声地提问。是啊，怎么愈是穷苦的绝境，愈有这么旺盛的活力？

望着七月的黄绿，心里觉得不可思议。在老人家的庄户里小住的几天，沙目前邦答后，我喜欢站在门口，眺望海一般的山峦。

对这个庄子来说，我是个多么罕见的客。胸中升起感慨。虽是自己的身上事，却千真万确如他人在做。真的，一只无形的巨手一推，我站到了老人家的门上。

四顾荒山如海，远近一派寂静。从几个意义上来说，这里都是中心——它是一间讲东乡语的穆斯林最敬重的长者净室，它是一个地跨数省的大教派的核心场所，它是中国大陆的地理中心、是黄土高原的奥深腹地。

此刻正是西历的两千年，世间在上演着各式的活剧。为了领受一份情，为了致上一句谢，我越过了数不尽的山河阻隔，站在了这里。

老人家，这个词其实是双义的：一半是尊称，一半意指教门主持。当地人，从县委书记到娃娃妇女，都以各自的礼性，称他阿爷。这么称呼有一点阿尔泰语言的味道；我很喜欢，也学着喊阿爷。

　　与城里出没于座谈会的教授不同,他使人感到一种深度。坐在他的对面,我感到,自己在揣测一种实在透了以后的深度,在感觉一种朴素尽头才有的威严。

　　他仍是率领一群人,像举行仪式一般在门上迎接。我如同来前想好的一样,在下头就跳出车门,跑着上坡到达他的跟前。不错,这正是我人生的发奖式,在大西北的重重山岭中央,一个纯朴的人群接纳了我。就这样我拉住了北庄老人家的手,感动电流般袭过全身。他深陷的眼睛笑着,白髯在风中飘拂。他依然温软地握着我的手,神情似满意似慈爱,但并不能看到深处。

　　见了面以后,阿爷和我没有提及那篇挂在墙上的散文,一次都没有提到它。我只是偷空去那横轴下留了个影。像一个领奖的,不好意思又心里喜欢、偷偷地抱着奖杯留个影一样——毕竟太难得了。

　　次日礼罢了邦答,阿爷引我去脑后山坡,看了一个蓄水池。

　　水,对东乡的旱渴大山金汁银液一般贵重的水,已经到了家门口。一问才知道,原来"北庄的雪景"时,我在这里喝的是窖水!听着吃了一惊,眼前仿佛闪过自己的影子。向着文明,时代毕竟迈过了艰难沉重的几步。即便比起我初来的那时,绕山引来的水,以及不再妄想的富裕,都缓慢地出现了。

　　阿爷的一生,宛如大西北穆斯林的缩影。幼年念经,青年负笈叶尔羌求道,五十八年的白俩(bela,灾难)中,因莫须有罪入狱。

　　女人拖累着几个孩子,受尽了人间苦难。她苦熬着等,一年一年,直等到"四人帮"灭亡前的几个月时,她气力衰竭了,猝然倒下。只差几个月,没等到丈夫的平反出狱。

　　十几年浪迹西北,这种受难故事听得太多了。也许就是它们,扭转了我的人生。迪各尔之后,在北庄拱北,望着阿奶的那座小小砖墓,她差一步没有熬到新光阴。我心里难受得堵噎。

而阿爷却转身快步走了。

他惯于不多描述,对历史只讲一遍。感情更不流露;转头就走的他,像是不愿纠缠这个话题。环绕着拱北,矗立着东乡疤痕累累的大山。满沟满坡,活活刻着百姓的心伤啊,如此不平令我难忍。

但是前头走着的阿爷沉默,坟里睡着的阿奶沉默,我也只得沉默。是的,难忍的经历积得多了,就成了深深一个忍耐。

有人问:您走北庄去干个啥呢?我的回答各式各样:去深入生活结合民众,去浪一个耍一趟,去沾个白勒克提(barket,吉庆)……对世间,我算说不清了。哪怕对自己人,只要火候仅差半分,我也难以解释。对着这片接受了我的大山,来到这穷乡僻壤的极地,我有满腹要说的话,也有无法讲出的话。

顺着山里的公路,我们随意散着步。

初来时触目惊心的大山,此时看来柔和些了。像是个难得的年成,农民们星星点点蠕动在高山深壑,在块块破碎的洋芋地里忙碌。

时而驱车,多是走路,散着步身心彻底地松弛了。仪式之后,险峻的风景也变了:如今它像是自己的。心中摇荡着富足的感觉,我信步走着,看看旧日的窑洞和遗址,看看大夏河的台地。

山里的冷夏,使疲惫的人得到了调养。

3

若是能重生一遍,我猜我能当个不坏的塔里普(talibu)。塔里普就是经学生,西北称满拉,东部叫海里凡。因为我从小喜欢学习;长大后学得多了,愈发止不住地企图向本质的领域求学。只不过——同时把学问和人间、知识和信仰混作一体;同时要求着人生实践和读懂书籍的、所谓一弓两弦境界的"学",怕只在这个领域。

可惜只能留待来世了。如今,每当我在这个世界里遇到了有真才实学的人、禁不住想向他打听上一二句常识的时候,总得先摇着手声明:"我可是瞎汉(文盲)!说错了您不骂!……"

顾虑万一失了分寸,住定以后,我不多去阿爷的正厅纠缠。

而阿爷,似是来待客,又似要深谈,常到我歇息的屋里坐坐。那些时候,我清晰地意识到这是难得的求学时间,但更经常任它静静流逝——与如此长者的言谈分寸,简直是艰深的艺术。

有一种文化讲究"腹艺",即追求默默不语中的交流。与北庄老人家对坐闲谈的时候,我觉得似乎出现了这种交流。

七十多岁的阿爷是个慈祥老者,但他出言简捷,而且话语极少。以前觉得,老人家的脸庞那么美,而后来又觉得,他那美好像正融化成一种慈悯。这一次,我觉得他变得更大了;形容的美,眼神的爱,都变化成一种公开的朴素。他不爱絮叨旧事,也不愿担忧来日。无论对眼前或身后,他似乎都怀着一个决意。但凡此世的事情,就是他淡漠的事情。

他深陷的眸子瞟过来看着我时,我感到,他像是向我探询一个遥远的、不知在哪里的话题。我应答不上,但我肯定地点了头。……宝贵的、价值千金的时间啊,就这么在默默无言中流淌过去了。时间好比流水,把送给我的信息哗哗地笔直冲来,它们淹泡着,冲刷着我的肉体,使我身心浸透。但我并不能点滴吸收,洞悉全部。

我恨自己的根基浅,不能参悟所有一切。能悟到的只有一点:我明白眼前发生的一切的贵重。我只能暗自地、一刻刻地数着时间,体会自己度过它的感觉。

对教门和神圣领域的话题,我只听不问。

关于遥远的叶尔羌,以及他年轻时的负笈远途,我们只粗略地说了几句。幸好我已不是初学。在血染的大西北,在一个个村庄,入门的课程已经过了。现在深一层知识的学习,需要通过参悟。

我习惯了交流,而不多通过言语的交谈。也许,修身和功炼,就这样渐渐成形了。关键是什么?我似乎解决着这个问题,又似乎不断地和这个质问相遇。

裱好的那《北庄的雪景》,一直挂在正厅。确实后来我们再也没有言及它。只是一次忙着去哪儿,一回头猛然见深沟陡壑的大山,像要踩着脚跟一样就在背后矗立——刹那间我的心头滚过一阵颤动,不禁想:不知这一个我,和屋里墙上的那一个我,究竟哪个是真的。……

日影黯淡,晚暮来临,地平线的连山变了深色,沙目的时分又到了。

望着阿爷的朦胧面影,我心里漾动着惋惜。短暂的小住,眼看就要结束了。可是对我,以及北庄的后来人来说,关于未来的疑问毕竟是尖锐的。我还是问了他对未来的看法。

阿爷说的简短坚决。落日霞光之下,他的神情使我永生难忘。但是我不得不写得坦白:恰恰在最要紧的这搭,我没有句句听懂。

我无法用笔转述。就连感悟,也多是自己的思路。总之他早把一切置之度外,包括一切究里的、责任的、传统的大事。就像当年在冤狱把一己的安危性命置之度外一样。他早把一切托付给那冥冥之中的伟大存在,他坚信,如信仰一般地坚信。

从那间小小净室出去的时候,我们都轻提慢踏,一个个悄悄地离开。只剩下阿爷一人,久久地独自面壁跪着。偷偷瞥过一眼,他的侧影一动不动,美好而平和。沧桑结束了,他正享受安宁,正沉浸在一派纯净之中。

我踏出门外。头上是繁星璀璨的东乡夜空。高原如黑暗的怀抱,温融地四面围合。

塔里普的学习就是这样,进了寺不管八年十年,反正要念罢十三本大经才算完。我呢,我本是来领取幸福和荣誉的,可我不知不觉却又把享受当了课堂。而学有学的章法,不管你能吃透几分,十三本已然翻过了一册。

知识、火候、情感错综渗透,如夜空的星月浮云。每一颗星都那么闪烁难定,如同课程刚刚开始。是的,对如此的一册一页,我还要耗费更多,才能触到全部。

突兀想到了鲁迅。他俩相比的话,也许阿爷是幸福的。东乡大山在四下卫护,没有谁敢上这儿扰乱。银河临近得伸手可触,月亮静挂在中天。好像它们正散出无限的银辉,在这样的夏夜,安慰着北庄。

结　　尾

其实,或许我也算久经阵场,但是这次离别不知为什么,居然那么揪动心肠。我孩子一般总想着这怕是最后一次了,别人还没怎么,自己心里先难受起来。

北庄拱北对于我,更多的是一个与底层民众盟誓的式场。有"雪景"那一年,我连阿布黛斯都不会洗。我只是对那株白雪地正中的、墨绿的分杈柏树印象深刻。那时它浑身披满了白雪,一尘不染,一痕不留,沉默着矗立在茫茫的雪山中央。如今呢,即便在我一己的身上,也是如梦的沧桑。北庄,我能够这么离开你么?

走那天,送的人很多。书记和县长想顾全礼性,所以都来了。我本来想象的,在离别一刻可能体验的——北庄的仪礼,动人的都瓦,成了一个喜庆的欢送会。我有一个蒿枝沟的弟弟,闹着要我题字。还说:"让他写!让他写!跑了今天再抓不住他!趁着在北庄老人家跟前,他不敢不写!……"恨得我咬牙。可确实当着老人家,我不好耍脾气。只好勉强写字。笔不合适,墨也太浓,纸更不对。第一笔下去就写坏了。

顾不上了。只能胡涂乱抹,哪怕为了围抱的欢乐气氛。老人家、三师傅、满拉们、书记、县长、司机、厨子,都围着看。

给老人家难道能七步诗么,实在写不出。编了半天,结果弄了个"清洁的精神",字写得像小孩描的帖。这哪儿行呢,一着急,前头赶紧用阿文加了个 B－ism Allah,太斯米。接着给书记写了"与民众同在",给县长写了"满目黄土如金"。直到给老人家的儿子三师傅写时,心才静了一些。我写的虽然仍然不是书法,但流利些了。纸眉上头先是一行的阿文:Amantub－Allhi kema huwo,意思是让咱们在中国信仰,中间是一句心里话:"祝福北庄"。

2000.斋月

吊 瓶 子

腊月间散布开来的这一场感冒,如一次世纪末的瘟疫。离开与归回北京,各见一位熟识的老者被感冒击倒后辞世;进村和告别之间,先是我弟兄两口子加一个闺女,后来闺女打针好了,男人身板硬抗过去了,抱着娃回娘家来看我的那大女子却母女病了一对。全家只剩了一个儿子没病,临走前一天,他也咳嗽开了。

全怨这颠倒的节气。暖冬烘烘,冬行夏令,蓝天晃眼,粒雪不落。你想想,那么多病菌霉毒在热腾腾的空气地蒸着烤着,能不变成灾病降下来么?

我开头没在意,心想打过针退了烧不会再有啥,匆忙地拿着车票下了乡。到了山里睡上热炕,心想何止感冒,一年的陈疾宿乏都会很快痊愈。所以,开头谁若说:咦,你咳嗽呢,我就笑道:就好啦,只剩一点点。

想不到这一点点拖成了一根线。

仗着对往日健康时代的印象,我自信一向连药也不吃的我,若是先锋六号七号一块用上,牛黄银翘双管齐下,采取牛刀宰鸡的治疗法,这讨厌的病一定会溜之大吉。想不到鬼缠住了我,咳嗽声常常从下午涌起,后来到夜间都咳个不停。

——我那兄弟推开被儿坐起:"咋这么个咳嗽?不成了明天走固原上医院?"

"不用不用,谁走那烂脏固原!咳咳咳,咔咔咔……"我在炕上咳嗽成一团。半晌这阵咳过去了,觉得不好意思,再对志文开个玩笑:"我咋不心慌?你这屋赛过疗养院!"

在寺里给经学生们讲过一次课。刚刚拿起粉笔在黑板上写下"关于文明的内部发言"几个字,咳嗽就漾上来了。一群最用功的娃娃正围着我,个个端着复读机。我死命压着咳,竭力想把精彩些的句子录进去,但是偏偏不争气,咯咯咯、吭吭吭……水泄不通地挤满教室的学生们盯着我,表情比我还要着急。

在公路上给某位大婶子打电话。事情不过是我太忙,这回顾不上去她家浪了。但是电线的那一头,她不乐意。说鱼都预备下了,菜蔬都收拾好了。我说实在脱不开身,你老人家多包涵吧,咳咳咳……她反而愈说愈坚决,不行那不行。我的咳嗽排山倒海而来:那婶子……咔咔咔,再说个啥,啃吭吭吭、风大着、库库库库……婶子那再不说……扣扣扣扣——干脆我挂断了电话。这么着,人们开始劝我输液。日语里的这个词是拟音的"点滴",而农民却不用术语,一律称之为吊瓶子。没有人言及瓶子里的药,只是都异口同声地推荐说:吊个两瓶子,保准咳嗽能好。

我一律拒绝。我怕的是那针头家什。这么多年,我虽然弄清了村规人情,但却对农村医疗一窍不通。别弄个连环感染,我说:"不吊不吊!咯咯,还是买瓶甘草片吧!"

但有一回去一个豪杰型的农户家做客,他有车,一见我咳得凶,二话不说径自开车去乡卫生院把院长给拉来了。豪杰抱着两个一千毫升的大瓶子,乐呵呵地说:"这两瓶子下去,你那咳嗽就好了!"没办法,只能接受在农民家输液的新事物。我挣扎着问卫生院长:"那针,咯咯是一次性的吧?"院长睬也不睬我,似乎我是一种文化水平比农民低一级的人,我又问,他才回给一句:"唔,一次性的。"同时一把扯开塑料袋,揪出那副针头针管来。

我放心了,躺下脱毛衣,露出胳膊。四周的农民们齐声说:"不用脱!扎手上的筋。"真是比农民还土气,我无奈地叹了口气。突然想起一件事,忙问院长:"咦,是啥药?"

"好药。"就这样,有生以来第一次在农民的庄户院里吊上瓶,点着滴,输了液。两瓶子既然在豪杰家吊过了,那么再吊两瓶子也就无所谓。后两瓶,我是在自家弟兄的屋里吊的。

娃娃们拧着塑料管上的微调纽,小心翼翼地把点滴的快慢调好。大人寻着窗棂上的钉子,又想挂稳瓶瓶又想让我躺得美。我那结识了十几年的兄弟又擦净一个梨递过来:吃上,梨儿吃上不咳嗽。最精心要数从兰州回家遇我的大儿子——他插上手以后卫生院的小护士便回了,谁比得上这高中生的细法?他静静地坐在炕沿上,甚至安慰般抚着我的手,好像我一吊上了瓶子,也就正式成了病人。

我静躺着,环视着这间农家。吊瓶子给人确实带来奇异的感觉,我突然渴望就这么躺下去。在大山环抱的小村里,在情深义重的前世兄弟家中,吊上一个玻璃瓶,享受人间的情谊。内外的人都回避了,高房里只有兰州儿子。我看着他,渐渐倦意袭来。

那是遥远的旧事了,我病倒在吉木萨尔的县招待所里。每天挣扎着去医院打针,在小贩摊子买几只生鸡蛋磕开喝掉。黑夜的招待所空无一人,那时我感到彻骨的无助和孤单。

回忆着,我察觉到自己嘴角的微笑。那是因为你还没有练就深入百姓的本领,你有眼无珠,没有看见吉木萨尔或者整个世界的本相。那时你只是个肤浅的小伙子,只知考古的技术和文人的语言……晶莹的水滴一颗又一颗,在我的凝视里扑簌而落。

在西海固,也许在一切的乡村都一样,吊瓶子吊罢了,病人家要自己拔针头,换新瓶子也是一样。医生护士把针扎进静脉便走了,余下的事再不帮忙。昨夜在豪杰家也是几个农民换瓶拔针,今天我们的兰州儿子正伺候着。这俊娃娃长大了,浓眉大眼间一股自信的神情。我索性一语不发。注视着那滴下的药液,体味着身体里的感觉。最后的药水在瓶底集成一个浅浅的半圆盅形。我瞧瞧兰州儿子,他聪明地使个眼色,意思是不慌。手背上的胶布已被他一条条揭开,只剩下盖着针头的纱布块,被他轻轻按着。

盅形的液体渗漏光了。透明的管子里,出现了一个下移的小小水平面。它轻柔地一分分下滑,无声无息,像是一支纯净的歌。它流过几个弯曲,流向我的手背。

就在它正要滑入手背那块纱布的一瞬间,在兰州打工的儿子轻轻抽出了针头。

2002年2月

斯诺的预旺堡

1

……与陕西和甘肃的无穷无尽的山沟沟相比,我们走的那条路——通向长城和那历史性的内蒙草原的一条路——穿过的地方却是高高的平原。到处有长条的葱绿草地,点缀着一丛丛高耸的野草和圆圆的山丘,上面有大群的山羊和绵羊在放牧啃草。兀鹰和秃鹰有时在头上飞翔。有一次,有一群野羚羊走近了我们,在空气中嗅闻了一阵,然后又纵跳飞跑躲到山后去了,速度惊人,姿态优美。

五小时以后,我们到达了预旺县城。这是一个古老的回民城市,居民约有四五百户,城墙用砖石砌成,颇为雄伟。城外有个清真寺,有自己的围墙,釉砖精美,丝毫无损。

——以上两段不是我写的。

我仔细地又把《西行漫记》咀嚼一遍。这一次我惊异的是路上花费的时间;虽然爱德迦·斯诺当年骑马,而如今我却乘坐一辆达依热牌的超豪华型丰田越野吉普——我们为进入预旺堡花费的时间,都是五个小时。

当中隔着半个世纪的沧桑岁月。预旺县城衰败凋残,变成了一座"土围子"预旺堡。堡墙也段段颓坍,居民更迁徙外流,如今的预旺只是一处僻冷隔离的穷乡弃里。

十几年来奔波在公路干线的两端,我忘了中段路左隔着一

啊，泉州

兄弟

架大山,有一条古代通路藏着;更忘了那儿有预旺,一个被名满天下的《西行漫记》描写过的地方。

可能是因为见惯了腐败奸狡官僚的缘故吧,这两年,有时突然对真正的革命觉得感兴趣。南至瑞金,北到预旺,这两年我留着意,到了一处处的红色遗址。我在那儿徘徊寻味,想试着捕捉点湮没的什么。

前几年在锁家岔的苦焦大山上,已经远远眺望过预旺堡。我想象着斯诺"越过平原眺望蒙古"的样子,想象着"在预旺堡高高结实的城墙上,红军的一队号兵在练习军号。这堡垒城的一角飘着一面猩红的大旗,上头的黄色锤子镰刀在风中隐现"。

这一年在阿富汗的哀伤大山上,倾泻的"滚地雷"炸弹(中央电视台语)在宣布着蛮横时代。我猜想斯诺在后来,比如在他和毛主席并肩站在天安门上,一边倾听着滚雷一样的山呼万岁一边讨论着民主与崇拜的后来——或许,他也询问过预旺的遭遇。那些红军号兵撤退到哪里去了?他们委派的哲合忍耶农民出身的县长被处决。预旺堡远近的荒川野径上,农民们或者追杀流落的红军掳取枪械,或者恻隐心动把苟活的红军收留进家。喧嚣只是在这一角落响起,随后又归于沉寂。

我们的"达依热"一阵咆哮,从简直是壁立的壑底一下子冲上塬顶,溅了半身灰色的雪泥。从我决定实现走预旺的念想那天清晨,纷扬的细雪就一直在空中曼舞。从塬顶可以极目远望,只要你辨得出那银白聚落是哪里。迟迟不来的、大旱之中的初雪终于落下了,半个北中国总算沾濡了一点潮湿。

2

灶儿弟的外祖父,正是斯诺下榻的杨家堡的主人。灶儿驾驶着"达依热"越野抵达那天,没有对我说明。于是我也就不知道——当年接待斯诺的,今天接待我的,居然是一家人。灶儿弟的外爷当然早已无常,但是堡子却健在。高大的堡墙厚实雄峻,难怪斯诺口口声声"城墙城市"。

清晨起来,空气凛冽呛鼻。赶忙奔出几步,素雪染白的杨家堡——正在彤云碎雪中屹立。好大的一个堡子!……我失声喝彩道。我的喜欢引来灶儿弟的一群亲房家门,高兴地一旁补充着说:堡子打得美,再一百年不得坏。……我问:斯诺他真就住这吗?他们笑答:住堡子里的上房,走,进去看看!

灶儿外爷的后人在堡墙外也盖了几院房子。怕是为的堡外的这一家房新些体面些,昨夜我就没有被放在堡子里那一家睡。这么说,我心里想,那就是——他住堡子里,我住堡子外。多么神奇,中间隔着沧海桑田的变化,隔着恍如隔世的无情时光!

预旺的云,宛如魔术一般,白涂青抹,使这不义的世界变得能看些了。夯土堡墙上,干枯的黑刺绒草都被染白,满墙像生遍了雪白的苔藓。万里静默,村庄淡隐如隔烟幕。

唉,你一去不返,连同那位终日给回民看病,并且给自己取了一个马姓的黎巴嫩医生马海德。如今有谁能宣扬正义,有谁还像你那样为一群褴褛的起义军说话!……手抚着杨家堡子的夯土墙,指尖插进了冰冷的雪里。不可思议的是斯诺当年就住在这堵墙里,不可思议的是斯诺当年就住在一个哲合忍耶和嘎德林耶联姻的家庭里!……

雪停了。但是天穹依然沉沉地垂着铅云,亮些的景物都是白雪砌盖的屋顶。它们无言地潜伏着,在雪雾中低藏着,不愿像我一样急着倾倒心声。

堡子里和堡子外的灶儿家族,好像在争执由谁家请客。看样子,两家要轮着表示待客之道。我陷入遐思,由他们争执商量。斯诺书里也特别提到了预旺的羊肉,说彭德怀很爱吃。但我猜他们都不懂预旺啃碱土的羔羊，与江南或蒙古的羊肉的区别。

清末民初，由于领袖人士的深谋远算，预旺堡一带平坦塬上的荒地，被哲合忍耶教门购入了两三千亩。灶儿的爷爷就被派到这里管理瓦合甫（宗教性的共同财产）土地，同时娶了杨家堡子的（灶儿奶奶）。斯诺的书中提到"老教，新教，新新教"，灶儿爷爷和外爷便正是那前两种：新教哲合忍耶和老教嘎德林耶。

这里是黄河灌区、陇东山地和陌生的陕西的交界，不论地势还是民族，从此向东就不一样了。夹在边区的是亘古荒原，因为它平整，所以叫做塬，刀劈一般的深沟无底壑，把它切割成一连串的张家塬、李堡塬、南塬北塬骆驼塬茅草塬，直至传说中的董志塬。

一道道含硝碱的苦水朝低处涌流，顺路恣意切削着黄土河床。百年千年过去，河沉绝壁之底。我们的"达依热"一天要往返预旺堡和杨家堡几次，于是也就只能反复地钻入地底般地溜下沟、再翘着鼻子爬上塬来。

攀谈久了，一丝滋味才悄悄地从嘈杂缭乱的信息中浮升起来。堡子不就是土围子么，当年手中有枪的褴褛红军，也未必就是被灶儿的外爷羊羔浓茶地欢迎进来的。听说灶儿爷爷因看管瓦合甫寺管耕地，也被划成了"看家地主"。也许，当斯诺骑着马花了五个小时进入预旺堡子之前，主客之间的序幕故事，至少是严峻的。

但是回民生存的底线显然没有被破坏。生计，教门——这两样似乎根基未动。你看斯诺写的："从一边望下去，可以看到一个清洁的院子，回族妇女在舂米做饭，另一边晾着衣服。"还有："彭德怀走过预旺堡的大街，停下来同出来向他道别的穆斯林阿訇说话。"

斯诺也许什么都听说了，也许根本没挖到深层，但是只有斯诺勾勒了一幅预旺的草图。

蒋介石当年气得语无伦次的时候，只会频繁地骂人家是"匪"。正像小布什咬碎钢牙，咒骂人家"恐怖主义者"一样。只是在预旺时代还没有流行这新潮的词儿，所以红军也好斯诺也好，就没有戴上这个恶谥。

3

临走那个下午依然飞雪如幕。人总是这样，鬼催着一般急着赶日程，把好不容易到达的地方，把好不容易获得的时光，又轻易地放弃。堡子墙的里侧，一溜颓残的窑洞。沿着一堵堡墙数数，就有十几孔之多。若是这么个，恰好能住下一个山大王，或者一个司令部。

斯诺住过的房在哪搭？我问。

喏，只剩下了地基。我忙低头辨认，原来在这里，堡子边上有一层高起的台基，原先正房的痕迹被雪半露半埋。我失望地说：噢，正房不在了。

——可斯诺正端端地坐在这里。他还写了一幅画儿，墨的，都是字！……那字看不来。听说是个歌嘛是个诗？……

我查了资料。书上说斯诺发表在预旺的一篇热情讲演，被翻译成中文，抄写在杨家堡子的"列宁室"墙上。他在讲演中高呼"红军胜利万岁"、"世界革命成功万岁"——而仅仅两个月以后红军就全面败退，丢下了刚刚建立的预海县回民自治政府，丢下了刚刚委任的县长马和福，撤回到了陕北一隅。而蒋介石更加怒气冲冲，大骂赤匪不已，使得地方学舌，创造了"汉匪"一词。

就在这个时辰，堡子里一家和堡墙外一家都炒开了羊羔肉。

大雪停了，但天还没有晴开。

我看天色已晚，接着还有几百里冰雪路，于是忍痛割爱地说:"两家子的羊羔肉,只能吃一家!"

如今深深后悔了。信笔写着,我恨我那时着的是哪门急。为什么不安排松宽些呢?如今预旺已是千山万水,远在天涯!

红军大概是为着接应二、四方面军才西征甘宁。七月占了预旺,八月斯诺来了,九月结束了他在宁夏的旅行。十月红军一、二、四方面军终于在会宁一带会了师,十一月就全部东撤陕北。他们放弃了平等主义的农村战略,中断了新鲜的民族自治尝试,他们扔下了预旺和小半个海原的苏区,扔下了被他们吸引的朴实的回民党员。西北的红星转瞬消逝了,变成了一个模糊的传说。

体制卷土重来,处处在追杀零散掉队的红军。马和福,这哲合忍耶的贫农,预海两县的县长,被同胞捕住,被官军杀害,成了宁夏第一革命烈士。我有一个当阿訇的弟弟曾在不久前给马和福家过忌日,念《古兰经》的地方,是革命烈士陵园。

但是红星确实曾经照耀过。不可思议的是,那些头戴红星的"恐怖分子"的思想和口号,既便对于坚信伊斯兰教的回民,也散发着魅力。我猜大多熟读过《西行漫记》的读者都不会太留意——斯诺这本书还是一本早期的共产党人民族政策的记录。在"穆斯林和马克思主义者"一章中,斯诺令人留恋地讲述了许多红军尊重清真寺和回族权利的细节。如连队里热烈辩论是否应该没收回族地主土地的段落,读着让人浮想联翩。

正如哪怕一滴血落入水,也会洇染漶漫一样,任何一点的好意和善举,都换来了民众的回报。红军退回陕北,扔掉预旺以西的地盘以后,在官军民团对残留赤色分子的报复中,也有许多把流落红军收留保护的行为。当阿訇的弟弟就对我讲:"救下红军的人,多得很!……我们家就藏下了一个。她入了教,从小我喊她萨风儿姑姑。解放了她进银川当了工人,一直到前几年还活着。我在银川念经,星期天就去看姑姑……"

他们的土话把萨菲叶或索菲亚这个名字,挺好听地念成"萨风儿"。也许那是一个江西或者福建出身的南方农民女孩。人的慈悲心动,使她躲过了屠刀。以后她藏身异族的家庭,终生做了一个穆斯林。

——追杀游兵劫掠军械也好,藏匿罪犯救人一命也好,都是一九三六年十一月大形势在荒僻预旺的星点表现。斯诺的著作多少染着一点左翼的惊喜,而没有更多涉及泰山压顶般的严重形势。但是,蒋介石对一支起义军斩尽杀绝的国家恐怖主义行为最后物极必反——十二月爆发了最富戏剧性的西安事变。

筷子里夹着香嫩无比的羊羔肉,窗外银白混沌的风景依然静默。斯诺和红军都走了,只有堡子一如旧日在雪中矗立。它就像微渺的百姓一样,忍住命运轮番的折磨,维持自己一脉的存活。

4

三番五次道别之后,我们的达依热驶离了预旺。最后上下那道深壑时我们下了车,顺着雪路一阵跑到沟底。后来我才知道它就是史上著名的苦水,如今地图上写为"折死沟",老百姓叫它"黑风沟"。总之是王法的边缘,俗世的绝地;所以回民先寻到这里安家,红军又找到这儿扎寨。

开车的灶儿沉默了,陪同我的阿訇弟也不再言语。我们在晃闪的遐思中,顺着白亮的大道,翻越着大郎顶,对准了下马关。

——这条路,曾经是他快乐纵马的故道。"我要回预旺堡时,徐海东借给我一匹宁夏好马。我在草原中一个大碉堡附近同十五军团分手。这条道路五十多里,经过平原,一路平坦。"译文在这里至少是不精致的——所谓草原中的大碉堡,其实是著名的灵州古道上的烽燧。这些古老的烽火台一座座遥遥相望,陪伴着我们的达依热，体会着道路的几层含意。

车过大郎顶以后，眼前白茫茫的无垠雪原，就是斯诺所说的大草原。那里串联着一座座古城：下马关、韦州直至丝绸之路的重镇灵州。此刻烽燧和堡寨都被白雪半遮，它们笔直排向正北，勾引着人心的惆怅。

我梳理不清自己对斯诺的感受。在大时代，不仅会出现伟大的行为，也会出现伟大的言论。早就听说过对斯诺的批评指摘，说他对农民和农村的了解，不如韩丁的《翻身》。现在看来这样的挑剔毫无必要——难道非要一个美国人了解杨家堡子是嘎德林耶、看家地主的土地属于哲合忍耶，才能对他首肯吗？关键在于他的声音使石破天惊，关键在于他为人的革命权，实行了响亮的辩护。

越野的达依热滑过雪路，飞一样向着下马关疾驶。我向北，他往南，那一天斯诺勒不住口硬的骏马，一蹦子跑回了预旺。雪晴了，一直到地平线的景物都从白幕中浮现。我们和他擦肩交臂，错过了两个时代。

我想起一件事，忙拍拍驾驶员灶儿。

"不要等公家，你们自己把那堡子好好收拾一下，照样恢复一个列宁室。把能找得见的文物都摆上。把那一段历史的解数，连图带表，给它挖一个又真实又清楚。记着：下一步马上先去……"我仔细地嘱咐着灶儿，幻想指导他在杨家堡子搞出一个超过延安的小展览馆。

"怕的是亲房们都是回民，对展览斯诺没兴趣。"灶儿说。

"那你就把这段话抄上，看他们还没兴趣，"我说的是《西行漫记》里记录的，斯诺对红十五军团回民教导团一个穆斯林红军的采访。问答都非常精彩，值得大书于灶儿办的博物馆墙上：

——如果革命干涉到你们的宗教呢？

——不，红军不干涉伊斯兰教礼拜。

闲谈之间，达依热驶过了下马关镇。一些穿红缎子袄、戴白盖头的回民媳妇，倚在砖门楼上朝我们眺望。斯诺就是在这里采访了十五军团的回民兵士，然后骑马跑回预旺的。车子再掠过两座烽火台，前方的雪原上，便影绰地现出了韦州的烟树。

他使那个时代，响起过同情和公正的声音。虽然仅仅是一个声音和一本书，但却获得了天下的倾听，因此也压倒了围剿者可笑的诅咒。

然而天下或许没有留意倾听他的另一些话；他曾善意地暴露，清醒地怀疑。他委婉但坚决地表现了自己的原则，他为潜在的弱者，预先地表达了关注。

天尽头的雪地中现出一座尖塔。仿佛灶儿说，那是韦州的宝塔，但我心不在焉没有答言。读爱德迦·斯诺的书像读很多好书一样，还是要到现场，对照景物，句句体味。

初读他大概还是当中学生的时候，后来就和众人一样把他当了口头禅。现在看来以前不过是翻阅而已，没有将心比心。在与西海固广袤大地结下了不解之缘以后，在走遍了左右的山川庄户最后结识了预旺的弟兄以后，我读出了《红星照耀中国》的滋味分寸。

前方路面黑了，柏油路上的雪已经化净。雪停了，接着又将是冬春的连旱。韦州的庄稼地没有接上多少落雪，视野里已是一望黄黄。就像空中响过了——那同情与公正的雷声一样，从这一刻起，土壤和庄稼，世界和人心，又开始了干渴的等待。

写于 2002 年 3 月

旱海里的鱼

1

若回忆一九八四年冬,回忆初进西海固的情景,已觉得漫漶混淆、梳理不清了。如今还占踞脑海的,只是那场冬月里的大雪。

我在一个飘雪的早晨南下。

到了积雪幽蓝的傍晚,在码头般的固原城,独自下了车。记得那时心情和视野一样,四顾一片茫茫。然后就匆忙迈开了我的脚步。

遥远的北京正在召开文人们的大会;我却蹒跚着,踩着封了山也断了路的积雪,踏进了这个村庄的路口——如阑入了一扇忘了关上的、阿里巴巴的山洞大门。

这儿有夯土的长城,虽然颓圮半尽,在白雪覆盖的原野上,微微地隆作一道长脊。我去看固原,听说它有砖包的古城。我去看清真寺,掩饰着孩提以来的陌生。那一回我头一次触碰到了枯黄的山、烧炕的树叶、神秘的白帽子和一个响亮新鲜、叫做西海固的地名。我好奇也留意地,记住了他们的衣食住——六牙的帽子和领口用一个大扣襻扣住的大皮袄;大伙儿扯着一条旧花棉被盖住脚的、用扫来的树叶烧热的炕头;以及酸酸的、当心有一汪清油和一撮菜末的长面。

在日后的半辈子与我兄弟相称的、手心有一个月亮纹的农民家里，娃娃们和家里大人吃的，是半锅洋芋半锅面糊的散饭。交通已被大雪截断，住进来的我，觉得隐秘和安心。每天的夜间是谈论教门历史的；白天则多是被几个家门弟兄拉着，到各自的屋里转，吃同样没有菜蔬的一碗面，或者炸得黄黄的油香。

我们的历史，就这么开始了。

敞开的正房门框，盛着一方银装素裹的山峁，如一幅引人凝视的画图。不论是伊斯儿还是桃花，我多少次看着娃娃们吃力地端着一个大粗碗，吃着走进这个画面。他们个个都精着脚，冻红的小脚丫毫无知觉地踏着雪，迈进了门槛。筷子太长，他们只能捏住筷子的下半截。一边朝嘴里拨拉，一边抬起双眼皮的大瞳仁，不眨眼地看着我。

我觉得心疼，蹓弯儿时去了供销社。看有黑白布和棉花卖，就给一个放牛的儿子扯了一条棉裤的料，给几个小的或是袜子，或是头巾。握月兄弟的女人手巧，一夜工夫就缝了出来。第二天早上，大儿子穿着新棉裤。看着我时，他的眼睛一副闪闪的神采，像是悟着什么奥义——那时他十二岁，还没有上学。这眼神他后来一直没失去，一直到他把高中毕了业，一直到他用打工的血汗钱，扭转了家境。

只是完全没有青菜的日子，使我多少觉得不适——几天吃下来，话题便开始围绕着种菜。我打听西海固不种菜的原因，握月便连连摇头：不会种！不能成！这土不成！这天气不成！

他一个劲摇开头的时候，犟得像拒绝一项哈拉目（宗教的禁物）。渐渐我半疑半信，也以为西海固的土壤节气，不适合种菜。

公社书记提着一个黑人造革包，领着随从来看我。他宣布公社党委觉得我辛苦，决定给我煮些牛肉送来。宣布完了，当场把人造革倒空，一堆煮牛肉堆在炕桌上。

我非常感动，那时的"党群关系"多亲密啊。那位书记后来退休,当了清真寺里的保管。他是我见过的最淳朴的党委书记,不沾一根草的便宜,无一句多余的言语。他的道路里,含着一种深刻的一致性。

见到书记大驾光临,农民捉了院里的鸡儿。灶房丁当,做饭待客。娃娃们全数被驱逐,陪客们在炕上饕餮。哦,贫困山区的、牛肉与鸡的盛宴啊!……我心中不安,望着肉,只摆样子,不忍伸筷去吃。

一本兄弟故事,就这么,缺油少盐地翻开了篇。

兄弟劳神于无米之炊,总算计怎么招待我。

他溜到当院沉吟半晌,要捉了院里的鸡宰。可我已经开始熟悉西海固,有多少鸡可以这么宰呢?于是,就在一次鸡儿已被炒熟的当儿,我不顾封建的灶房规矩,踏入那块男子的禁区,趁着娃他妈一阵慌张,劈手夺下炒得油汪汪的鸡肉盘子,塞给围观已久的孩子们。

娃他妈还来不及叫喊,娃娃们已小狼般扑来,伸出黑黑的小手,塞进大张的小嘴,盘中的鸡肉,霎时间被掳掠一空。我开心得禁不住哈哈大笑。就是为了这个原因,娃娃们至今个个是我的同党。

交情和信任,悄悄地浮现了出来。

娃他妈叹一口气,从此不再对我回避。甚至我半夜睡得呼呼,她也敢径自进屋给我添炭。只是无菜的食生活,还要缓缓延续很久。

我们结识的第二年,春季里,两人在兰州分手。我舍不得。可是那时的兰州,除了南关或者西关十字有一家能胡乱炒几个菜的地方,剩下的清真饭馆一色只是牛肉拉面。加上我兄弟他们对清真馆子也审查严格,只认一家张家川的。

我和张家川人谈好,借他的牛肉面摊子炒几个菜,告别弟兄。记得用了二十一元,菜不好,可量大。

"二十一元!……"握月兄弟惊呼道。

这西海固汉子的表情上,充满了一种宗教感。整个席间他惊慌失措,好像这是要他干罪,好像他肯定如此的奢侈犯了教法。他瞟着我,像是想说什么,但又没说出来。他的畏惧传染了我;但我愈是感动,就愈是只能催他多吃。他一个个端起那些八寸七寸的盘子,用筷子朝嘴里扒着。同时想说些啥,但脸直至胸口都挣红了,气呼呼说不出来。

一时我担心过他的胃,但正如我的分析:一般说来,穷人是不会生胃病的。饱饱地吃一顿,永远是好事情。

娃娃们,那经常翻我的背包"搜糖"的小儿子,他的零食是把一根洋芋粉条伸进炉子里烤焦(握月三弟在学校干活,有学校补给的煤炭。所以能在我屋里架起烧炭的炉子),然后捏着一头咬吃。至于一副理解大人机密神情的美目长子伊斯玛依尔,他常常在夜里,当我和他父亲谈得入港之际,蹦下炕来给我们烤洋芋。

夜里,我们说得兴奋,突然觉得肚饿。握月就喊一边被儿里睡着的儿子:

"快!捅炉子!给你巴巴烤个洋芋吃!"

我呢,也猛想起凡高的《吃土豆的人》。土豆就是洋芋,想到在西海固大山奥深的冬夜,在农民泥屋夜烤洋芋的滋味,我也催孩子:"快,烤三个!"

娃娃一下就跳下炕,把炉子捅旺。又推门钻进寒风,咚咚跑着,捧回地窖里的洋芋。他机灵地看着我笑,好像说:不急不急,烤熟要一阵工夫呢。然后攥着火剪,披着他的小棉袄蹲在炉前,一直到唏嘘着把烤得焦黄滚烫的洋芋,捧到了我的枕头上。

2

潜入西海固的那些年,我吃得最多的,是娃他妈的细擀长面。

听说她当姑娘时切面的本事就出名。七十年代的哪一年,嫁来握月家那天,她作为新媳妇的见面礼,就是给婆家人擀一顿面。听说,那一天端出来的数十碗长面,根根一样粗细,不止一人怀疑这媳妇从哪弄来了高级挂面。一席面吃得婆家人人赞叹,吃罢了,她也就开始了苦难的媳妇生涯。

长面待客,桌上多摆开四只小碟:辣子、醋、酸白菜渣再就是一碟咸盐。长面煮好以后,用筷子挑起,然后在碗里一顺一摊,根根面条又细又匀。清油浇在碗心,再调上碟子里的小菜。

清苦的吃食,自然引出了饥饿的话题。

"不,这就好得多了!比起吃食堂的一九五八年!……"他们忿忿地说。

我留神地听。那时流行说"浩劫",而西海固的浩劫,是在一九五八年。

一九五八年西海固天降横祸,树皮被剥光了,食堂里只有清汤。据说吃树叶吃得肚皮透明,隔着皮能看见暗绿的肠子。握月的二弟那时还小,他在攀上一棵榆树时晕厥,不省人事地被背回来,不知怎么留住了命。

天灾之下是政治的暴戾;莫须有的罪名飞舞着,遭到杀、关、管,处决或狱死的例子,充斥每个家庭。固原的王阿訇以自杀抗议,脖子上割了四刀,淌了一个牛的血。居然没有死成;一块鸡皮贴住伤口,从那天起他装哑巴十八年,直至"四人帮"垮台,才重新开口。握月的父亲,挂着一根牛角拐杖、每天从下湾蹒跚到上湾来看我的一个老农民,也成了反革命的营长。他只有逃跑一条路,咬咬牙远走青海。临行前放下一块馍,留给孩子。

握月说:夜里他离了家门,月亮下我妈送他出庄子。我没送他,心里只想着那块馍。他一出门我就抓过馍,几嘴先把它吃下。

叫做"白俩"的灾难,不仅光顾回民。一个发配来的北大中文系右派学生在待毙之际,不意发现了破炕席下有一层谁埋下的陈年麦粒。不敢告人,悄悄吃着,他活了下来。

狼在村庄里游荡,溜进屋子。人互相问:噫!那是个狗么?但饿得眼睛模糊,看不真。说着的时候,那条狼慢慢地穿过屋走了。

最惊心动魄的一件事我以前写过。是关于一个背了冤死的兄弟埋体(尸体),昼伏夜行,从千里外的平罗监狱回家的故事。他们家四兄弟,一个狱死,一个饿毙,一个疯了,还有一个自杀未遂。

也许那件事,以及哑巴王阿訇的事,对于我是一次颠覆的教育。从那以后我变了。

可是轮到我复述时,我总搞乱了农村的亲族关系。我总是先激动起来,说得声音嘶哑,但却弄混了究竟是背回老三的老二失了神,还是老大被捕后寻死的老四疯了。

西海固的荒凉大山,从那个冬月开始,成了我的故乡。清油辣子的浆水面,苦中有甜的罐罐茶,无事在泥屋里闲谈密语,有时去山野间访故问新。渐渐地,我熟悉了这块风土,听够了这里的哀伤故事,也吃惯了这里的饭食。

他们说着,我在倾听。吸溜进一口面条,再摸起笔来记录。

忆起在东京,有个日本教授说,中国仅在一九五八年就死了两千万人,我抬杠问:你数过吗?没想到握月家的夜话,给了我一个扎实的数据。在一九五八年仅四十户、二百余口的这个小村,居然约有七十人饿死或狱死。

不多写了,这篇文章的主题是美食。

我剥开一个洋芋的焦皮,黄里透红的沙瓤冒着腾腾热气。怕烫嘴,我吹着,心里琢磨着一个条理。

握月家的老二对他大哥忠心耿耿。不管有事没事,他总是每晚都来伺候,煮罐罐茶,添炉子炭。这时他建议道:"砸上些蒜么?醋也有。"

强加于农民之身的一切都失败了。"不要蒜,醋也不要,"我沉吟着。人到了濒临绝境的时候,肯伸手拉扯一把的,只有血脉的家族。"盐有么?有就要些盐。"我掰下一块香喷喷的烤洋芋,蘸一点盐,慢慢品味着吃着。

门扉之外,西海固的寒风在呼啸,呜呜地掠过山沟。一抬眼,不只是二弟,老三和老六也站在炕下伺候。最后的治国安家,还是退回到农民原始的结构。

烤熟以后的洋芋,是我们绝好的夜点。微焦、滚烫、嚼着咸丝丝的洋芋,使人浮想联翩。凡高的土豆像是煮的,暗褐色的灯光下,农民围着一只锅。若是画的话,我们面对的色彩比他明亮——日间的沟壑淡黄,夜晚的村庄黑褐,屋里的泥壁涂过粉贴着纸,还有嵌了玻璃的画儿镜框,阿拉伯文的红字条幅。

3

唉,谁能尽知时光——难解的时光!

那些年,不如意,事连连。为了生存,我远走了日本,他也打工于海原。那一阵我们都各人自救,咬牙应对躲不开的命。我洗碗教书加写作,三合一地过了关;而他一个举意十年下苦,解开死结盖了新屋。

久别后重逢的日子,我们喜欢挤在炕上,扯他一个东方既白。渐渐地都像上了瘾,总盼着半夜地倾倒,说尽满腹的大小心事——饿了朝下面灶房寻觅吃头。现在做饭的都是女儿,娃他妈半辈子落下了手臂疼的病。我一到,出了嫁的女儿们就候鸟般飞回娘家,引着女婿,抱着娃娃。女婿担水倒茶,伺候着陪我们万一要走个哪里;女儿守在灶房,防备着看我们突然想吃个什么。

我兄弟的口才是一流的。讲出门,从打票开始一路风景;讲盖房,从料到工绘声绘色。

"这高房就是四十根椽子!多一根没有,少一根不成!他匠人也没有办法!……"引得我忍不住去看椽子。

倒叙隔绝的时光,是一大难得的享受。听我讲日本的洗碗教书,他们听得着迷。一边几个娃娃的神色,像是看一场日本电影。兰州打工的侄子算了我刷碗的工钱,惊叫着这个工打的美!巴巴给我们也联系一下!……

就这么,我们大人娃娃挤作一堆,畅谈着各自生存的故事。听了我的刷碗经而不是文学奖以后,娃娃们由衷地服了我了。我一边端着女儿们恭敬地端上的碗,一边对女婿说教:人生几次搏。你们要改变苦命,就要决心搏它一场。万千的没出息人都是顺水漂的渣子,只一些有志气的,斗赢了这个顿亚(现世)……云云。

在都市,也许改变命运靠一次"搏"就成了;而在农村,据我观察在西海固改变一个家,要两代人的光阴。

若数数这家人的第一代,六个兄弟有五个闯过新疆。

他们的走新疆,可不是什么"西部探险"。那是达坂城荒山的煤窑,是乌鲁木齐烂脏的车站。二弟挖贝母是在特克斯。恰巧,我也在特克斯河边挖过古墓,便问他待的地点。

二弟嘿嘿笑着。他心满意足:苦了只一年,吆回了一头牛。

一世匆匆

大河家

至于他在特克斯的住处地点,他怎么也没说清楚。

问多了突然意识到:哪怕我在特克斯再考古十年,我也永远不会懂得——那些离乡背井的、西海固农民蹲踞的角落。如同没有户籍的盲流,如同没有人权的苦力,挣扎在生死的边沿,睡在没地名的地方——他们怎么对我说得清那生涯的位置呢!

从一九八四年冬天算起,我们的结识已经逼近了二十年。

谁能尽数时光?

殉物是有规矩数目的。一代人的受难还不够,我一双眼睛目击了两代人。下一个轮到的是漂亮的大儿子,八十年代常给我烤洋芋的伊斯玛依尔。

娃娃高中毕业以后,马上坠入了炼狱。在给我的信里,他还没放弃复读升学的念头呢,就跟上伙伴走了银川。残酷现实接二连三,半年劳苦没有挣上钱,几乎连思考的缝隙都没有,紧接着他又走了新疆。

孩子在轮台一线挖甘草的时候,巧极了我也到了南疆。可只听到消息,却没有找见人影。轮台东门送君去,一川碎石大如斗。只知一群西海固人在巴音布鲁克以南、和静或轮台的戈壁滩挖甘草,但是不知地点。

我到达焉耆的时候,听说他们被雇主骗了。一伙外乡人,拿不上钱却被扔在戈壁滩,没有车回不来。我正着急,到处嘱咐焉耆的朋友留意帮助寻找,可又听说这伙人早走了。传言他们先是在库尔勒想告状,这一阵没了踪影。我明白,如果没吃食又没车辆地被扔在戈壁滩上,那吃的苦就说不尽了。最后一个消息传到了焉耆,说他们已经回了口内了。

正说着,女儿们做好了饭。烤油香,烩粉汤。妹妹把托盘递给哥哥,好像发现了屋里气氛沉重,就望着哥哥,站在一旁凑着听。

哥哥已经是一个成熟青年。站在炕沿,给我端着一碗热腾腾的羊肉粉汤。我回想起他披着一件小黑袄,蹲在炉子旁烤洋芋的往事。不知从何时起,烤洋芋,吃得少了。

我沉吟了好久,还是决定问:

"我一直想问,在新疆,为什么不试试我托付的人?不知道地址么?还是怎么?"

"我没找,"他低头瞟着碗。"咱们和要饭的一样,谁看着也不喜欢。"

我拨弄着热腾腾的碗,一时间哑然无语。总之都过去了,没有必要渲染。想着吃了一大口。滚热的粉汤,烫过了我的胸口。

4

前年是连旱的第三或第四年。一次半夜扯磨,握月兄弟突然自语道:明后天你走了,我也出门,借些麦种。

我不经意地问:借什么麦种?

握月的语调坚决:种冬麦。

我怕他笨,新鲜事弄不好,赔不起,就反对道:好像我初中学过哪门课,生物或者自然,教过冬小麦春小麦的事。不是高寒地区只种春小麦么?

握月解释说:这里也和书上一样,是代代的春麦地方。可如今,春麦年年旱死,于是就有人试冬麦。开始人都说不能成,可是种的人都种成了。

我继续反对:改变千年的庄稼?不是种子站技术站管着么,他们咋说?

"谁管你!现在都是各人自己干。我看透了,这春麦,再不能指望。"

我明白事关重大。包括内蒙古都不下雪了,以后的干旱已是必然。

次日我去看了他的冬麦。在苦水河的平滩里,有兄弟的一块地。我穿行过去,猜谜般打量那些墨绿的麦苗。可别都死了!你看能活吗?我叨叨着。四下的大山影障迷蒙,暖冬的气流浮沉着,看不清远处的村落。

"成不成,那就是胡大(波斯语:真主)的事情了!"他叹口气说。

改变的不仅是麦子。经历了轮台挫折的大儿子,已经在兰州初战告捷。

几年时光,娃娃没有睡过床铺。煮羊肉,当采购,几年都睡拼起的板凳。好像有个规律,不管哪一个时代都一样:经历过前一个时代的娃娃,就和后一个时代出生的孩子不同。

第二代西海固年轻人的自救,不是用粮食,而是用现金。他们心重顾家,不诉苦也不生病,心里牢记着的,只一个存折的密码。

几次到了关键,握月都走兰州。一听说他追到城里向孩子要钱,我就不免觉得有些残酷。但时光流过,我也学会了:人生可靠的互助体无非自己的家族,紧要关头人能抓揽的最后绳索,只是一根血脉。他没有糟蹋儿子的血汗;我在一旁看得清楚——当那只掌心有一个月亮纹的粗手接过娃娃下苦挣来的钱以后,一个个元如一枝枝箭,准准射在了要害。

儿子的接济是刃上的钢,但儿子不是惟一的力量。

还有女儿们。

出嫁的女儿不仅换来了彩礼,也引来了年轻的女婿。两个女婿一经一书——大的读过高中、二的念过满拉(清真寺里的经学生)。只要到了姨父家(西海固把丈人叫做姨父),铡草喂牛、担水扫院,不用催促一个劲干活。听说我来了,两个女婿都专程赶来行礼。他俩一个朴实一个英俊,在我的高房炕下站着,我喝一口茶,他们就续一点水——凭空多了两个护兵,我高兴得不知怎么才好。

见我喜欢丈夫,女儿的话就多了:

"巴巴,你喜欢他,可他恼了时,还把我打呢!"

女婿又害臊又快活,哈哈笑得肩膀抖个不停。

女儿还告状:"巴巴,我达(父亲)最把女儿不当人。连一天书也没让我念过!"

握月不把脸对着闺女,却直直望着我说:

"最数这娃苦大。噫!放牛、背柴、书一天没念!"

他显然不太歉疚。

女儿们的牺牲被忽略了。但是确实感谢真主——她们或许得到了更多的幸福。毕竟,一个称心的女婿,才是女儿最需要的。虽然都是农民,贫贱夫妻百事哀,但女婿的事令人知感——小伙子们如活泼的清水,和谐地融入了这个家。高中生举止稳重,大满拉精神抖擞。当年蜷缩在寒风里的褴褛女儿,由于顺心,在婚后开始漂亮,人丰满了,连皮肤都显得白润。

小两口们到了农闲就如两对候鸟,忙过了自家的事就搭着班车跑来了。加上同辈的家门弟兄,这个家已然是一架不停息的机器。没有谁管理,也没有谁怜悯,农民们默默地立下了决意,或者人前低头再一世受穷,或者破釜沉舟开一条活路——他们使足劲,搭着手,把满山旱渴稀薄的麦子,把满山广种薄收的洋芋,割下来,挖出来,装上车,运回家。

从冬麦地回家的路上,我仔细盘问他的经济账。他一五一十地算,我听得认真。午后的冬麦地里,微弱的日光,把我们的身影长长拖在麦苗上。怎么算,儿子能拿得出的,多了也就是万把元么。就这些?我不信。你还雇推土机,改了山洪的通道。

你还两亩换一亩、把前后都换成了自家的地。还栽果树、盖高房、玻璃窗子、涂料的墙……去年没有喂牛的麦秸,还买四百元一车的牛草。不说还谋划着给儿子娶媳妇盖一排新房——难道一样的元,到了你的手就比别人耐花么?我怎么算不出你这农民的算术题。

"我还有洋芋嘛,"他累了,顺口地说。

差不多二十年,在胡大拨派的时光里,除了改种冬麦、儿子挣钱、女儿出嫁,还有一辆车也值得一提。

如今流行谈车。我听过一个作家吐沫星子乱溅地大谈奔驰宝马。而我却喜欢谈论另一种车:时风,还有蓝电。

本质上它们是一种三轮摩托而不是一种汽车,但是却有着小卡车的厢斗和咣当当的速度。它们的学名大概是叫"农用机动车",我只熟悉它们的诨名:甘肃叫三马子、宁夏叫蹦蹦儿,内蒙古牧民则音译其三轮、叫它"三诺尔"。

物换星移,我们西海固的家里,已有了蹦蹦车一辆。

嘿,最数这个车危险!每年死多少农民!……他感慨着。

他引着我,看过运洋芋出事的白土崾岘。那一回,刚好爬到这座白石头山最高的山顶时,三马子蹦蹦车先是使尽了力气,接着刹车失了灵。

缘故是我托兰州的朋友,给美目长子介绍了一家餐厅打工。兰州战役是决定性的,因为人不能总像在轮台戈壁那样倒霉。

娃走兰州,要多少带些盘缠。父子拉一车洋芋去卖。装得重,车突突突挣扎到崾岘的山口子上,一丝气吐尽熄了火。传说中的农用车事故发生了——车从山口倒滑下来,倒退着栽向路沿。那时果然刹车失灵了,右手是三十几丈的深崖!

他说他已经吓得失了神。

但是。说时迟那时快,下面一辆卡车突然冒了出来,巧巧地卡在路沿和他的三轮蹦蹦之间!……

就这么,避开了一次上了眉睫的车毁人亡,也避开了这一篇兄弟故事的悲剧。

我不知问啥才好:

"那一车洋芋能卖多少钱?四百多元么?"

他答:

"你看机密有多么大!端端的(刚巧)一个车闯过来,将将的(恰好)把我挡住了!……唉,胡大呀!"

我俩的思路,总是有些不同。

我是感慨农民为了生存,感动于他们为微不足道的一点收入赌命冒险;而他呢,却完全不是这种常规思路。他是西海固数第一的参悟家;总是牢牢捕捉着每个细微,咀嚼着隐显的非理性因素。他能迅速剥开事物的外壳,不舍不弃持续分析,在冥想中细细发掘,直至总结出其中逻辑。多少次我注视着他,不得不承认这农民的脑子;它确实敏感警觉,真挚且富于思辨。真的,我不知接触过多少文人墨客,总觉得他们不及他半点悟性。

他的结论是神秘主义的——不是事故,不是巧合,那是千真万确的真主的意欲!这件事再加上已经积攒下的其他一些事,使这个西海固的汉子激动万分。

他的情绪感染了我。虽然总的说来,我对于克拉麦提(奇迹)的故事持谨慎态度,但我也不能否认强大的吸引。不止一次,是我要他再讲一遍。我喜欢他的讲述,包括渐渐兴奋起来时他的神色。

我也喜欢坐他的三马子。每逢挤在一堆农民里笑着喊着,行驶在黄土高原的莽莽山间时,我就禁不住兴奋,而且痒痒地计划写一篇《巡洋舰乘风破浪》。

每逢我路过白土嵝岘,无论是坐桑塔纳还是坐三马子,我都忍不住注视那山口。

那道崾岘确实险恶十分,如今已被废了不再当公路。在怕是白垩纪的灰白砾石层里,混着血红的胶土。它沉默地高举着一道白石碴子,蹲踞在山的一角,如与我互相注视。确实,西海固的穷山恶水,就这么一处处地,与我有了关系。

5

人和人之间常拦着一个离别。谁没经历过一些离别分手呢,可是我活了半世,如此伤神的离别,如此的人想人,大概只能举出这一次。

我是在日本听说了他离家出走的事的。以后,更听说了摇旗堡这个地名。

知道了,不过是给心里添一股烦恼。知道了也没有办法,这是一个自救的年月。

人在剧烈地分化,组合选择,暴发破灭,浮沉起落。人不诉苦世不笑娼,没谁一声约定,但数不清的人都动作起来——我们弟兄也一样;我们在各自的前定路上,听凭着个人的造化,暗暗咬牙,走着自己的一步险棋。

在日本,我常靠着车站拉面馆的洗碗池(也靠着大学研究室的落地窗),久久地陷入冥想。无论与怎样的人相交,谈不到这么深的一层。有谁能听懂大灌渠和华家山、李得仓和王耀成呢?我从不想重逢的日期。家路隔断,正是分离的季节。

只是,有时车正在驶近名古屋的哪个站,我突然看见了他的背影,正吭吭攀着后山的干沟。我经常发现,愈是自己在滔滔不绝时,其实正在陷入沉默。我独自享受着痛苦,如啜饮着一剂浓稠的苦药。在隐蔽的角落里,我悄悄想象着他的处境,想象着一个摇旗堡。

前一夜多少落了些雪，山野显得清冷干净。我是在爬着后山时，才发觉自己的体力真的不行了。我俩抄近路爬一个崖坎，从一个碎石头裂隙里往上攀登。我还寻摸攀扶的地方呢，他挤到前面，肩晃腰扭，居然不踩石头不走路，笔直地噌噌上了陡壁。我气喘喘地说："你那两个脚是两个耙子！……难怪人家说西海固人是山狼！……是山熊！"

跟着的女儿咯咯地笑。他却摇摇头，不屑谈这些山野小技。

我俩相伴近二十年，走过了数不清的路。但发觉他的山狼爬山术，还只在这一次。我猜他们那种脚趾头，一爬山，就在鞋里自然地揸煞成五个耙齿，能隔着鞋底，扒住石头，不打滑也不闪失，使人如履平地。

就在那时，一直通向远方摇旗堡的莽莽山野，一字横铺地展现眼前。

昨夜落下的晚雪，把远近的山点缀得一块块明暗白亮。一般人没有事谁费力攀山呢，所以人也就不常看见俯瞰的雪景。我俩，还有小女儿三个，从后山的最高处，眺望下界的家屋。那是老二家，那是我住的高房。一座庄子变做了沙盘，刻画入微，又黑白鲜明。涂着雪，方院墙和高房子一座座低伏矮卧，望着那么亲切。

"这块地，埋的是信，"他指着黄土的中央。

"这搭埋了五本子书。"他又指着一个崖角。

在他走摇旗堡、我去日本国的那一段时间里，把我和他的一切私物：全数的通信，各样的照片，我写的书籍——都埋在了这片白雪薄薄的山顶。

他开始讲了，我静静地听。

渐渐他讲得嗓门高昂，我更听得心跳怦怦。连绵的大山滚滚似海，四野空寂，我们的话无人听见。

那几年天灾人祸，连续的颗粒不收。世间一阵阵地乱，传说摇旗堡一线的公路上,劫道的司空见惯。在决心出走之前,他和娃的妈起了个半夜,悄悄上山,把我俩的物品,埋到了山顶的洋芋地里。

"南山埋了些,北山也埋了些。我走以后,不是你给娃娃邮了封要紧的信?他妈把它埋在唔——个地方,"他拖着尾音遥遥指点远处。

"唔——不是一棵枣树!孤着的一棵。唔——个就是的……"

一声风号嗖地掠过山沟,把他的粗嘎尾音带走。哪里有枣树,我辨不出。我只看见哀伤的风景,四下里环绕着我。仿佛山影和烟树都在动,辨不清是涌动还是吼叫。

女儿在一旁笑起来:"你咋不给我巴巴说,后来寻不见地方了?"

他不好意思地笑道:

"后来太平了,从外头回了家。喊上妇人娃娃,一搭上山刨书。咦,咋刨不见了!把我惊的!……挖了几遭,才把书连信寻见。"

不是震动,不是激动,是一种彻骨的感觉,慢慢传遍了我的周身。

望着一浪浪的山影,我沉吟着,心中沉重。初生牛犊的那一年,也是在这样的冬日,我攀上了并描写了雪中的六盘山。从那以后,风卷草叶,很难尽数经历的事情、也很难列举流水的文章。我两个默默站在山顶,像弟兄相帮陪伴。

早已不是文人自赏的火候了,我在掂估分量,他在参悟含意。我们都在把这件事吮咂品味,如猜着一道算术题,如解着一串九连环。重重的大山围抱着我们,此一刻是安全和真实的。

门栓柜锁都不可靠,农民们在关键时刻,把最宝贵和最机密的还是埋在山顶。所以人们都讲,西海固的故事,就埋在漫山的洋芋麦子里。现在这么说已不是夸张了——在这片一望茫茫的荒山旱岭里,如今不仅埋着农民们的、也埋着我的机密。

6

等那些天过去以后,才发觉人一直笑着,忘了闭上脸上的纹。

从走近家门时女孩儿喊了一声"巴巴,你把我想死了"始,喜洋洋的乐曲就一直奏个不停。重逢的喜庆是真实的,只是我嫌它太闹,打搅得人不能静心。

锁死的高房子门打开了炕烧上了,铁炉子里灵武的无烟炭架上了。李俊堡什字街的亲戚开着蹦蹦车道礼性来了,黄花川白崖乡的女儿抱着外孙子浪娘家来了。老交情的熟人说着赛俩目来见个面,不认识的生客穿着小西服来谈文学。门外的空场不时跑来一个小车,门里的院子经常立着几辆摩托。平辈的弟兄晚辈的女婿挤满了一地,实诚的阿訇矜持的干部坐满了一炕。

灾难和饥馑都过去了,社会转了一个大圈,最后退回到农民原始的结构。在这农民的结构里,我一阵子抖擞精神一阵子哈欠连连,一批批地应酬记不住名字的来客。烦得受不住了就发上一阵火,隔着门把一个小西服追掉(赶走);或者干脆甩下一屋子人,下沟爬坡走对面的老三家、要不就走寺里去躲避。

摆脱纠缠时我很坚决,恨恨地骂,无情地追。但在内心深处我明白,我没有真的动怒。这就是农村,或者投降它或者驾驭它,你可别幻想改变它。这就是西海固,谁叫你觉得西北五省惟有它美,谁叫你对它千里投奔纠缠不弃!

此地的风俗是:若是心里的感动太多,若是想抒发一种心情,就举意一场"尔麦里"(穆斯林的纪念仪式)。那一天,妻女亲戚都经过沐浴,诵读经典,宰羊出散,了却心事,大家体会一次纯净的感觉。

兄弟问我时,声音很小,神情也显得谨慎:"你看,干个尔麦里,能行么?"

其实我从北京来时,心里恰恰盼着这么办。否则不能拂去积压的遗憾,否则无法寄托满心的感动。离别了那么久,又经历了那么多事,中间隔着摇旗堡,还隔着名古屋。我问:"娃他妈说啥?"

他答:"他妈最坚决。说若是不做尔麦里,她心里不得过!……"

就这样,我们商量了所有的细节,把日子定在了农历腊月二十二的上午十点。那一天是冬天的最中间,三九的第九天。从一九八四年数,已是我们兄弟结识的第十八个冬天。

从羊圈里窜出来一个羊。

"你要照相,就照这个羊吧!……明天它就没有了!"他喊道。我忙抓着相机跑下高房,小儿子使劲扯住那头大白羊,等着我照。后来我细听了这个羊的故事,有一句话让我心酸:几年里无论谁想买,他就说,这个羊等着一个人呢。

那只羊壮得罕见,跳着挣着,险些把拉绳的小儿子绊倒。

正面的炕上方,贴上了一对红纸的条幅。沉吟斟酌之后,我使一块硬纸条,写了这么两句:"真主的造化,人间的情义"。正中央拥着一块斗方,红纸黑字的阿文是"Ya, Anlla"(啊,安拉)。从红对子贴上的时分开始,屋子里突然安静了,客人们不敢再进来。只有女婿们悄悄进来,再扫上一遍地。

仪式开始之前,当院里静静的。

我洗过,一人散步到院门前的沟沿上,等着我们兄弟俩最崇敬的固原王阿訇的驾临。他是民不可辱的宣言者,是装哑十八年传奇文学的主人公。我和握月弟一个心思要敬敬老汉,于是便央求他出任我们仪式的主持人。还想请转业到清真寺的书记,可惜他刚巧出门了,使我遗憾得不行。

时辰正是上午十点之前,冬月清冷的光线渐次涂染着荒山。抬起头来,昨日看过的埋书山融进了野色,随众山一起四下合抱。望着阳光里自己的影子,我心里感觉奇异。小女儿出门来拾掇。那个冬天也是在这儿,她赤脚站在雪里。我喊住她,却忘了要说什么。

女儿笑一笑,端着东西进院去了。

尔麦里的菜照例是粉汤羊肉。可是,没想到后面还有吃头。当鱼端上来的那一刻,我失语了。

一条大草鱼,粗憨憨地对着我卧着。它炖得黑糊糊的,浑身沾满了黄的葱花红的辣子。哑巴老阿訇默默坐着,并不动筷。一炕的客都不动,等着我。

"鱼?哪搭弄来个鱼?"我吃惊地问。"吃吃!你夹上!"兄弟一边催我动筷,一边照顾桌上的客。"怕炖得不好?吃吃!夹上!"他指点着那条炖鱼,掩饰着脸上的表情。

但众人都不动。除了一般的让客礼性,众人的表情都显出异样,谁都敏感地觉出来了,这不只是个光阴好了日子富了的事情。

突然忆起自己写过的两句:"你这无鱼的旱海,你这无花的花园"。那是当时的我,对西海固的描写。而这条鱼像在回答我的句子,它躺在大海碗里,头直直对准着我。一刹那间我有些不知所措,我还不能分析眼前的刺激。我努力思索着,想捋顺思路。

"全村的人都不会做鱼!"我兄弟掏出谜底。刚才,直到尔麦里开始他都没给我透露一字。"怕做的不好?……全庄子只一个女子走银川打过工,这鱼是她做下的。"他说着客套话,却朝我使眼色,催我朝鱼动筷子。

哑巴老阿訇不动,握月的老父亲也不动。满炕的客都不动,等着我。

我不愿再渲染席间的气氛。大海碗里,香气四溢的鱼静静躺着,像是宣布着一个什么事实。总不能说,鱼的出现是不合理的吧,伸出筷子,我从鱼背上夹了一口。

沾着红辣子绿葱叶的鱼肉,如洋芋剥开的白软的沙瓤。众人啧啧感叹着,纷纷吃了起来。都是受苦一世的长辈,他们不善言语,从不说出心里感觉。烤洋芋、浆水面、鸡和肉……我暗自数着吃过的饭食。

确实,粗茶淡饭,年复一年,点缀了我们的故事。确实从来没有想过鱼,确实不觉之间,把鱼当做了一种不可能。这不,因为一条鱼,因为它上了旱海农户的炕桌,老少三辈的客都拘束了。女儿女婿们用托盘端来菜蔬,摆上桌后,也挤在下边围看。

客已经吃开,我兄弟便退下了一步。我为打破严肃的空气,领头说些闲话。先夹起一块鱼肩膀敬给主持了尔麦里的老阿訇,再夹起一块鱼后腰敬给走过青海的老父亲。谈笑间,知道不单是全庄子只一个女子会做鱼,而且知道了有几家子合伙买了鱼。相聚的宴席,还在后面。能放得住么?时令正在三九,北屋便是冰箱。随意闲扯着,突兀地一个念头闪过:人不也像一条鱼么,跳过危险的边界,游进无鱼的旱海。

这么想着,不禁去望兄弟。刚巧他在炕下正愣愣地盯住我出神呢,两人目光一碰。下意识地,他先是一紧张,随即又放松下来,迎着我微微一笑。

完稿于 2003 年 6 月 4 日

呜咽的马头

1

若是想概括蒙古和突厥两大游牧体系的音乐，恰好可以分析他们各自的一种乐器。突厥的今日代表是哈萨克，他们的乐器是东不拉；而蒙古的乐器则是马头琴。东不拉的两根肠弦被手指丁冬弹拨，琴声急若蹄音，如疾疾驰骤的生活。而马头琴的两根肠弦则被马尾轻磨慢拉，曲子悠远哀婉，如起伏无际的环境。

东不拉先不提；至于马头琴，以及它那不可思议的缓慢悲调，则给过六十年代初生牛犊的我深刻的刺激。我对那声音，对那音质不能忘怀，它虽然只是仅仅混在空气里擦耳而过，却成了对我启蒙的文明的一环。

那时候听说过一位名叫齐·宝力高的传奇艺人，仿佛一直在我的视野之外，在看不见的地方游荡。他的故事飘忽不定，但名字却非常响亮。他在深夜出现在毡包前，然后整夜为牧民演奏。他的琴拉得出神入化，人如一位白发神仙，甚至被人误传是马头琴的发明者。

后来在日本又听说了他的消息。日本人对他好像特别感兴趣，店头排列着他的CD。我想那很自然，肯定他在红色的风暴里遭遇连连。

所以听说《北京青年报》的记者邀我去听齐·宝力高的演奏

会时,我觉得自己是去寻一个失去太久的旧物。那费人猜想的喑哑声音,今晚真会活生生地为我响起么?

2

前半场是唱歌。幕间休息的时候,记者领着我,去后台拜访了大师齐·宝力高。乌珠穆沁的蒙语甚至一下子被一股莫名的激动干扰,我第一句就说:"我以为您是一个九十岁八十岁的老阿爸呢,"他说:"我今年五十八!"第二句说:"巴合西(老师),您的阿勒的尔(名字的尊称)我不知多早就听说了,那时我正在乌珠穆沁放羊。"

他笑了,表情天真的像个儿童。一伙人也都高兴了,于是我和他那支"野马"乐队聊了天。在北京说蒙语永远是一种享受,"野马"的一群小伙子里夹着一个苏尼特旗的中年人,我瞥见他已经歇顶。他留给我特别的印象。我想,也许就因为世上已经有了齐·宝力高,他的一生将默默无闻。还有,他的琴也将总是伴奏。他指给我另一个小伙子"他是西乌珠穆沁人";说话时音容举止都活脱一个牧民。

而齐·宝力高则脸膛通红,滔滔不绝,完全是一个豪爽的大哥。后来看了报才知道,在我观察着他的时候,记者却观察着我。

下半场开始了。

刚才和我用蒙语聊天的苏尼特人,果然是"野马"的第一琴手。他静静坐在左翼排头,紧挨着他的是西乌珠穆沁的小伙子。

声音出现的时候我还没有集中精神。人坐稳后好久一段时间,并不能使精神摆脱浮躁。我需要独自静下来,排斥开拥塞的浮躁空气。在今天这样做是非常费力的,但我必须冲出包围,让自己恢复隐蔽已久的自我。

几阵乐曲的折叠之后,我渐渐调整好了自己。春季的薄勒嘎斯太浑地的山坡上,荡漾的草波沉重而纯净。我把马笼头换了一个活结,用靴子随意钩住,然后躺下来。清新的苦艾可味儿涌入鼻腔,同时我听见了它——对准我涌流而来的琴声。

齐奏的它,在一字并肩的一排马头那儿突然涌出。由左翼那年长的苏尼特大哥和他身旁的西乌旗青年领先拉响的一声齐奏,宣布了一个门就要开启了。我差一点哭出声来,这是在焦旱的北京啊,久违的音质使我无法控制。它不是乐器,不是弓弦尾鬃的摩擦也不是马头琴的句子,它活脱是心中铭记的一个女人的嗓音。是谁呢,是佝偻的"额吉"还是甜美的"都"? 我不能分辨,但我抓住了它。

齐·宝力高和他的"野马"乐队拉得在情在意。中山公园音乐堂的草海彼岸,一个锁死的营地敞开了。在窒息的声音抄袭中,它的异样令人吃惊。嘶哑的它破门而出,无视四下充斥的喧哗,那么真挚,就像骏马化成琴的时候一样。我磕着马鞭,无声地踩着草地走了进去。在这个金草的营盘里,没有侏儒的哲学,也没有伪造的艺术。

三十几年前,齐·宝力高的名字钻进我的耳朵的那一天,究竟是怎样开始和度过的?

我对自己在那个时代里获取的知识,总是感到巧合又奇异。有一篇讲到前一夜里枕着姑娘的胳膊、这一夜枕着冰凉的马鞍子的小说,有一首叹咏拥有两千名歌手、两千名摔跤手、两千名套马手的、人口两千的乌珠穆沁的短诗,还有传奇的马头琴师齐·宝力高。在我那时的心田里,这些消息如同天上播撒的种子,它们埋藏下来并久久孕育着,和我的天性融为一体,直至变成我的初声破口而出。那曾是我的艺术和文学的启蒙。我不像

惯走的路

作者作品：黄土高原（油画）

别人,背诵古今的名著,我是在穿着一袭褴褛的蓝袍子、斜躺在薄勒嘎斯太浑地的草坡上的时候,得到了它。

他们怎么会知道,连同巴合西·齐·宝力高怎么会知道——如同种子一样的、那关于文学和艺术的印象,居然能为一颗异族的心记忆,并化成了他的精神!……印象那么朦胧,马头琴师其实不是一个白髯飘拂的老者,算一算他该是一个少年。哪怕竭力回想,依然一片漶漫。齐·宝力高,这个名字是从哪里听到的?是从中学同学诺木汉家借来的书里读来的,还是从蒙古哥哥艾洛华的滔滔的讲述里听来的?

白胡子神仙拉着一柄马头琴的形象,变成了眼前这位红脸黑发的牧人。他不过比我只年长四岁,一样迎着冷冷的试炼。但是浮躁虚伪中冲出的声音已经奏响,它驹犊无畏,直接地使用真嗓子,一气倾吐了整个的命运。

我凝视着台上的齐·宝力高和他的伴当,那一色牧民组成的"野马"乐队。伴当们(这个词是从十三世纪的古书里抄来的,它今天被译成朋友)静坐在大师的阴影背后,不做各自的发言。

算来在我一边放羊一边对他想象的二十岁,他只是一个少年。居然就有那么大的名气!我注视着他,此刻他正拉得忘我。他的姿态独特,不,是他的躯干已经围绕着琴,不易察觉地变了形。

齐·宝力高的骨架,被拉琴的气力磨扭成了一个固定的姿态。他右肩微耸,左胸抢出,持弓的手如潜伏半藏侧后。我凝视着他们的群雕,凝视着吐出呜咽诉说的琴上的马头,一缕沙沙的低音,从台上直直流入我的胸口。

3

按捺不住胸中冲动时,我从邻座借来了一根圆珠笔,试着在节目单的背面勾勒他的姿态。于是这篇笔记有了插图。阔别得太久了,我已经忘了人可能与艺术这么近地触碰。

传奇中死去的骏马变成了一只马头琴,如我们的母亲生下了我们。这乐器的隐喻意味非常强烈——马骨头化成了琴身,马尾化成了琴弦。但是纵使马头从上面凝视着你,如果你是个不屑子你仍然可以无视它。何况它永远沉默,如同哑巴。

至于我的民族,在漫长的移植混血之后,骨架鬃尾和马头都隐藏了。无形的凝视更是无言的。摩擦的嗓音流出我的笔端,我留意着,它可以失误和粗糙,但没有背离那沙哑的质地。

你呢?今夜该称呼你阿哈(哥哥)或者巴合西(老师),而不该把你继续想象成白发神仙。你我还都经历过日本。你在日本感到了什么呢?当马头琴奏出《夜来香》时,巴合西,你的弦没有颤抖么?

——我的心绪如汨汨流水。在中山公园音乐堂度过的那个夜晚,使我恍如置身于薄勒嘎斯太浑地。我听懂了他使用过的三种语言,我记起了不止两个民族的命运。

苦难的马献出了它的骨骼鬃尾,它死去后,琴诞生了。姣好的马头从琴上俯瞰,它注视着齐·宝力高,也注视着我。我陶醉在听觉和冥想里,耳际流过艺术的呜咽初声。

幕落了下来。

一个时代结束了。

我醒来一般站起,草叶和蒿艾纷纷从衣襟散落。台上也站起了他们,一排并列的马头高高地望着我。巴合西·齐·宝力高再三地向观众谢幕,用右掌抚着左胸。我手里捏着那张圆珠笔速写,焦急不能再勾画他这穆斯林似的手势。那一夜从锡林郭勒到北京都下了小雨,湿漉漉的草地沾湿了我的双脚,沾湿了我的感受。

——回到家,我立即想加工那张速写。但是刚刚描了几笔我就意识到:任何多余的一笔都会描坏。哪怕我没有画出那个姿态,圆珠笔追逐捕捉的,正是我要记住的他。

2002 年 5 月改毕

与草枯荣

窗外是如此颓败的一派风景,人也就再无意争夺辩论。关心更加私人化,常常只顾想着自己的喜爱。就这样心境日渐通达;天边身外的事情,就宛如摆在眼前一样。凝视着它们,觉得那么亲近。

一个念头浮起不散,大多有它的引子。

那个夏天在草原,在听说了钢嘎白音的死讯时,大概不觉间就悄然咽下了一粒种子。于是在一九八五年我怀上了这个念头。它在我的腹中久久醒着,提示着我,一次次目击平凡的生死。它陪伴我用三十年的注视,仔细观察了一个民族肌体的自然代谢。

1

"钢嘎白音"的死讯,是在闲谈中偶尔听说的。为了躲开无聊的追踪纠缠,我已经把名字写成代号。此篇也一样:钢嘎即时髦,因为即便在物质匮乏的六十年代,他也总是打扮得人马两帅。

洁净的蓝袍子,优美的长马杆,说话温文尔雅,他的外貌酷似在北大教过我的考古教授。我亲耳听他给假天真的女知识青年讲打马鬃(还是把蒙语的术语及转写从略吧)——他居然那么耐心地对着一位酸溜溜的女生,一嘴一个"马群剪头发"。

由于我插包的家庭的关系,我在草原上的年月,若说艾勒(邻居)这个词,不能不说到他家。他一直做我家的艾勒,因此我多少见识了游牧社会中的这一层结构。今天忆起,我能就乌珠穆沁的复杂性懂得一二了,但是当年我曾好久不能习惯:眼前这位大学教授,怎能是一位驰骋酷烈草原的马倌呢!

他已经死了。

他抱养的女儿,和我家的达莫琳同岁,虽不出众,但是个文静的小女孩。他的妻子贤惠而能干,可惜因为她是牧主子女,所以当年的知识青年们对她保持距离。而牧民们很迟钝,只觉得钢嘎家是贫牧成分,而且家里那女人"不会让人饿着",所以对知识青年不插包住入他家,表示不解。

他是与我交往最多的牧民。因为总是艾勒的关系,邻里厮磨。放羊的我,经常坐在他老婆的牛粪箱上喝茶。这女人确实有一种道德,她用大碗给客人盛饭装茶。我是证人:我目击了住他家的瘸马倌,一连两年用一只大碗。而我,到蒙语自由些以后,就推辞掉了这撑得人肚子胀的美德。

我有一张题为"回故乡之路"的照片。画面上,茫茫草海一辙车路,有一辆轻便马车,在走向地平尽头,车旁伴着一骑马,与车无言地并排而行。那是一九八一年之夏,我正在重归阔别九年的草原。

记得长途班车到达了公社的镇子,我下了车,迎头正巧遇到钢嘎白音。他照旧文雅地微笑,照旧遵行艾勒人的责任,问我:今天,是由他把我来了的消息带回去、我住下等家里牵马来接呢?还是立即坐他的小马车走。

我很高兴,为一切的丝毫未变,包括为他这副不变的绅士派头。

归心似箭的我决定搭他的车。画面上,赶车的少女是他的养女,车旁骑者就是他本人。也就在那一次,我发现他已病入膏育。半路上他疼得一共两次突然下马,是胃疼呢还是肺病?最终也没搞清楚。我只记得那个靠着马脚,紧缩身子蹲着的痛苦姿势。我看着,看得难受。还记得他女儿说"阿伽,您坐吧,我来骑";但他不睬。我猜他认为马车的颠簸更难忍。

虽然是我的重返故乡,但我只能一路默默,心潮起伏地越过了整个南部的草场。先到他家(病痛过去后,他立即恢复了绅士风度,再三邀请我在他家住一夜),再骑上他的马,绕过满水的泰莱姆湖,回到我的旧毡包、小妹妹和绿色的夜。

第二次,刚回到草原,就听说了他的离世。我有些莫名的遗憾。他的事,在迅速地被人们遗忘着。只是由于反复追问,我才知道——不能自立的寡妻已经回娘家就食。财产么,自然就与妻兄水乳难分。远嫁的女儿如今在哪儿呢,似乎已说不清楚。

我第一次目击了一个毡包的消失。

这是一个家庭的消失呵,我被它的无情和真实震动,久久咀嚼着其中冰冷的滋味。草原毕竟是一种严峻的世界,男主人死了,包中的柱子就折断了。一个崩垮中的家庭就像一个水桶漏水,它无法制止,远比它被缝起时容易。草原只承认实力,丝毫不为昔日风采惋惜。时髦马倌的事情于我是一个认识的开头;从此我便开始目击一代人的更迭换代,随着如此剧烈的社会动荡。

无论如何,与我的青春一起在同一块营盘上结伴并立过的、那钢嘎白音的齐整毡包已不复存在。后来才体会到,这无声的事实给了我一种刺激。

那次只是一次信号闪过。大自然的枯草期来了。

2

蓝家族(我又在起外号了)则是从政治到气质,对我们大队、对一群北京青年影响最深的一族。作为蒙古人他们显示着血脉的曲折,这个家族的男子,个个深目高鼻,身材伟岸。尤其是他们的眉眼传神——这在蒙古利亚种族是少见的,在中国则像熊猫一样稀有。一句话,他们宛如一群草地贵族。

他们是一个血统特别的家族。像《蒙古秘史》的启发一样,北亚游牧民的混血是丰富的。蓝家族的男子不怕穿上呆板的汉人制服。他们的优美来自骨架,来自比乌珠穆沁还不同的异质,宛如电影上的阿尔巴尼亚人。

这个家族的神奇老祖父,据说就和我们的下乡前后脚,仅仅在六十年代的早期去世。事隔三十年我特别想见到他,当然那不可能了。但是若能奢望那样的机会,我猜我能弄清许多大事。

老祖父是历史、是传奇、是上一代;而我只能对我目击的有所体会。

蓝家族的巴父,当年是远近的名人。他微笑着侧过脸瞟着你时,那神情活脱是一个西部片明星。现在回想,他属于最后一代靠传统技能著名的牧人。他的套马是一方的传奇。当年我们嘴里总是数落叨叨着:巴父如何能准准套住一只马耳朵半边马脸;如何被边防军用摩托车请去、长马杆子拖在一串汽油青烟后头;如何保持着把儿马套一个滚翻的记录、而且如何在老年的一次众目睽睽下还是把儿马套转了脸——吹牛是一件多么过瘾的事啊!那时忘了——他还是一位有思想的人。

由于时代的矛盾,当年我和巴父间的关系,也卷入了家族纠葛,以及讨厌的政治。似隐似现的隔阂持续着,直到我决心试试民办小学的时候。

那时我率领一群蒙古小孩,拾羊毛、种萝卜,并且下意识地不做同化帮凶——我刻钢版编了乡土教材,教蒙文。巴父的儿子巴,在那个时期忠实地追随了我,他是我紧紧依赖过的、最可靠的两三个蒙古小孩之一。

也许这个"汉人"和儿子的友谊,引起了父亲的思考。巴父在一次我回草原时表示:要和我深谈一次。我感到莫名的激动。我说:可以,我等着您。

但是除思想外,同时他还有更大的事——酗酒。从月初我回去,到第二个月初,他日以继夜地烂醉,一直醉了一个月。时而他跌撞歪斜,突然出现在谁家门口依着门框微笑,然后瘫软在地;时而纵马嘶吼,危险地把鞍子晃得忽左忽右,入魔发疯地驰过草原。一个月里不知他的去向。时而听说他在南边营子里昏睡,时而又听说他在几百里外的远方醉游。

直至离开那天我没有再见到他。

我必须回北京了。我的内心里对他依依不舍,因为我认真地盼着和他的"深谈"。我甚至奢想,这谈话将使我得到对我非常重要的、牧民的评论。但是没有;那次离别,也是我与他的永别。

蓝家族的其他几位阿尔巴尼亚美男子也都逝去了。他们去得无影无踪,就像草原上曾闪过的、那潇洒剽悍的姿态一样。

今年则更是遗憾。暑假里我带着女儿回草原,人很累,所以罕见地不愿多串门。而巴父的儿子巴——他实在住得太远了。犹豫几度,最终我还是没去他家玩。因此也就失去了最后探询他父亲的心声、他家族的真实的机会。

草海里的一个无名家族,虽然他的成员有些逝去有些活着,但是归根结底,他主导一块草原、赢得权力和荣耀的历史结束了。

后来我多次回来。人们已经对我使用这样的句子:"还记得咱们这儿过去有过一个蓝家族吗?……"每逢回到这片萋萋芳草,看着草潮的荡动,我就想:逝去了的,真的就是一去不返了。

3

　　大阿伽和我的关系可是非常深厚。他有二十年马倌的光辉履历,在我们的大队,他是首席牧人、慈祥老者、无字书等一切形象的集合。当然友谊是有缘头的,主要的原因是:他是我的朋友、同班同学唐的义父。所以,在漫长的插队史中,大阿伽,自然也就与我有了一种类似叔伯的关系。

　　一九九七年么或者九六年?那次我去公社(早就改称"苏木"了。但我不习惯,而且苏木一词不一定是蒙语)看他,找了好久,才发现大阿伽慢慢悠悠地,迈着牧马人的罗圈步,从新修的庙门走出来。我大喊:阿——伽——!然后随他参观了新庙。

　　庙里都是陌生人。有个别小喇嘛神情不太友好。当然他们不知道一九八一年恢复此庙时,他们的"格斯盖"(高级的喇嘛职务,我也不懂详细——也是我们队牧民)曾专门找到我,要求我帮助。虽然格斯盖已经死了,但我依然是大阿伽的旧日"牧友",所以我当然有特权参观。

　　阿伽对他们说的话是:"这不是随便来的一个人,过去我们总是一块,我们一块放过牲畜,我们过去一块——"我听得很快乐。哈,"我们一块",真是最棒的介绍!

　　接着看庙。在彩画一新的庙里合影。

　　庙的正庭中央,有一座白塔。我问道:"阿伽,这塔里有什么呢?"阿伽微笑着回答:"这里面,有佛。"不知为什么,我听了非常感动。

　　然后去家里喝茶。

　　他住在新庙旁边,可能我们以前也来过的那片泥屋巷子里。一盘干净的土炕,拐了一个直角,几乎占满了屋里全部空间。他的草地上的毡包早已收起;以后用或不用,要看一个小独孙子。

这孙儿半大身材,条纹体恤衫,俨然一个现代小伙。初对面,他对我不知该尊敬还是该挑衅,不时地在旁边瞟着。

早就听到了阿伽当喇嘛的传闻,但传说是含糊的。

"阿伽算什么喇嘛!他就是随着喇嘛们,就是一块坐坐!"哥哥说。

"那么阿伽也有那种红的紫的,穿的东西吗?"我不会用蒙语说袈裟。

但是盘腿坐上阿伽的泥炕,端起茶碗,话就变得容易谈了。我小口喝着,望着他。比起我们一块谈论牧草马经的当年,他消瘦而垂老了。话题既然是庙和喇嘛,他依旧像以前那样,和蔼地给我讲解。真的,除了与我们的智识阶级,与一位蒙古老牧民讨论人的信仰,是容易的。

他刚从林西看病回来,表情轻松自信。"病么,就不想再看它啦。若喝药,以后只喝些蒙药吧!"

这不是一句随口的话。老人们都这么说。

谈及关键的牲畜,他告诉我:有百十来头羊,交给亲戚和女婿了。若要吃肉他们会送来。旧的蒙古包还很结实,他们需要随时可以用。阿伽嘛,就住暖和的土房子啦。

确认了我在这间小泥屋里的地位以后,那半大小子端正了礼性,双手捧来茶碗。我拿出长辈的神态,随便接过,顺手放下,并不停住和阿伽的谈话。

斟酌词汇是最要紧的。我害怕说错,挑着词儿,小心翼翼地问道:"那么,在庙里,在喇嘛的数里,有阿伽吗?"

"是的,阿伽嘛,也在喇嘛的数里。"

奇怪的是,他完全重复了我的词汇。一刹那,我发觉随着这么一句话,阿伽的神情里浮起一种满足。这神情在他衰老的脸庞上,化成了不可形容的慈祥。比我们二十多岁时,比我们还一股孩子气时,还要显得慈祥。

我觉得新奇,更莫名地感动。由于在北京已经送过老人,凝视着这张消瘦的脸我心里明白:阿伽的日子不多了。

人称大阿伽的他,逝世于次年。

4

还有一些逝者,几乎和我没有过交往。但也许比起上述的朋友,他们的辞世更使我难过。他们是被划分为敌人阶级的人,地位在人与非人之间。知识青年似乎天然就对他们敌视,自然不会称兄道弟、认父认母。

她是一个"富牧"的女儿,年纪可能比我们稍大一些。

富牧就是农区的富农,今天说起来这个词,依然有恐怖的感觉。在提倡"实事求是"的时代里,她家曾经有多么富呢?一百来匹马,二百来只羊。不管比起今天的哪个牧民,都寒酸得令人发笑!当然还有"剥削";她作孽的父亲使过牧工。

我还记得,我们把一个失意的下台干部秘密请来,关上门,给他吃香喷喷的小米饭羊肉汤。让他挨着个地,把队里的四类分子细细讲了一遍。

特别记得下台干部讲的、她父亲的故事:对于外来而且年轻的我们,那些传说是陌生的:由于一场风,改变了人的阶级。据说,那场罕见的白毛风可怕极了,它铺天盖地而来,草原上牲畜死亡大半。她家原来可能更富一些,因为那场风雪,家境一蹶不振。因此划分阶级时,被划成了富牧。

也就是说,她还可能遇上更大的悲剧。

一连几年,我总是扭头看见侧面、或者侧后方,看见她卑下地低着头、弯着腰,在泥水堆、在仓库、在打井盖房的工地,抱着石头,拄着镐头。她总是穿着一件泥点斑污的旧袍子,见了人就赶紧地躲闪着让路。

但是给我印象更深的是她的身材,说实话,我再也没见过这么苗条的女人。草地严冬人穿厚羊皮德勒;我们都笨重得爬不上马背;而她裹着厚羊皮还那么纤细。

走马经过她和一群牧主干活的棚圈时,我斜瞟着看过她。也许是因为那时我太年轻见识少;但确实只有她的形影,至今使我记着。我甚至觉得,女人身材的极致,就是那种包在大厚羊皮袍里的苗条。

人无论谁,都可以训斥她一顿。除了大队的劳务,谁都可以支使她和牧主们给自家干点私活。我猜谁若想把她当女人使用一下,更会是一件安全的小事。几年里,她就一直在草原的另一角,弯曲着腰蹒跚走着,卑微低贱地躲让着,抱着要缝的破烂毡子,铲着沉重的草拌泥巴。

不过运气晚晚地来了。

她被一位有权势的贫牧人物看中了。唉,谁会看不中呢?只是那男人有本事应付当时的舆论。再说,那种草原社会的舆论,怕更多正是由他们制造的。

大约在一九七三年或七四年,她终于成了一座插着红旗的蒙古包的主妇。但那时我已离开草原上学,喜剧的几幕,我没有看到。

听说,就在前几年,有一个冬天的早晨,她推开包门,走过南边的灰堆,蹲下来解手。就那样蹲着,再也没有起来。

我依然是听嫂子讲的,只是讲别的事的时候顺便带了一句。嫂子快人快语,讲什么都随心所欲,根本没留意我的反应。

我也没有多问,只觉得自己悄悄松了一口气。一个念头闪过心间——她总算走了。她离开了这个残忍地折磨了她、又给了她一个体面结尾的世界。

老人们都死啦——现在这是句挂在嘴上的话。

但她不是老人。嫂子的话唤起了一个一直醒着的意识。听着她的死讯，我心里非常不平静。命运的拨弄还算是慈悲，最终没有安排我"看杀"了她。但我曾冷漠地看着她的受难，也许那比死更可怕。

为死者反省么？他们不需要。

应该说，我是在很久之后，特别是在——自己也逐渐变为被歧视与被敌视的一群的成员以后——才渐渐懂得：在我们的文化里，当一部分人遭受着残酷的歧视或践踏的时候，包括我自己的他人——条件反射般的举动是：或者有意无意地参与加害；或者按时吃饭睡觉，心安理得。

她如牧草一般，绿了一场又悄然枯折了。她不会喜欢假惺惺的忏悔，因为人道的考验，每天都同样尖锐。其实就在你我身旁，每时每刻都有女性的呼救。我不参加忏悔大师们的比赛。我只想说，我没有再向人间的不平沉默。

5

二〇〇〇年并非什么恶心的千禧年。在亘古游牧的草原，它只是十二生肖循环的一个龙年。对穆斯林而言，它不过是一个与流年并无二致的年头，一四二〇年。这个夏天于我也没有任何改变。

但听人大声喊叫说：都炒千禧年呢！今年文人们都伸手"异文化"呢！

我没有出声。

文人无行，不足为训。分道扬镳已经很久，我早忘了寻章问句、小说构思。这一年，我依旧——留意着他人的苦痛而生活。在这种被我逐次认定的方式中，坚持久了，我发觉自己见识的，是种种健康的文明。哪怕这些文明的邻人举步维艰，遭受歧视，哪怕他们在默默生死,他们启示才是无限的。

老者,女性,异类,若想写下去还可以写孩子的夭折。

但我想已经可以搁笔,因为毕竟不是要展示什么。关于孩子么,虽然写得不好,以前有过一篇《又是春天》。

他们是游牧民族。没有兴趣老了就进入"药腌的生活",更不愿意被大夫判个"无期治疗"的苦刑。病到某个程度以后,他们大都回家,余下的事托给上苍,不声张,不打搅人地、平和地逝去。

过去我看尽了他们的生存。以后,已经该注视他们的衰亡么?

我悄悄地对自己喊道:你不是在半生里,多次写过、一生向往做牧人的养子么?那么就像牧民一样,放弃此界的话语,和青草交谈吧!像抚育了你气质的草原牧人一样,随春日而蓬勃,遇冬雪而离别吧!

我喜欢在夕阳斜射的草中散步。

这习惯传染了蒙古哥哥。每天我俩都信步一圈。漫步着我俩聊个不休。我感觉胸中语言丰富。拥有语言之后,人的感觉真幸福。开个玩笑:我倒盼着哪一天人类完全不能对话。那时我就美啦,我可以自由放浪于我的乔布格、汗乌拉,我可以和埋在每一株牧草下的灵魂谈话。

起风了。

在乔布格的牧场和营地上,从远方锡林河方向一直到背后的敖包山,次第漾起了一道道牧草的大潮。就像是熟悉我的一些灵魂,依次地前来与我问好。

2000年11月

公社的青史

手头的这本小书,不是出版物,只是印刷品。它是由公社、即现在的苏木机关,土气十足又充满事业感地印制的。书题严谨:《道特淖尔苏木史志》。虽然若把它插入书架它会沦为最寒碜的一本,无人识,无人翻,在架上孤单可怜;但若是要对它细读推敲,倒可以说,它是一本翔实地道的社会学小小著作。

插队时曾爱不释手地读过一本《怎样经营牧业——给牧民们的一些建议》(蒙古人民共和国科学院编,乌兰巴托,1958年版),这回得到的这一本,又使我在离开蒙古多年以后忍不住时时摩挲。

它俩和大部头们不一样,不是有了教授头衔就能读的东西。不仅由于它们是异族语文;重要的是它们要求读者调动私人体验。是则读得生动快活,否则那将枯燥无比。

我有个不定期地淘汰不读的存书的习惯,目的是为了更妥善地保存特殊的好书。蒙古科学院那本已经藏了三十年,这一本是一九九六年在乌珠穆沁,蒙古哥哥送我的。那时喜欢那一本的原因,是因为书里讲的都是我每天正度着的游牧日子;此时捧读这一本,是因为它正式地追述、记录和确认了一方草原——那块地方,不仅封存着我们的旧日情义、还催促我们去继续探讨新知。

书的分节很细。立目特别而有趣;有地理概要、牧业经济、文化教育、名人录、庙宇及历史、旧时的富人、新老角斗士……等等，恰如麻雀，五脏俱全。

读这种书时，人好像立即脱掉了知识分子身份。我翻开书页，视野里出现了蒙古兄长的读书姿态——他自言自语般地，一字一字地独自沉浸在一种境界。不是读，是在享受。时而他欣赏地啧啧有声，时而不屑地撇着嘴角。更多的神情是参加的兴奋；好像这书干系着他五十年的牧人经历，他按捺不住要表达意见。

我也学着他，一开卷就仿佛回归成了牧民。

在下意识中我沿袭着旧日的习气，先读马，再找人，后翻历史，末了才瞧瞧沿革概况。于是我们这些牧民读者就满意地发现了：在这本小书里，骏马被专辟一节记载。

人么倒是可以适当忽略，要让那些伟大的马儿青史留名——这出于一种古老的公正。一读我不禁高兴起来：此书一共著录了十二匹骏马，居然有四匹为我所知。确切地说，是马的主人为我熟知。他们大都是当年的牧主子弟，三个人有两个和我一块打过井。显然——在动荡结束后的八十年代，他们一直在努力弄好马的事。这使我不禁深思；在古老的游牧文明传统中，拥有骏马，其实是一种社会地位的象征。

至于"白音塔拉黑马"，我此刻闭上眼，就能浮想起那匹马的身架。它是一匹佝背的怪马，虽然善奔，但是脊骨如刀。一场赛马结束，骑它的小孩便满屁股流血。书中说：

　　白音塔拉黑马于1972年道特淖尔苏木的祭典中获第一。1973年于东乌珠穆沁旗大典中获第五。

当年——它没有记载更重要的一九七一年，那一年是"蒙古之春"，多年的坚冰解冻，第一次旧式的传统祭典（它叫做 nair，而非通俗的那达慕）在我们公社（那时也没有改称苏木）召开。

额吉肖像

额吉在天安门广场

那个夏天丰饶而平和,我正和一群孩子忙碌在游牧小学的毡包里。不动声色之间,一个消息在随风传播着:要开 nair 啦……

如清明前后的第一股暖风,如一个新时代的试探;我至今牢记着那时牧民们的眼神,以及那时弥漫的气氛。只是,黑马的脊背确实硌屁股,我听见过小学的孩子们议论它,也因此知道了白音塔拉黑马。后来,十五岁的学生查干·巴依拉骑它,在那次历史性的赛会上夺得第三名。书没有记录那一次,显然编者过多看重了锦标。

或许该顺便批评书的编纂者,他们在"文化教育"章里,居然对七十年代的民办教育只字未提。那是教育史上的大事;几个牧业队都出现了亘古以来最初的小学,儿童在那时背会了蒙文的"白头"字母表。我正是那时的民办教师,所以心里忿忿——我觉得即便在小小的公社,人的脑瓜里也多是正统主义。

我大概没有在别的哪本书里,对这个栏目哪怕瞄过一眼:党政组织历史。但是这一本,却被我读得津津有味。因为不仅里面有不少熟人,还有我离开草原那年的书记罗布桑金巴。他是一个友善的长者,特别和我还有过一点友谊。我一直想念他,可惜他早早逝去了。查了一下,果然:

1971年3月选出了公社党委。

书记:罗布桑金巴(1971,3—1973,7)。

"著名人物"章里,选了我们大队两人。

特别是我的学生巴的父亲,最后以酗酒方式辞世的查布干齐获得了牧民式的殊荣:以"套马手"的名义入选。

著名套马手查布干齐,是道特淖尔苏木汗敖包嘎查的资深牧民。

其父名朋斯格;……乌梁海姓氏之家。十七岁为富户牧马,曾把汗乌拉十岁的儿马摔翻。……曾与乃门同行,乃门骑着一匹名"鼻子萨勒"的马,问道:"你若是真的是这么有名的套马手,来把我的这马摔倒一下。"查布干齐答:"我把你那马的细脖子不套,我套在顶鬃上再拉吧。"于是乃门,摘了鼻子萨勒的鞍子,撒开它。查布干齐在顶鬃上甩竿,猛一拉,马竿的梢头断了。

书里讲了他一个小故事。其实,我知道的这位套马手的故事也不少。此外他那阿尔巴尼亚美男子的形象,曾使我费劲地猜想过许久。小册子透露给我一个重要信息;居然有根子远在阿勒泰山脉的乌梁海人!这使我更明白了乌珠穆沁构成的复杂。

居然还有这样的一章:"旧时的富人们"。可能设置这样的章节,是为了列举那些旧日富人的畜群数、使今日读者知道他们是多么冤屈——他们曾因这个数字被打入地狱底层;而今天畜群达到这个数字的人家,政府奖赏一个小康户铜牌。

我读得心情沉重,都是认识的人。但当年我们什么都不了解,包括这些数字:

> 阿西尼麻,西部乌珠穆沁旗代钦淖尔苏木所属乌梁海姓氏孟克之子。1958年拥有牲畜1365头。宝力嘎,孛儿只斤姓氏,1958年合作化时有畜1014头。旺钦,1958年全部牲畜643头。……

读了才知道,首富名叫哈拉夫(此名意为黑孩子,正与红孩子乌兰夫相对),他曾拥有牲畜两千九百三十头。其中马八十八匹、牛一百七十八头、绵羊两千零三十三只、山羊六百三十一只——无疑他被划成最大的牧主,只是不知他是哪个大队的。

这样,读着"名人录"或者"旧时富人",还会发现一些以前根本不懂的事情,比如姓氏。一般说来,蒙古草原所谓的姓氏指的是部族,它们往往源于传说,可以上溯到十三世纪。只是在我们插队的时候,牧民们对此讳莫如深。

如今换了人间,人们开始炫耀出身的高贵。听说我插包的家,也是"孛儿只斤"姓氏。哥哥骄傲地对我说,我们是成吉思汗的同族! ……孛儿只斤,Boljigin,这是一个我早在读《元朝秘史》的学生时代就熟悉的姓氏。若是它果真与我插队的家庭有关,当然令人兴奋;但是我想还是需要认真考证一下——考证将是很费事的。

看见我津津有味的样子,有人说:你也该入选,去找苏木说,你也该选进去。我说:滚,少恶心我! 他不懂,我不仅在享受着一种——草原上的晚辈面对古代以及民族长老的感觉;而且我还保留着对游牧民族的历史记忆方式的崇敬。这是神圣的事情。他们不懂我也解释不清:被一个游牧社会认可,是怎样一件难事。

这是对许多旧事的结论和评价。它将迎接漫长的咀嚼般的议论。著录于这本小册子以后,那些牧人和那些往事,似乎就获得了某种价值确认。草原上印书毕竟是罕见的事,小册子似乎就是一种历史定论。

不过,也不一定。这本小册子也开了一个著述和评点的头。也许,已经有更好的公社史、更细微的苏木志正在酝酿之中;也许也会有一种腐蚀,从此肇端。

我还读出了一种别的东西。何止民办小学,全书居然没有提及知识青年。为什么呢,既然人口统计笔笔清楚,而他们千真万确曾是公社社员。或者也可以说,知识青年全数溜了,也和来来往往的盲流差不多差不多所以不用特笔著录。我猜,回避全部"文化革命"的题目,一定是编者的原则。没有人议论这一点,我也慢慢觉得挺合适。

有些资料,过去好像没人知道也没人打听。我一直无从得到。比如我们今称苏木的公社概况:

> 道特淖尔苏木是在 1455 平方公里草原上的 4 个牧业嘎查组成的纯牧业苏木。据 1995 年的统计,共有蒙古、汉、满 3 个民族的 505 户、2437 人。其中牧民户 336 户,牧民人口 1732 人,占总人口数的 71%;而蒙古族人口,占总人口的 70.07%。

如今读着这些资料,只觉活到老学到老的真理那么真切。它可以纠正以前长期的、哪怕数十年保留的错误印象。我一直以为,这里已经是草地奥深的奥深,难道蒙古族比例还不占个百分之九十五以上么?

其实不然。误解是因为眼中过于强烈地留下了乡下牧区的印象,而忽视了其实我们也很熟悉的,星点散落的小集镇。

这是一个自给自足与对外依赖——两者同样夺人眼目的文化。从很久远的古代起,这两种特点就非常显著。不小心,会在感觉中发生误差。由于绝对的交流贸易需要;由于自古以来的皮、铁、毡、银等手工业对纯粹牧业的补充功能,外来户,早就一直在默不作声但源源不断地流向草地。

读着这个数字我明白了忆起的歪斜泥屋,忆起了新庙,那个神秘的小镇。游牧世界的最奥深处,民族的构成,其实就是生活所需的方方面面的构成。形象地说,它就是行帮与匠人。也许正因为乌珠穆沁的游牧性过于纯粹,所以才需要移民来补充它的单薄造成的物质和技术困难。

但民族人口的三七开比例,毕竟是一个使人吃惊的数字。若用它比较其他民族区、比如对比河州某县或新疆南疆的某县的人口构成(缺乏论文灵感的教授们不妨一试);我猜一定会有许多本质的发现。

随便可以再举若干方面的例子。比如,灾害记录的数字也很宝贵:

> 自1972至1995年共23年里,本苏木牲畜头数曾有3次下降,3次创历史记录。
>
> 第一次为1977年的"铁灾";共减少了34371头牲畜,占总数之51.15%。
>
> 第二次为1986年的灾害,减少16268头牲畜,占总数20.24%。
>
> 第三次为1992年的灾害,减少3088头牲畜,占总数3.06%。

著名的铁灾的教益是,现实重温着比如回鹘西迁的历史。它教育道:游牧经济是一种脆弱的经济。若遭遇灭顶的灾难,它的崩溃并不是不可能的。一九七七年仅仅是雪,就消灭了它全部财富和生活用品的一半。此外,近年来愈见频繁的小灾小害还不见记录。表格数字在教育着牧民:风调雨顺的古代已成过去,从此大小的黑白灾,将是日子的一部分。不要再幻想了,只有青贮饲料、保暖棚圈、尤其是吃苦的劳作,才能从灾害中保护和挽救自己。

基本生产资料,牲畜的数字也值得一记。一九九五年全公社的牲畜总存栏数,是十二万八千余头。不知调查数字是否准确;小册子说它是历史记录,我想它没准是一种顶点。如今都说,一再扩大牲畜数量并非好办法,草原载畜量是有限的。我记下这个数字,以后可供比较。当然,这数字很正式,羊马牛驼山羊各个精确到个位数——包括十八头毛驴。

遗憾的是,我们插队时,正是大势已去的年代。整个公社从一九六八年的十四万九千零二十一头，跌至一九七二年时，锐减到六万零二百七十五头。牲畜减少了一半多。读着心里不仅懊丧，而且真的觉得凄凉。

不过，与全公社的锐减相对，我们汗乌拉大队（今称嘎查）从我插队到离开五个年头的统计数字，却透露着当年曾有过特别的努力——这努力，我对它记得丝丝清晰。即便在同一片草原上，其他公社大队的外人也很难想象，那是一种近乎绝望的努力。其中的"苦"已随风而去。由于它，那是我们几乎拼命的挽救，汗乌拉的牲畜数没有在表格上滑跌。它是大体稳定的，如下列的几行：

1968 年：15660 头

1969 年：不详

1970 年：13301 头

1971 年：13470 头

1972 年：13258 头

然而我们走后，物换星移到了一九九五年，令人艳羡也使人伤感地、汗乌拉牲畜的总头数几乎快翻了近三倍：三万七千三百七十四头！……若翻开重回草原的笔记，我自己还记载了近两年的、更细致的数字。那么，我们当年的挖井修圈确实是徒劳么？或者更惨；我们的努力不过淹没在了一场悲剧之中？

近几年我常回插队的草原的家。当太阳沉入乔布格一线山影，我与蒙古哥哥常去散步，顺便赶一只掉队的羊羔。在那种傍晚的平静漫谈中，这个话题一再地被我俩提起。他说："不！那时……现在……又有什么办法！……"

我们不愿继续扯下去。也许此刻还是感受的时候，用不着给历史结论。

如今在我国这印刷术的故乡，有三个搅作一团的概念：出版物、印刷品、书。我的这一本不知算不算出版物；但可以肯定它不仅是印刷品、而且是一本书。它无疑是好书，虽然没有从大招牌的出版社印出来。

如今的我蒙文已经很差。但我忍不住还是常常拿起它，一点点地慢读。好在它的内容不是什么悬念情节，每段每小节都自有头尾。这不是一本一次就要读完的书。读得多了，多次读得入神，我不禁觉得：这小书大有价值。它虽不起眼，可能被人蔑视为印刷品；但比起科学院和各色大学的那些对水货、那些十年规划五个项目——要扎实和有趣得多。

空闲时我常取过它来浏览，不久就陷入一种享受。不像读书，这是再入自己参与过的世界、追逐自己经历过的往事。无论觉得有趣、悟懂、或是痛苦，反正我已爱不释手。一节读罢时的心境，一直能连接着六十年代的风云——那时的惊喜感慨，真是难以形容。

若是全面地逐章漫谈，还可以扯出很多题目。这一篇只能写得非常简略了，我没雄心写一本游牧社会学。那种事太装模作样，一想到自己斜歪在草地上给牧民念社会学，就忍不住先领头打起哈欠来。

有一句话叫做"永垂青史"。同时蒙古也有一部书，叫做《Guhe sodor》，"青色的经典"，意思就是"青史"。在那印刷术几乎被禁的年代，我们聊天时，提起憧憬中的《Guhe sodor》，谁吹牛道："嘿，历史，叫青色的血管！名字多棒！……"浑然不知自己把 sodor 当成了 sodel，把"经"当成了"筋"。

如今，向往的青史普及到乡里了。一想到自己当年插队的公社（我不习惯用新称呼"苏木"，因为那时的口头禅总是"我们公社"），居然有了自己的第一本简史或简志，心里就升起一种罕见的异样感觉。是所谓读书的快感么？不知道。反正读着滋味新鲜。

改定于 2001 年 11 月

改于 2002 年 2 月

二十八年的额吉

额吉去世的消息，是偶然听到的。我们去找一个来北京看病的牧民，找到昌平农村的一家小旅馆。问好笑闹着，我顺口问候额吉，可是话出口时，我把"额吉她好么"问成了"她还在么"？话出口时我觉得自己脸色变了。在他谨慎地讲出来以前，第一眼看见他的神情，我就明白了。像一口气被突然憋住了一样，直至午夜回到家里。

在桌旁坐下，心里空空的。去年冬天我居然毫无感觉。窗外洞黑，一股难忍的愤怒席卷了我。我望着黑夜，遥远的草原猛地逼近眼前。我不能再耽误，我已经使她失望。像又被抽去了一根骨头，单薄的感觉那么清晰。

十几天后，我到达了乌珠穆沁。

绿海般的大草原依旧荡漾起伏。像是抚慰，二十八年，我凝视着想道。这个数字也叫人吃惊，已是与她结识的第二十八个年头。

就这样，不可思议地心又倾斜了回来。次年夏天，我带着孩子，又千里迢迢奔赴那座拥挤的破毡包，住了一阵。嫂子抢在前面，挡住了我的教法。她要求孩子喊她"额吉"。一时我有异样的感觉：在我的失了准头的眼里，嫂子永远只是额吉的儿媳，也永远只是个少妇。

这些年岁月轮回得飞快，转眼一年，又是一年，二十八年在眨眼工夫里变成了三十年。我不仅应该承认嫂子的意识,而且必须承认算术:我已经和当年的额吉同龄。那么还要追忆么,在这无情的时代,在这干旱的旧日营盘?

1

我好像写过,我写你写得手都酸了心都累了;我好像狂妄地说过,我要把额吉这个词输进汉语。但是我并没有听到过你的回答。相反,我却不止一次地听到过一种追问,它在问出之前已经带着挑衅的怀疑。它没有从我的笔下读出照例该有的刺激,没有发现应该丑恶的现实。我则经常勃然大怒,记不清多少次驱逐过来客,多少次出口伤人。是我写得太甜么,是我在我的草原写作中美化么,我不愿纠缠学术的或敌意的追问。因为缠绕我的是一个更潜在的问题,关于发言者资格的问题,关于文化的声音和主人的问题。

追问是一种不好的毛病,由于它的轻佻。

不必回顾早期那些中学生作文了,至少从《黑骏马》的写作开始,我警觉到自己的纸笔之外,还存在着一种严峻的禁忌。我不是蒙古人,这是一个血统的缘起。我是一个被蒙古游牧文明改造了的人,这是一个力量的缘起。在那时,人们都还只是用四百字或五百字的稿纸的时候,我就总是一边写着一边看见她——那个乌珠穆沁老妇的沉默形象。我早写过,我家额吉是位饱经沧桑的女性,她一生对外界缄默着,我继承了她对这可怕世间的不信任。

笔虽然年轻却撞上了巨大的命题。我虽然一气写去,心里却咀嚼着带回城里的那沉默形象。喊她额吉,是风俗也是历史,但更是浪漫和愿望。我和艾洛华哥毕竟不一样,这使人多少伤感,但它是事实。

从来文化之中就有一种闯入者。这种人会向两极分化。一些或者严谨地或者狂妄地以代言人自居；他们解释着概括着，要不就吮吸着榨取着沉默的文明乳房，在发达的外界功成名就。

另一种人大多不为世间知晓，他们大都皈依了或者遵从了沉默的法则。他们在爱得至深的同时也尝到了浓烈的苦味。不仅在双语的边界上，他们在分裂的立场上痛苦。

血统就是发言权么？即便有了血统就可以无忌地发言么？

我们即便不是闯入者，也是被掷入者；是被六十年代的时代狂潮，卷裹掷抛到千里草原的一群青少年。至于我则早在插队一年以前，就闯入到阿巴哈纳尔旗，品尝过异域的美味。额吉和我的关系并非偶然形成。但我毕竟不是她的亲生儿子，我不愿僭越。

那时流畅地写着，而心里却时轻时重地抱着这个矛盾。人群和人群，社会和社会，早有更基本的交流，不过有时天然，有时残酷。牧民，追逐水草放牧五畜的人，过去只是对彼岸的茶叶、绸缎，今天是风力发电机和廉价吉普车感兴趣。他们说过要和这隔膜的世界做细微的交流么，用异样的语言，用制作的文学？

额吉一生的遭遇，已经被我在心里完成了一个勾勒。旧时代的那一部分，我至今在体味和探究。新社会的半部，我曾与她若即若离地分担承受。她如一棵草，是个自然的女人，前半生饱尝的都是家庭不幸，生存和养育的艰难；后半生承受的多是政治的胁迫，不过是没有太悲惨，厄运和幸运夹杂。

我确信突破了一个无形界限的人，同时可能突破血统的隔膜。但是，你难道跨越了关口？你具备代她发言的资格吗？

我不知道。尽管写了半生，我并没有找到结论。审判要你来做出，额吉。我只是约束了文章也约束了自己。我只是感到：代言的方式，永远是危险的。听见对我的草原小说的过分夸奖时，我的心头常掠过不安，我害怕——我加入的是一种漫长的侵略和压迫。

青草浓密。这里是我放牧的第一个营盘,位于乔布格盆地一片草原的西北角。如今已经不再是合作化时代,瞧,连我的文字都把地理范围缩小到自家牧场。我已经觉得汗乌拉草原的概念太宽阔,开口闭口总是自家的草场。巧合的是,分草场时我家得到的乔布格,是一九六八年秋天我住进牧民家庭的,我的第一个营地。记忆阵阵醒来。右手是奥由特,左边是乌兰陶勒盖,当中有清澈的水井,和一条狭窄的硝土碱草。一切都和与你相逢的那年一样。

额吉,如今我形单影只,独自立马站在这里。我看见你的灵魂徘徊飘荡,在乔布格,在你曾经望着我上马下马的旧营盘上。

2

传话的人说,她死在冬天。那个冬天我在云南的村寨里。那两年我总是在夏季去北方,入冬则一意惦着南国。六盘路上满是路障,我在它的周边绕来绕去,伺机一头闯入。我冷冷在外围转着,这个外围,几乎有半个中国之大。连年在云南,有冬日明丽的太阳,有丰富的百拉提月份的生活。我已经沉吟着,狠狠地凝视着那座瘦窄的大山好几年了,我确实忘记了极北草地的隆冬,忘记了燃料、白毛风、畜群和枯草;也忘记了我的蒙古母亲。

我不知是否该责备自己:偏偏在那个冬天里我没有想到她。可是,即便得到了消息,我能在冰天雪地的冬天,找到御寒的皮袍、穿越雪封的坝上、熬过零下三十多度的夜路,到达乌珠穆沁并且抵达我们的冬窝子么?

现在我才来,确实更多是为了自己。我有那么多的话堵噎在心,不倾倒干净我会病倒。额吉,我要到你的荫下休息和医治。

时代使得语言呈现得奇特。我向额吉和艾洛华哥的求学,大致限定在纯粹游牧的生活方式之内。口语,褊狭而急速地发育着,只向着游牧生活的范畴倾斜。一方面,我和牧民们之间已经细致入微地谈论草场、膘情、春雪和冬雪,谈论成千的羊群和单独的一只羊羔,更谈及社会的各支血系和家族、某人的底细以至秘事;但是我没有学会一个考古、证券、哪怕关于楼房的词儿。

现在流行的词是"话语、语境"。在当年的额吉与我之间,不仅一切交流都在最严峻的语境下进行,而且,也许我们使用的也是一套非常微妙的话语。我们夜夜的曼声细语并非全无忌讳;它们既在政治威胁的限制之下,又在古老禁忌的规矩之中。它是相当全面的蒙古语,但又没有金融宗教物理摩登,好像根本就不存在那些语目。今天我半学究地发现:语言其实可以在基本语汇里发达。在前六十年代的草原,除了强加于草原的开会、语录、批修之外,朴素的基本语,支撑了整个牧区的社会和生活。

可是,若想谈些复杂的事呢?

亘古不变的石硅子敖包山下,新庙如今才真的彩画一新。一座可能真是镏金的黄灿灿的庙顶,在敖包鸟瞰下静静地闪烁。当年我多是采用转述办法,表达自己不会说的话。算算又是离开了十多年,我又经历了很多事情。为了畅谈个痛快,行前我甚至新学了一批词汇。我特别想给他们讲讲我所谓的"戴白帽子的民族",我甚至联想到额吉倾听时的警觉眼神。

但是她已经"不在"了。蒙语对逝世一事也用回避的表达。"死"这个词忌讳出口,用"不在"说出来,更加语感沉重。用这样的语言谈着额吉,我和艾洛华哥都有些受不了,我们小心地选择着,尽量谈得简单和概括。

若是环境再好一些,我会对着她安息的山谷,念几节悼念的经文。可是我觉得那也许是强加于人,所以一直犹豫着没有提出要求。我走了一趟新庙,但是没有缴纳布施,回来后又觉得后悔。

哥哥并非孤陋寡闻。我感觉得出,他在捉摸我的变化,他听得谨慎而专心。他无疑在用我的过去分析着我的现在。我讲他听,他似乎知道一切都不是戏耍,甚至我觉得他把事情看得很透。

一天早上,我醒来听他说,刚刚去背后的山顶祭了敖包下来。我有些不高兴。他说自己没有办法去北边正举行的敖包会,孩子已经去了。看来,他掩饰了前几天的焦躁。孩子去了还不够么,他说,我说的是乔布格这里。于是他就自己带上奶豆腐,祭了乔布格的敖包。

奶豆腐摆在南边吗?我问。他说是。走着上去的?骑那匹黑马。祭的时候人要跪吗?他说当然跪。他觉察到我的不快,解释说:以前额吉的父亲,我们的吉林宝力格的老父亲说过,要记住祭这个敖包。所以,我就在今天早晨,在天刚蒙蒙亮的时候,上去祭了。

我发现,他是在对我介绍自己。我突然明白了:在这漫长的世事沧桑过程里,不仅是我,还有他,一个最普通的蒙古牧民——我们都变了。我不再怨恨他没带上我,我意识到他的做法中内藏的严肃。用另一种文化来解释的话,他还在服丧。在和艾洛华哥对坐的那个早晨,我切肤地感到额吉尚未走远。

那么,就像一九八一年、额吉的六十本命年我从北京赶来一样,这次我仍然算是来对了。不知是因为把敖包祭了,还是因为对难缠的我讲过了,哥哥又松弛下来。望着他,我暗自想,人人都有一颗负重的心;而且最终都把这颗心托付给了冥冥之中的存在。

还不仅这么多。我对这样的简朴仪礼感到向往。它像一滴血溶在日子的水里,几乎只剩下一丝的举念和随意的形式。在蒙古草原不尽涌来的启发中,我总是不知所措。在这座不起眼的灰旧毡包里,我曾看见过一个古老的社会模式,一种人,现在又看见了一种深有意味的信仰。

或许额吉于我更是一种象征;但我也并没有直露它的含意。我从来就没打算给世间提供消遣。我不会把从她那儿获得的知识尤其是秘密,猴急地签名叫卖。她使我在这片草地上,在乔布格和汗乌拉,模糊地悟到了禁忌,嗅到了神秘。她只是不知道后来我在西海固,把这一切实践得淋漓尽致。

我家有过一匹黑马,那是艾洛华哥的坐骑。它确实给过我很深的影响,但它并不是额吉养活的。额吉倒是喂活过一匹马驹子。那是在一个春天的毁灭之后。夜里突然刮起了白毛风,大队的马群冲进雨雪交加的泰莱姆湖,一层层地摔倒,一层层堆了起来,冻死在泥泞的水里。早晨包门外面,立着一匹死了母亲的小黄马,额吉把它领回来,用奶瓶喂活了它。

如今小黄驹子长大了。我走到水井旁边,看见黄儿马领着一群骒马,慢慢踱来饮水。正是傍晚时分,曝烤的毒阳终于黯淡了。空气凉爽,我随着艾洛华哥,徒步向乔布格的方圆四方散步。他讲了一些额吉临终前的情况,我默默地听,知道额吉临终结束得很快,没有太多折磨。

漫长的、情义的体验呵,你使我复杂了。

3

幸亏我把她和艾洛华哥硬逼着,来了一趟北京。这么想不知对不对,我似乎认为,那也许多少可以算是一个报答。她毕竟玩了一趟北京；若是没有这么一个小小的报答，今天我实在无地自容。

那件事漫漶迷蒙，记不起细末。于是想起额吉离开北京后，我曾经写过一篇东西。找出一九八七年的《北京草原》，翻看着觉得恍如隔世。可能是由于不满意自己旧作中意识流变体字的败笔吧，这篇记录没有收进任何集子。

发黄的旧杂志里的字，使我不住吃惊。那时，由于傻，由于没有心事压迫，我写得多么轻松自如。只后悔那时一头钻进"小说"，而懒惰地不愿细细实录。我怕叙述；娓娓道来的文体，好像只属于另外一类作家。记得我和谁说过，我说我额吉来北京那些天的件件小事、每天每时都是珍贵的文学。

此刻虽然是机会，我还是没有心思回头补记。我不愿唠叨额吉访问北京的日程表。读着那篇随意至极的小说，又觉得正因为傻而无心，它才有点意思。

艾洛华哥好不容易才大着胆，咬了熊猫形状的冰棍。额吉在厨房好像又被复查阶级的工作组拦截，紧张地大喊我的蒙古名字——她不敢关掉煤气。八十年代的北京公共车上，还有人给少数民族的老太太让座。那可怕的苦夏，柏油路溶化得粘着咬着鞋底子。在北海公园的树阴下，额吉和咯咯大笑的女儿玩耍。一个老外带着个翻译围着我们转悠。那翻译一脸给土著施恩的表情，过来问能不能让额吉和那欧洲老太太合影，我恶狠狠地说：NO！

我教会妻子三句蒙语：额吉，我走啦(早上上班时用)、额吉，你们今天过得好么(晚上回来时用)，还有最重要的：额吉，多吃！小女儿那时才三岁多，被我训练得一会儿扑过去亲额吉脸一口。我们在三里屯的简易楼里，邻居家家赞叹我招待插队的房东；这一点，够人民子弟兵们学上两辈子。因为此刻我又想邀请艾洛华哥来北京,估计若想穿着蒙古袍子住进我军的大院,大概要先受上一个月的"政审"和"安检"。一想用蒙古话说这两个词儿我就恶心。

和牧民住进北京的简易楼,那滋味比住进蒙古包还特别。虽然没有门栏外的牛犊和狗,没有视野尽头的地平线,可是额吉在北京必须依靠着我。从开煤气到关电灯,我像真正的儿子一样照管一切。吐木勒,吐木勒,她总在不停地叫着我的蒙古名字,叫得我美滋滋的。她对我说的话,比在草原的几年还要多。我多么喜欢她那无奈的、一切任我怎么办的神情呵!

最遗憾、最最遗憾的是,差一点我就能使额吉见到班禅!

我有一个要好的藏族作家朋友。他和班禅·额尔德尼喇嘛有密切的联系。额吉尚未驾到北京时我们就商量好了,一定让班禅接见我额吉。那将是多么快乐的一场民族大团结呀!更重要的是,我要让整个乌珠穆沁,让党委书记和葛根活佛,都羡慕他们从来不放在眼里的额吉。

准备一直顺畅,班禅活佛的平易非常有名。

可是,就在额吉抵达的前两天,活佛远行青海教区。那时家家都没有电话,可是跑一趟和平里好像不费事。反正每一两天,我就和朋友联系一次。"佛爷还没有回来。放心吧,一回到北京马上通知你。"可是日子一天天过去了,"怎么还没有回来呢?奇怪!"最后朋友的老婆、朋友的朋友,好几个相关的藏族朋友都为我们着急了:"还没有回来!怎么办呢!"

最后的两天绝望了。我对哥哥和额吉,可怎么解释呢?我的心淹没在一派憾意里,那股可惜劲儿和原来盘算的快活一样强烈。直至多年以后的今天,我突然觉察到,当时额吉并不叹息,就像开始也没有兴奋一样。她只是默默等待,不奢望,不显露。最后不如愿时,就像没有盼望过一样不动声色。

倒是实现了两位母亲的会见。

我心里充满独自的欣赏,瞟着她们。我喜欢这罕见场面,因为我而出现了。在那个炎热的夏日,母亲和额吉紧挨着,她们都不知说什么好。我催促着,聊吧,有我当翻译。可是她们只是静静坐着,费力地笑着,对着面前丰盛的筵席。她们比平日更少言寡语,好像只是坐等我的下一个行动。显然她们都意识到了:既然眼看着花儿结了这么大的苞蕾,那么它反正是要开放了。而且最后会结下果实。显然她们对花朵和果实感到忐忑不安,她们似乎都担心我这么与众不同。

我长久地注视着她们,揣摸她们的心情。谜底究竟是什么呢?

4

随着对突厥源流的了解,我对蒙古草原的理解日益广义化。我逐渐有了一些把握。但是从细末和广度,在两处察觉到优势的我,心底却鼓动起离别的欲望。我寻觅着新的出发,准备扑洒过去的,是一种双数的感情。

后来,而且是在遥远的日本东洋文库,有一次学习回鹘文养子文书,我突然意识到,养子的观念和习俗在北亚草原的普遍。

养子[tejesen h],这是一个多么语感温暖的词汇!后来我便半是认真地,用乌珠穆沁口语里的这个词自喻。

其实,连真正的抱养也未曾有过。只是挨着冻羊粪燃起的炉火,睡前要由额吉掖紧皮被。只是那个苦恼人的年代,它一下子就把人扔进草海,扔到了这乔布格的营盘上。一切都在这个营盘上实现了;那毡片磨烂的我们的家,那种非常接近了家庭关系的加入和承认。不,我再不能容忍什么民族学、社会学、人类学。我不能容忍用"调查"替换这种关系,我不能容忍凌驾民众的精英发言。

如同你,蹒跚走完自己的路,哪怕一生穷愁潦倒。不去向世界开口,追逐着水草变移和牛羊饱暖,径自完成自己的生命。这才是作为人的存活,才值得为之生死一番。反之,屈从官宪媚权拜金,在别人制定的模式中蝇营苟活,那是腐烂和失败,是可笑的自虐。

你逝去了,像早晚会发生的一样,像牧草枯荣一样。你的文明里没有吊孝,我赶到乔布格,是与你别离呢,还是最后和你重聚?

我没有解决关于文明发言人的理论。不过我想,也许我用一生的感情和实践,为解决这个问题提供了参考。

一切都过于私人化了。

即便在告别的文字里,额吉,我不愿渲染你的故事,抛出去供外人围观。作家的水平,就在于写与不写之间。我要执行守秘和规避的原则。我总在琢磨——你和人民的沉默。你可以安享你的安宁,你是我独自继承的遗产。我谨在这里向你道别,并遵守这个约束。

牵着马,散步在乔布格的旧营盘上,我悄悄数着。二十八年,居然真的有了二十八年。我突然觉得它是一个天成的题目。我决定写一首蒙文的诗歌。就像最初我套用民歌《诺加》,填写了作家生涯的第一笔一样,我企图用《厄鲁特》的格式,写一首总结的蒙古歌。

用诗表达的企图,连贯了二十八或者三十年。不用说那个《人民之子》(应该译成"平民之子",蒙语……算了吧)——八十年代我还曾准备使用全部蒙文"白字头"的排列,写一首长诗,后来当然由于能力不足而放弃。那里面有"赞颂恩情家乡的歌这么多呵,而宽阔的草原,沉默沉默";还有"已经衰老青春不逝,这是什么病呢？更细数的话,我并不是从你所生"等等句子。

不能的我已经不想强求。总结的话不及早说,等机会遗失殆尽要后悔。用尽字母表的豪华设想是不现实的,然而,我毕竟是我,我要用她的话语,留下几句。我应该为这一切,留下几句蒙文诗。

念头袭来的当夜,我睁眼望着天窗,失眠了。睡着前我已经默哼着,做出了几个小节,次日早晨我把它们追忆着抄到纸上。那一次剩余的草原日子,我是沉浸在头韵和比兴里度过的。回到北京后我以为马上可以收尾,并且已经准备向第一次我发表作品的蒙文刊物——《花的原野》投稿。

但是到了第二年,我决定把它带回草原去再改。在聚会的席间,我也曾经忍不住唱起过它。虽然屡屡修改,它一直停留在未完状态。此刻已是从一九六八年计数的第三十个年头,《二十八年的额吉》还没有写完。我喜欢在夜深时拿出它来,字斟句酌一会儿,渐渐沉入幻境。我喜欢反复地,在韵脚、对仗、一个个质感音声不同的单词里徘徊。除了叹息修养的欠缺,我逐渐发觉了：其实我想表达的,在题目里就表达完了。额吉,额吉,其实我用小说、用散文、还觉得不够而要用诗表达的,只是"额吉"而已。

我打算在这篇散文里录下几节,充作结尾。

最后挑了四节八句。我决心这一次做到语言的严谨,绝对不能再让所谓国际通用的转写乱七八糟。果然,请一位蒙古族的长辈帮助校对转写的时候,他也觉得费力：使用书面语和标准的蒙文诗律吧,作者我首先感到别扭。合乎语法的句子陌生并且转义,好多词儿都不是我会说的了。最后,他说,你干脆就直接转写乌珠穆沁口语吧！

他的话,突兀地使我想起学《蒙古秘史》时,读过的一句费解的话:"它是把口语直接写进去的书",寻思着觉得新奇。此刻写下的,是经过蒙古族专家校对、但是与辞典不尽相同的,我用乌珠穆沁口语写的几句小诗。我写着,不禁觉得这一切实在太难得了,心里涌漾起舍不得的感情。

以下就是这几句诗的蒙语转写,以及字面的汉语直译。

Arban jurfan－u saran－u gegen tang－as oroju irele
Alhun alhun tan－u aisui jam－du \s]n boijifsan bi m\n

十六的月光,从天窗那儿射进来
一步步接近了你的路上,长大的是我

Horin naiman jil－]n tere nutuf－tu mori mini jofsod yabuhu]gei
Hucin－iyan em]s]gsen ta bol afu ton－u dotura baina

二十八年前的旧盘上,马儿停住不走
衣着褴褛的你,是在伟大的数中

Culūtai obō－yin dōγur bol angkan－u Güngse m?n
Cima－yi amujülsan Süme nada－du sayihan ?ngge－tai

有石头的敖包下面,是以前的公社
使你安宁了的庙宇,在我眼里颜色好看

Harihu ed]r－t] hola－yi harad dabhur dabhur ul

Halun cejin -] dotor - as j \ hen uilaju baina

离去那天向远眺望,一层层的山连山
滚烫的胸膛里头,正柔软地哭着

1996.7.腹稿于内蒙
1998.4.写成于北京

树梢上的心

在觉得陷入了污水坑般的生存时,人会竭力地向音乐求救。的确这也许是非常有效地一着,纯净的音乐扫荡了满耳的污声秽气,人度过了艰难的一刻。

这样的体验应该告诉你。

那一天我独自一人,从晨起到晚间沉默了一整天。但是我的内心却经历了黑白分明宛似两极的体验。也许这该称作一种被迫的相悖相反。一极是难以形容的恶心,另一极是丰满的感动。两者都是因为读了一篇关于新疆、关于天山的文字。

我不告诉你那令人作呕的篇什是什么了,反正你也每天都被这些无耻的文字包围;在我的书里我只写美好的一极。

读了我的一位哈萨克朋友写的,关于惨死于新沙皇枪下的哈萨克诗人恰克里姆(Qaklem Kuday－berdi)的介绍那天——整个下午我欲哭无泪。忍受不住,不能控制地翻箱倒柜,找出了听说根据恰克里姆的诗谱成的歌曲《Jürek》,颤抖着手指,把它塞进已经坏了很久的、灰垢蒙满的音响。

这里必须要说一句"赞美真主",因为那个下午简直出现了神助,我那台哑了很久的破机器奇异地转起来了,为我不是尖细或闷沉而是完美地送来了恰克里姆的句子。

这样的体验一定要告诉你,朋友。哪怕在残酷的夏季也别灰心。可以用我偶然找到的这个办法,医治自己,抵御猖狂的病毒。

纯美的女声充盈着一方空间。那是一个健康的文化，从遥远的天山诉说。那女声给我们的联翩浮想与他们不一样，仍然是恰克里姆形容得好：

　　你不可能再遇上这可以交心的姑娘
　　我爱她，是因为她闪烁着真理之光

　　她低缓的叙述句句排比而来。每个连句都在结尾高昂，挑出一声呼喊。jürêk 是一个阿尔泰共同语词，不仅哈萨克，万里之外的蒙古人也能听懂它的意思：心。

　　这首歌用一个残酷的比喻，问了一个在道理和伦理的极限上的问题——有个年轻骑手，他被爱情俘虏，愿为美女献出一切。而美女的条件是绝对的：那么，把你母亲的心拿来。

　　尽管他在边缘上被折磨得痛苦不堪，但是他做了！他抱着那鲜血淋漓的心，飞一样地驰向情人。疾驰中不留神，马失前蹄他摔下鞍来，一颗心被抛了出去。

　　当他正挣扎着的时候，突然听见那颗心在唤他，原来母亲的心正挂在梢头，责备不知小心的莽撞儿子。

　　Aynalayen oy, jang bala oy　　唉，小宝贝，我的孩子
　　Kuladeng oy, sen jaman　　摔成了那样，是你不好

　　我说不出这两句词给我的刺激。我知道这刺激也非要用哈语听才能获得。哪怕为了彻底弄懂这两句，也值得你我学习哈语。

　　而听懂了的那一点点，我能解释么？jang bala（小宝贝）难道能译成"好孩子"或者"小巴郎"么？

　　sen jaman（你不好）又能怎样说尽它的含义呢？"不听话"要么是"真淘气"么？……

　　我只能说，掠过心头的疼痛和浸过心头的温柔，都丝丝清晰。

你问结论么？和你一样我也在思索。但是无疑他们的命题浩大而庄严，一种健康，使我们羡慕。所以我说，用这样的音乐洗涤，是一个简便的办法。上午那股恶心，因世论的丧失正义和不顾事实而带来的不快，被一荡而尽。像一座青吉斯山矗立在绵延的天山山系中间一样，恰克里姆一如他的诗，他们将在天山中永恒。我们不仅可以去摹仿恰克里姆，就像他宣布自己是托尔斯泰的学生一样；我们也可以借助恰克里姆的歌和货真价实的艺术——陶冶自己，消遣时光，让日子过得丰满有致。

就这样，《Jürêk》使一方空间，使包围一下子变成了纯净的音乐。整整一晚，次日晨起伊始，我沉浸在东不拉伴奏和清晰的女声诉说中，心中默默充盈着感激。人生中无论遭逢什么，只要有这样的音乐陪伴，就应该说，我赞美造化，回赐已经足够。

恰克里姆在诗的路上走到七十多岁。当他在天山深处的青吉斯狩猎行吟，住在蓝松白雪之间的圆木屋里，终日思索托尔斯泰的种种命题时，暴政的屠刀杀害了老人。

幸而天道还在庄严运行，一切最终还是被更强大的力量平衡了。当恰克里姆被恢复名誉以后，他的诗一下子传遍开来。好像他早就妇孺尽知一般，到处人们都在说着他的名字，到处都在演唱他的诗篇。

最初的那场音乐会已经变成传说。在那次演唱会上，据说，当温柔的女声讲述起一颗母亲的心，当《Jürêk》不尽的叠唱一遍遍向满场听众呼唤着 jang bala 的时候，台下呜咽渐起。从十二岁的童年就随着家人受难、经过了五十多年的牢狱流放刚刚归来的、恰克里姆的孙女，颤抖着白发，泣不成声。

哈萨克文化中的许多段子，都奇异地与欧洲的同类作品重叠。如著名民歌《在泉边》，如民间故事《Jürêk》。但我今天没心思谈论学术,我一点也没有心思细说突厥文化对欧洲的晕染。还是在年轻的时候,当我还在蒙古草原牧羊,我就懂得了"心"这个词。乌珠穆沁叫它 jürêh,几乎和哈萨克语一样。我的神经随时等着飘渺的呼唤声,虽然没有目击梢头挂着的一片心,但我不能假装,说自己没听见那声呼唤。心,连同那声对准我呼喊的 jang bala,使我年复一年,跟着黯淡的恰克里姆,迎着掠过的箭影刀光。

报刊上泛滥着代谢的文字,像暴雨后的垃圾场。蚊蝇在街角狂欢,一边唱起了民俗的猎奇,一角拥挤着探险的表演。忽而是下水道的报告,忽而是狂欢节的转播。

——而松林的树梢上,那片母亲的心一直淋漓地挂着。

记得在乌鲁木齐,我曾经对一位年轻诗人说:一天也不要耽搁了,快点学习语言!……但他转过了脸。

那么还是把一切托付给未来的公正。

其实关于天山,文学将迎接的审判将是简单的——那颗树梢上的心将宽恕一切。哪怕对最下流的动作,母亲的心里只有悲悯。

不,没有报复,没有清算,没有恐怖主义的反击,没有给劣等文人的打分。梢头上那颗心高高地照耀着,用不着探险家去发现,用不着教授们去评论。她教示我游牧民和穆斯林的文明中核,她传授我爱的武器。

是的,作为一名作家,我与你们非常之不同。因为我提着笔时,不仅视野中总是浮现出母亲的那颗 jürêk,而且耳际还总是听见那声深沉的 jang bala。

2004.8.改定

面纱随笔

以前,我从未留心过女人的头巾。更不用说面纱——使我注意穆斯林女人头上面纱的,是一次无聊的中伤。有人说我主张女人全要戴头巾,抓革命促生产,禁止娱乐活动。我很吃惊,因为我不仅不可能有这样的言论,而且正兴致十足地研究苏菲主义思想,企图探寻挣脱教条束缚的思想和传统的源流。

波澜又沉降下去,中伤因为仅仅是谣言,也并没有造成伤害。然而我开始注意面纱了;从南疆八月的骄阳中走过,我望着川流不息的人潮,觉得每个蒙面的维吾尔女人都与自己有关。那真是一种奇特的感觉,当你正对着歧视的时候,你胸中突然涌起了为你并不赞成的事物,挺身辩护的冲动。

那是一个令人感动的夏天,我穿过四溢的明晃晃的银色阳光,钻进高插晴空的杨树林。浓荫下幽暗凉爽,心猛然静了下来。再推开漆蓝的小门,土坯花墙里面,葡萄架挡开的一方空间更加幽暗。阿富汗式的雕花廊下,摆着粗糙的宽敞凉床。再进屋,酷热完全被隔绝,凉快地坐在满地优雅的波斯连理枝花纹上,心情因为凉爽,莫名地变得愉悦。

然后就看见了她,蒙面的维吾尔女人。

那天她谈得拘谨。问到一些较深的知识,她便说,还是问阿吉吧。她穿着一袭宽大的黑绸袍,棕色的头巾垂在胸前,随着她的话语不住抖动。我能感觉到她呼吸的气流,被显然是高高的鼻子挑起的褐色面纱,在轻微的抖动中把一个个词句分开连起。

四壁和地上都是浓郁的地毯图案。汗珠在皮肤上凝住了，我不顾擦汗，怕扰乱那和谐的维吾尔气息。面纱隔开了我们两个民族；我想最好的做法就是平常地对着它的遮挡，若无其事地寻找我们两族人都喜欢的话题。

只有当我请求和她一块留影纪念时，我才提到了她的头巾。若戴着头巾，能允许我和您照一张相么？

这张照片如今被我珍藏着。画面上我戴着她的阿吉丈夫的有四瓣绿叶的小白帽，怯生生像一个进了叶尔羌汗王宫的青年。而她黑袍褐巾，胸前紧紧搂着一册巨大的红皮书。我的神情，她的蒙面，都小心地注视着镜头，认真地望着临近的瞬间。

离开后很久，我几乎失明了，视而不见地穿行在多姿的杨树巷子以及蜿蜒的土坯花墙街区里，我的视野里只有满溢的波斯图案，还有那神秘的蒙面巾。

一年后，我选的是稍稍凉爽的秋天，那漆蓝的小门又出现在我面前。

推开门时，我听见一个女声惊叫了一个词——仍是蒙面的她，身边有一个高高身材的女儿。

她急促地说着，飞快地给我们端来茶和馕，麻利地收拾着地毯上的东西。我看出她真的高兴了；因为我感到她要表达的，恰恰是无从表达的懊恼。

我是随着她的阿吉丈夫一块来的。不过这并非主要原因。要紧的是主人和客人中间蹿进来一只叫做信赖的兔子，它弄得我们都莫名地兴奋了。

可以大开照相戒。这回不用那么谨慎了。在廊下，在静谧的小院，在真正的天方夜谭的风景中，我们拍了一张又一张。她快乐地换了鲜艳的裙子和西服上装，褐色头巾在胸前一摇一晃。

阿吉激动了。是不耐烦转译的费时,还是他相信更直截的交流?他粗声地独自吟唱起赞主辞:"俩依俩海——印兰拉!俩依俩海——印兰拉!……"吟到尾音时重重地把头摇向左胸。他们的高身腰的女儿皮肤微黑,她不蒙面,发髻上束一条红花手绢,与银须飘飘的虬髯父亲,与褐巾遮盖的母亲各个不同。

当然吃了她俩亲手拉出来的拌面。这地道的喀什噶尔女人手制的面条,当然白细韧长,嚼着色浓味香。但是我觉察出他们生活的窘迫,拉条子端上以后,我在细嚼慢咽之间,发觉他们只是注视着。那么就是说,这精致的面食依然只供待客。

饭后,阿吉送女儿回婆家,戴面纱的女人急急倾诉起来。我们已经是亲戚,以后希望你们全家都来。这里你们已经熟悉了,你已经了解我们。这块衣料不好,但是请你一定带回北京,代我送给你的妻子。啊,若是我能够朝觐,那我也许会在北京看到你们……黄昏在那一天降临得那么迅疾,映在地毯上的庭院杨树的婆娑疏影,已然是渲染的黑色。她显然意识到时光的短暂,想尽量多表达一些。而我则只能点头。我不会给她讲述关于面纱的闲话,那会玷污这难得的一刻。对于我,如此一刻贵重无比,与一个民族的相遇,与一种传说的接触,眼看就要结束了。

回到北京已是岁末,我小心地包好了洗印好的照片,又包上了一本精致的国外印制的《古兰经》,用摹仿的维吾尔文和汉文写好地址,给他们一家寄去。

同时寄出的还有几包,都是那一年在南疆结识的"一千零一夜"里的人们。仔细核对了邮政编码,亲眼看着邮局人员收下以后,我就不再操心。礼貌已经顾全,更多的也再难做到。曾经想找民族学院的朋友帮忙,给他们写一封维文信,想想又觉得未必妥当。接着世事工作,人渐渐忙乱起来,心思便引向别处了。

如同默契,他们也都不再写信。

两个月之后,有一封信寄来。它夹杂在许多信刊中间,我不经心地撕开封口,习惯地向外一抽——

一帧她们母女的全身照片,拿在我的手中。她没有蒙上面纱,穿着一件新大衣,静静地站着,一双苍凉的深目注视着我。这是一位中年的维吾尔妇女,平凡而端庄,正如常常见到的一样。一瞬间我感到强烈的震动,心里一下涨起难以形容的感受。

我从未料到会有这样的结果。她的表达出人意料,她的行为背后的逻辑耐人寻味。她用摘下面纱的方式,传达了严肃的信赖。我凝视着照片上那典型的维吾尔脸庞,却觉得看见的是他们的心情。受到信任的惊喜很快变成沉思,我回忆着两年来的风风雨雨,回忆着我在她们面前的举动。一幅面纱掀起,那时的一言一语突然闪光,有了含意。

是的,对于可以信任的人,面纱头巾可以除去。纱巾只是女人的传统,只是文明的传统,当你懂得尊重这传统的时候,纱巾就为你掀起来了。

我把三次的照片并排放在一块,久久地端详着。我不禁笑了:确实,我不知道在露面与蒙面之间,究竟哪一种更美。

我只知道,能够体验这样一个始终,能够让照片编成这样的奇遇,是我个人履历上的一件大事。它远比那些出名得奖之类,更具备成功的性质。

难的是,下一步,我该做些什么呢?

1998.5.

自由的街巷

1

那个老外瞪圆了眼,好像我的摩洛哥日程是缺心眼儿和变态。"你不去菲斯?你没听说过菲斯?那么你为什么要去摩洛哥?"但不管她怎么瞪眼,我虽惭愧也只能坦白地再说一遍:"哪里是菲斯?我真的不知道。"

如今回想着,自己在哑笑摇头之外,依然琢磨不出怎样解决这个问题。

实在不容易。菲斯?中国人谁都知道,即便是摩洛哥,这个词,大概我们也顶多在中学的世界地理课上听老师念到过一次。或者听相声演员的顺口溜里念叨过。它是不毛之地还是富比英美,它是白人还是黑兄弟——我们中国人一概不知。仗着一部美国电影,不少人耳际有了一个"卡萨布兰卡"的曲子在缭绕;但情迷卡萨布兰卡并不意味着知道摩洛哥在哪儿,更何况莫名其妙的菲斯。

我没有这个雄心。除非改造中国病入膏肓的教育制度,否则没办法讲清楚菲斯。谁能在一篇小文里,既有大西洋地中海的形势,又有罗马帝国和阿拉伯的历史;既有情调浓烈的生活,又有它在民族之林中的位置?

这事还是留待未来。

有趣的是,当我将信将疑地,把路线改向菲斯,并且真的去那儿转了一圈儿回来以后——我几乎马上就盼着再去一趟。虽然面纱仍然对我遮着，我对它的了解和老外朋友瞪眼时差不多——但我已经被它迷住。它如一块有魔法的磁石，吸引着人心想念它。身体没有向它靠近是由于国界的障碍，灵魂因为向往神秘和美，所以控制不住地倾倒于它。

2

顶多说说这城市给人的感觉。不，也许我的意思是说说建筑。也不，我是想说说那些魔法建筑组合以后的外观，它们的平面布局。还不，我像一切浅薄的游客一样，只是被它那错综无限、百徊千转的天方小巷弄得迷迷糊糊，像吃了蒙幻药，像醉在那摄人的阿拉伯情调里。

我被凭空扔进了深渊。阿拉伯的平顶屋彼此拼砌嵌挤，那真是"鳞次栉比"，夹缝处自然出现了一条小巷，又一条小巷。

我的眼睛因为目不暇接疼痛了；蜿蜒变幻的小巷两侧，每一个洞开着望着我的都是铺子。每一栋小屋小楼，每一个门面窗口，都是铺子，铺子，铺子。

夺人眼目般闪烁的是金碧辉煌的镶嵌细工。紧排其次的是挂满四壁的彩画陶盘。炉火旺处香气四溢的不知是什么佳肴小吃，还有香料、毛皮、绸缎、富士胶卷、经书、木器、摩洛哥袍子、麦当劳、铁器、染坊、银行支店、小学校、经学院、清真寺、美丽的双眼皮大眼睛、沿单行线踱步的毛驴、瞟着你的银髯老匠人、三两交谈的阿拉伯姑娘、不可思议地在小巷里飞奔穿梭的下了课的儿童——唉，世间的众生万物，都在这无法辨认更何从记住的、纠缠叠加恰好如文字所谓"一团乱麻"的密巷小街之中，像河水分流注进了无数的沟渠一样，喧嚣着，流动着，生机蓬勃地活着……

从艾提尕尔大寺里走出

新疆葳斯汗麻扎尔风景

我被这流水般的巷子冲刷裹胁，顺流而下，仅一会儿工夫便完全迷失了方向。我的脑海是白茫茫的，不会思想，只会兴奋。这么奇妙，这么不可理喻！要知道这不是一小块残留的老城区，整个菲斯古都原色原形式地维持着这种中世纪风貌。来前知道了它是世界文明遗产之一；但我没有想到，这处文明遗产不像中国那些已经彻底变成"遗产"的名胜古迹——菲斯旧城包括人们今天熙熙攘攘的生活本身，都一同被列入人类文明的奇观，被列入保护的名单之内。领路的摩洛哥青年（幸亏有这么一个朋友！他是木匠博物馆的工作人员）对我的兴奋表示满意，但他强调说："要知道最不可思议的是：旧城在今天仍然是商业中心。"

　　我跟着他一拐弯，又进入一个七八条小巷汇聚的芝麻大小的广场。炫目的铜器在灯光下晃闪着，飞窜的小孩背上的书包在一掀一掀。铺子，铺子，铺子，只有你的筋疲力尽两腿酸麻，没有巷子的尽头和店铺的结束。

　　我累坏了，一屁股坐在一个蜜饯甜食店的门口，勾勾地盯着玻璃柜里那些让人馋涎欲滴的东西。

　　"这是五百个喀什噶尔的总和，"我对木匠博物馆的朋友说，"休息，休息一会儿。"

　　他关心地问我："或者就不再多走了，我们只去稍微看看古代染坊？"

3

　　我在极度的亢奋和感叹中，竭力挣扎着恢复思索。不，这不是那种"景点"看罢就可以离开的城市。菲斯用它腹中秘藏的全幅天方夜谭，给来客施魔法，使人在享受和满意中昏昏欲睡。只想住下不走。这是一座使人喜欢得盼想在此安家的城市。

为什么呢？

东京那么繁华如花，我在滞留中却心无宁日。哪怕我那么欣赏它似文化似宗教的美，哪怕我行走人群如鱼在水没有语言障碍和不便，我依然心不能安。欣赏敬远之后，终于作别了它。

而菲斯这样的小城却朝我响着一个讯号，像一个撩拨的乐句。我的心动了；我压抑着自己渴望投入音乐的欲望，我竭力不去想若是自己采纳了如此生活方式会怎么样。

瞧，又来到一所麦德莱斯——经学院。标志牌上写着它建于伊历二四五年，那时中国正在盛唐。建筑已是珍品，而珍品又这样密集——我还是无法驱走心中惊异的感觉；怎么可能呢？这样的生活方式！人同时置身于历史和现代，同时居住在文物古建和陋室泥屋，同时体验着梦境和真实？

麦德莱斯内厅灯火为炬，橘黄的光线里一些老人正在晚礼。敞开的一个个侧门通向巷街，有鲜艳的姑娘在那儿说着悄悄话。儿童在炸甜食的摊子前等着，鱼贯走过台阶的，是驮着货物的毛驴。歇息一阵我又顺着小径走，每一转身都是一面绚丽的风俗画，每一上下都迎着更撩人的音乐……

好像一切只是为了大饱眼福。好像一切不过为了在视觉的盛宴中遗憾。世界这么美，自己却被排除在外。心醉着，头晕着，我不觉也哼着什么，任上上下下的幽径把我引着，在这十万迷宫里乱逛。

走了几个时辰以后，我才意识到——使人叫绝的不是建筑，是建筑作为材料的拼砌。是街巷，是街巷编织的神秘地图。人如流水注入其中，激活了一个奇迹。成为奇迹的，不是城市的古老，而是古城的布局。

4

用编织来形容也不够。这种古城的深街曲巷行走时并没有循着一个针法。用流水形容也不行；一是没有那么多交叉的渠；再说水往低处流，而菲斯的巷子是立体的，——每处台阶的上下，每座悬梯的连接，都使城市变成了多层。绞尽脑汁，我完全没办法对付这种平面。它究竟该怎么表达呢？它的学名叫什么呢？

向导告诉我，有一位英年早逝的专家，叫 M·阿达博士，他是专攻这种古城文明的，据说他的著作大气磅礴，被阿拉伯人奉做经典。若是你在去年来，倒是可以和他谈谈。

我找不到词汇。我无法概括、描述和抓住它的精神。我只是被俘虏和被摄走了魂儿，心里沉沉地爱慕向往，身体绵软地不想挪动。我感到这些魔法的小巷在窃笑、在奔突、在逗引，我只知追上它们我就能看见那自由的精灵。

咦，自由的布局和自由的城市规划。或许可以命名这种阿拉伯城市特征为"自由主义规划"？或者说，因为它完全摒除了官僚的规划，所以它是一种不规划的建筑自由主义？……

天黑透了。

菲斯也消失在黑暗里。

在旅馆的留言簿上，看见一篇房客遗留下的感想。恰巧的是，这房客也像我一样为菲斯魔性的布局烦恼。文章中他称这种平面和建筑布局为——无政府主义的城市布局。我读了很受启发。也许无政府主义的概念，比自由主义更能传达奔放的、叛逆的自由精神？尤其在这自由主义的概念，被美国的霸权和国产的侏儒一再糟踏的时代。

5

幸好我手头留下了木匠博物馆的小册子,里面有一张菲斯的局部平面图。

这是一帧奇异的地图。它奇异在——为了标明木匠博物馆的位置,它使用了 1 厘米 = 20 米的比例尺,因此使地图上显现出了大多数街道、巷子、城堡墙、院墙和屋墙。

刹那间我解出了这道要命的难题。

或许破译菲斯的魅力,可以试试从平面入手。平面、规划、布局,它们决定了城市的气质和精神。从菲斯到喀什,以至天方夜谭的使人想入非非的环境;哪怕解读它们的魅力需要一千零一个角度,那么第一个就是这布局——这建筑物和交通路的图案。

自由自在的私家建筑,借着邻居的院墙或背隅,砌了起来。一家比它更加囊中羞涩的小屋紧挨着它,恨不得三面墙都借用它的。接着是一个摊子,然后有一口石头泉水井。连续三家商号鳞比而筑,但半圆形的柜台使路已经拐了一个圈。第三家卖经书的商号一侧,矗立着一座马格里布式的方塔,它连接着一座社区的小清真寺……

描写之间,一条窄巷已经蜿蜒了多时,而且几经伸缩后,在三家半圆的商号那儿转向了背后。还有数不清的巷子没有描述,还有无限的职业、种类、平民、公益的建筑在前后左右簇拥蔓延。置身其中你只觉得乐不可支但是晕头转向;只有跳上半空,只有获得地图般的俯瞰之后,你才能会意地赞叹菲斯。

编织、拼嵌、流水、无政府、自由主义——都可以仔细从这幅局部的平面中读出来。这是多么美妙的图案!它完全用不着再加修改,就是一张奇特的图案画。我若是服装设计师,就把菲斯的 1:2000 平面图直接印成女人裙子的绸料,让她们袅袅婷婷,使菲斯实现再一层的叠幻流动!

夜深了。我在菲斯的小旅馆里,不能入睡,望着闪烁的万家灯火。

人必须爱一座城市。否则,人就如一只乌鹊,绕树三匝,无枝可依。我想象着 M·阿达博士的阿拉伯古城文明著作,我猜他一定是爱得至深,才把它选为自己的题目。而我却没有挚爱不渝的城市,没有爱得要为它献身的城市。在坦克改装的推土机轰鸣中,在横蛮的工地扬起的沙尘暴中,我的城市早已被当做危房,拆光毁净。

在文章末尾我要坦白:其实我在菲斯只住了一夜。既由于种种不得已,也限于种种条件。若不是仰仗了那恩人般的木匠博物馆,我就沦为编造虚假游记的三流文人了。我没能按照我的路数,迅速结识小巷深处的朋友,没有在麦德莱斯或民家求宿。我更没能像在喀什噶尔那样,使他们隔着语言就听懂了我,在洞知之后,再写成文章。

我还是把这一角地图当成插图,让它帮我解释。而且我放弃曾经闪过的一个坏念头:把这地图裁下一角,在文章中说,它是现代派艺术绘画。然后从下朝上写字,从中向四边打印,编一个菲斯的小说。不只一个人曾因这种小说走红,但他们的念头一文不值,配不上我们目击的文明。我没有完成关于菲斯的写作;我只是借助它,抒发了我对向往的城市的爱情,以及对之断念的无奈。

写于 2002 年 5 月

相 约 来 世

不知为了什么,无论见识过多少美丽的城市,我却总是向往着那里。

不知为什么我总是只要有一丝机会,就想去看看那座神秘的小城。不知为什么我总觉得此生若还有一件遗憾,那就是没有真正成为喀什的儿子。我说不清楚对喀什怀着的是怎样的一种感情,虽然它清晰地时时在我胸间涌涨。它不是嫉妒也不是后悔,它不是浪漫的幻想更不是梦,它只是一种因为觉察到"没有那样活过"而导致的深刻空虚。

十几年来我多少次写到喀什。近来我似乎觉得紧急,甚至提笔就只想写它。可是写了,出版了,对着苍白的文字,那是苍白的自己啊,我如怔似痴,心中久久漾动着一种此情难表的感觉。

而且不管我怎样勤奋学习调动知识,不管我怎么两脚泥巴。惟有对它才使人陷入悲观:即便我满怀真挚,喀什噶尔是难以描述的。

我从来没有他们那种殖民强盗般的狂妄。自从第一次见到了你,我就开始了思索。结论太遥远,我就暗暗树立了起码的尊重。每一个陶罐,每一辆风尘仆仆的毛驴车,每一个白髯的老者和白瓷般的儿童,都连接着那么巨大的命题;逼人思索人道和国家、隔膜和亲密。这一切令人感觉沉重,渐渐地难以诉说。你这中亚名城莫名地涂着一抹忧郁,站在你的土地上我总是暗自难过。

阔别再来的时候,我如一个"私人的塔里甫"(经学生),刚从民间的师傅那里求学归来,带着接近你的钥匙。我被接受进入了你的幽深;你,我,还有"他"。我们舞蹈和赞叹,如醉如痴地交流在同一个圈子之上。

但是那不是我的本意。难道是不平和苦难使人远离本性么,我不愿做一个——哪怕是被欢迎的远客。喀什噶尔,这奇妙的小城是为了给世界补充一种生活方式才诞生的,正因此哲人们才感到陶醉。

不管我最终只能获得怎样的结局,不管我的一生过得多么苍白黯淡,我不会在这样的遐想中退却:我在自己的心中,会永远牢牢地抓着一张图画。它是我一世的憧憬。

在那幅图画中,绿阴遮蔽的白泥小巷错综曲折,一座座幽静的低矮院落栉比鳞次,簇拥着清真寺的圆塔。在一座沉默的小院外面,一个小伙子总是仰望着院墙里的窗户,弹着琴唱着。浓郁的无花果和葡萄的气味弥漫着,远远地飘向土坯垒起高塔的清真寺。院墙用掺了天蓝的浆子涂过,凉爽而漂亮。隔着窗子,能看见里面的纱幔。它遮住了一个用陶壶背水的喀什噶尔姑娘,不管琴声响了多久,不管歌声已经嘶哑。路人已经司空见惯,大家微笑着,似是同情似是赞许地,点点头,和他擦肩而过。

对着这幅心中的画,我独自注视了那么久,日复一日,年复一年。后来我明白,这张图画已经如镂似蚀,慢慢地刻进了我的心房。我可能一直没有提及它,但是我没有一刻忘记它。年深日久,为了这幅画面,我甚至逐一雕刻细节,编上注解,添上路线,加上故事。我觉得它才是我此生的前定,只是醒悟得太晚,如今已是歧路之上,欲罢不能了。在这样的思念中我衰老了,从一个多感的少年,变成了一枝枯墨的秃笔。

今年还去么?我注视着临近的春日。我通常在夏秋之交出发,在那里盘桓一个季度。但我更愿意在寂静的冬天,在任何一个时刻赶赴那里,哪怕有一个瞬间的缝隙,哪怕判断一丝微弱的呼唤。

但是无论此世还有几次重逢再会,我不能实现那张图画里的命运了,那个苦恋着小巷深处背水姑娘的少年,已经不能在哗哗地掀动杨树叶子和催动滚滚渠水的晚风里,每天晚上走向一座土坯的小院。他已经不能彻夜地给心上人唱歌了。

真是此恨绵绵。看来,只能相约来世了。

当然我还会去。开个玩笑吧:没能结识姑娘虽是遗憾,不过我毕竟结识了姑娘的父亲。

无论如何,秘境的中亚,毕竟对着我掀开了面纱的一角。如果能忍受一种年华远逝的苦楚,我的本质毕竟被她承认了。黑暗里我看见那小院木扉敞开,炉灶里通红的火闪跳得令我心醉。

只有对野蛮的强盗,道路才显得险恶。我将如同一个满怀虔诚的、求学的塔里甫。我认识姑娘的父亲,大路两旁都有人对我问好。我可以在穿过分水岭以后,露出本色,凭经取道。托克逊,库迷什,我将吃饱喷香的拉面,再提上一串紫红的葡萄。民众有什么恐怖?是谁在谈虎色变?卡拉沙尔,阿克沙尔,我将一路顺风地奔赴喀什。

会有一个太平时代;会有一种深沉的和平,会有自然的秩序,更会有正义的降临。那时人将懂得敬重他人。那时文化如同清甜渠水浇灌的"古丽斯坦",蔷薇的花园。

那时的小伙子可以不再为思想而痛苦。他可以学一种自然的技艺,比如打馕、镶嵌、木匠或者铁匠。白天让汗水出得酣畅,晚上拿上一把琴,热瓦甫或是吉它,到姑娘家住的深深巷子里去,一直唱到月上中天。

1997.4.

东埔无人踪

这些年，愈发地控制不住出游的渴望。甚至一年之内，首尾腊月地三入西海固。即便这样依然觉得不够；所以又一次次相机南下，到南方，到文明故国的景物中去满足自己。

数一数，江西走了三次，浙江也去了两遭，特别是两度的山阴道上，感慨和知惠令人陶醉。从夏禹时代的传说，到越王秦皇的遗址，再至鲁迅秋瑾的旧居——徘徊在历史的影子里，我的旅行如现场求学。而这样的学习积累多了，西海固内蒙古，便更凸现了意味。

至年初，山阴道上未访过的地点，仅剩下徐锡麟的东埔故居一处了。

1

这一日天清气朗，车子直向东埔镇。传闻绍兴水乡，以《早春二月》的外景地柯桥最为典型。但是前一次来绍兴，每天为吃一口清真饭常坐车到柯桥，而那里满眼纺织品批发的大楼，看不见乌篷船的曲折水路。

到了东埔，一样是那种乏味的高楼宽路。镇前问了路以后，下车步行几步，折过一个墙角——没想到，石桥青苔、窄水高屋的水乡风景，突然出现在视野里！

秀美安谧的水乡视觉仿佛打乱了计划，打乱了心里的一个准备。难道这就是东埔么？难道那名若雷霆的辛亥革命先驱、那项羽荆轲般的剖心沥血之士，就是如此阴柔水乡的儿子么？

过孙家溇，找徐家屋，水道上有一座小石桥，拱圆且高。顺着一边的岸步行着，斜斜见对岸有一处龛门，不知是供奉龙王的小庙，还是许钦文（他是东埔人，也是鲁迅的忠实弟子）传里写到的水龙会。青石和白灰耸立着，窄细的巷道铺着破碎细石。我心里上升着化外野民的景仰，揣度着山阴会稽的内涵，顺着水乡的巷子走。

迎面正是徐锡麟故居。

那时代久久令我向往。也许这么写到头来不过是叶公好龙，但那个时代孕育的几个绍兴人确实久久吸引着我。还不说陶成章、王金发、徐蕴华姐妹、马宗汉、陈伯平，他们都是此世难寻的人物；只凭这片潮湿风土造化的秋瑾、徐锡麟、鲁迅三人的风骨文章，已经足够使北方折服了。

踏进阳光泄入的小院，木楼梯，乌漆门，明暗潮润的感觉更浓重。

不像前次在冬雨的秋瑾故居，我浏览着，此刻明亮的阳光，弄暖了压郁的心情。不禁有油然满足的感觉，为自己到了山阴最后一处名胜。在动荡的大时代，人拥有一切可能性。于是这小康人家的宅院里，就诞生了徐锡麟。

他开办学校，企图建立一个养成志士的基地。他堂前行刺，但深度近视的他连发几枪都不中要害。他性格阴郁，身子瘦小，貌不出众。但他在被俘后出语惊人：

> 众学生程度太低，无一可用之人，均不知情。你们杀我好了，将我心剖了，两手两足斩了，全身砍碎了，均可。不要冤杀学生。……我自知即死，可拿笔墨来，将我宗旨大要，亲书数语，使天下后世皆知我名，不胜荣幸之至。（《浙东三

烈集》)

　　接着倾倒胸臆,一张绝命词掷笔摔墨,写得大义凛然。这一篇字不是书法强过书法,在资料书的扉页上,磁石一般抢目夺人。凝视良久我仍无法移开视线,心中吃惊不已。几行的淋漓墨迹,即便在今天还喷射着逼人的豪气。

　　审讯时他惦记着行刺安徽巡抚恩铭的结果,官员骗他说:"大帅无恙,就要亲自审你。"他听罢一时默默无语。接着那官员又说:"要剖你的心,"而徐锡麟突然醒悟了——这就是说:"恩铭已死!"他不可抑制,爆发出一阵大笑。

　　记载中,那笑声如点睛之笔,轰然使徐锡麟的形象矗立起来。那样的豪气,那样的震撼,如今怎能想象呢?我站在石墙的院子里,觉得它就在此刻也轰轰有声,撞击着这猥琐的世界。

　　拾级登楼,是他幽秘的卧室。踏过漆了的木地板,临窗远望,有会稽山淡青的远影。上一次正值江南的冷冬,虽然天地间宛如水墨画一样好看,但是无奈苦雨淅沥,冻得人禁不住寒战。记得那次我如朝圣的香客,一天天撑着雨伞踏着泥泞。这一次因为晴朗,风景显得一览无余了,会稽诸山除去了雨云的遮蔽,暴露成绵延的丘陵。

　　以前翻阅徐锡麟史料的时候,从来都禁不住一种颤栗。哪怕偶尔碰到一些段子,每次读都有哽咽的感觉。我说不清心中的刺激。太壮烈了,虽然当时他们所持的民族主义,与我已经一丝丝断绝干净。

　　古风的院落坚固考究。材料、用色、外形,其实就建筑而言,它远远超过什么经典别墅。阴凉弥漫着,日影斜移了。正厅有匾额曰"一经堂",抱柱对联写道:"天下奇观书卷好,世间美味菜根香"。

　　一切都像是为了让人遗忘。

来到这里,人会不由得想:怕再没有其他参观者了。

2

今天的中国已经冷漠了他们。是因为中国人骨子里的薄情,还是因为新的理论把他们划做了恐怖主义?

与我同行的一个朋友说:我是本地人,以我的观察,绍兴人的气味与他们完全不同。秋瑾、徐锡麟、包括鲁迅,他们几个是绍兴的异类。

我同意同伴的分析。因为我也一直在疑惑和捉摸——这块风土既然制造了那么多绍兴师爷式的知识分子,为什么又孕育了这几个血性的异类呢?

其实刺客和恐怖分子,都并非无文之辈。细读徐锡麟的遗稿,他不仅不是暴徒,而且秀入内里。从他留下的一首咏叹东京博物馆所藏中国文物的律诗,可以窥见徐锡麟的修养。

这首诗,前年初读时浏览一过,觉得微微如有金声,便留下印象,记住它是一首咏剑诗:

> 瞥眼顿心惊,分明故物存
> 摩沙应有泪,寂寞竟无声
> 在昔醒尘梦,如今听品评
> 偶然一扪拭,隐作不平鸣

后来注意了题目,才知写的是一口流失异国的古钟。这种感觉很特别——不知是徐锡麟用字特别,以至于写钟如写剑;还是因为他的诗品与人格浸透难分,所以使后人陷入联想。"偶然一扪拭,隐作不平鸣",多么像"今日把拭君,谁有不平事"。替换着字,胡乱默诵着,我好像探到了他内藏的沉重,也掂量出他未露的文采。

为什么出现了异类呢？

也许原因都是留日。在那个屈辱又激昂的时代，或许只有留日学生体验了最复杂的心境。正是这个日本在侵略祖国，而他们却只能赴日求学。他们的立志正是学成利器报复日本，无奈同学里却层出着立论亲日的政客，自诩知日的大师！

与留学欧美尤其美国完全不同，他们无法以艺术自慰或者以民主夸夸其谈。尤其不能学成一种愚蠢的怪物哪怕对老婆也半嘴英语——他们常回避自己的见识，他们多不愿炫耀日语。他们每日求学的这个国度，既曾向母亲施暴又正在倡导文明；他们耳濡目染的这个文化，把一切来自中国的古典思想、把一切琴棋书剑技舞茶花都实行了宗教化，然后以精神藐视中国的物欲，用耻与洁等古代中国的精神傲视甚至蔑视中国人。

留学生首当这精神挑战的前沿。要领熟滑者逢迎表演保全自己，匹夫之怒者以头抢地然后消失。只有陈天华蹈海自杀。他的这一行为，是中国青年对傲慢列强的以命作答，也是他们不堪于揭露、包括不堪于这种以蔑视表达的对自己劣根性揭露的——蚀心痛苦的表现。

这种难言的心态，绵延于一百年的留学史。它激烈地迸溅于徐锡麟的剖心行刺，也扭曲地闪烁于鲁迅的晦暗文章。

但是一切中国的民族主义，总是终止于可悲的结局。无论在异国质诸同学，还是在故乡环视同类，现实总是迫人再三失望。被日本或傲慢指摘或鲜明反衬的劣性，什么时候才能变成美感的烈性呢？

3

脑海里闪动着一些留学滋味，我踱出了徐锡麟的青石小院。镇子前头有一座小学，听说是徐锡麟所创学校的后身。正是课间时分,孩子们的喧闹声清脆入耳,一刹间搅散了人心的郁闷。

门楼两侧,居然原样镌刻着徐锡麟亲定的校规。字迹不知是不是他的楷书,读着心中又是一热,赶忙抄了下来:

有热心人,可与共学
具诚意者,得入斯堂

四句校训中,各能摘出一字,和起来正是"热诚学堂"。暗自算过自己的同窗共学,虽好人众多,数不胜数;只是若坦白地说的话,大都缺的正是些热与诚。徐锡麟是有感而发,所以归纳得贴切独到。

这么想着,一边眺望校庭里的孩子。

他们今天依然戴着热诚小学的校徽,以徐锡麟的校训为校歌。他们个个纯真可爱,围着徐锡麟当年藏武器的水池,笑喊着奔来跑去。

徐锡麟举义被俘后被巡抚恩铭的家人要求剖心,这一个热与诚,实践得惊心触目。这一个结尾处也被传诵繁衍,成了传奇小说。

同学陶成章记:"端方电冯煦命杀锡麟,恩铭家中请剖心以祭恩铭。冯煦心不欲,然不能阻止之。"吴健吾《徐锡麟事迹》云:"恩铭家属要求活剐徐心,冯不得已,密谕刑者以利刃刺心,免受痛苦。"潘学固《徐锡麟刺杀恩铭目击记》:"刽子手屈一膝跪下说:祖宗传下律法,只有先斩首,后才能剐心。小人不敢妄为……"

既是传奇则不至淋漓不能尽意,许多细节被一再渲染。如徐锡麟一声怒喝,把官吏志瑞(诸书或作毓贤、毓秀、毓朗)吓得病死的故事。民国著述都以这些细节为重要;名流大家如章太炎、蔡元培都为他写碑作传,没有谁咒骂他为极端分子或恐怖分子。

甚至奉命行刑的冯煦,更是他的知音。徐锡麟死后,冯煦居然为他辟一间纪念室,收藏血衣遗物。不仅如此,冯煦还为这间屋子题联，写下"来日大难，对此茫茫百端集"的句子，一语预见未来。

这样的事情，今天怎能想象！

不久秋瑾也被枪杀于绍兴轩亭口。从先行的陈天华，到苟活的鲁迅，这一批留日学生投身的革命，以及他们的民族主义幻觉，终于沉默在泱泱大国的正统之中。

他们的墨迹鲜血，无疑推动了破旧的巨船向着现代移动；但他们呼唤的灵魂却召之不来，一直到今天，看不到病态的气质已经更新。

但他们的革命同时也是一种自救。对他们的自我而言，对他们敏感而受伤的心灵而言，他们一个个都做到了言出必信，行己知耻。他们的精神已经骄傲地屹立着，特别是屹立在日本人的面前。

离开东埔，车行如飞，山阴道如今是高速公路。

想和同伴说点什么，又觉得沾染了徐锡麟的寡言，不愿这时再说什么。章太炎先生的《徐锡麟传》提及了这一点，说他虽性格沉默，"然性爱人"，太炎先生特别记述了他解囊救助穷极自杀的老妇的一件事。

天晴得没有一丝遮拦，绍兴迤南的余脉，原来都是平凡的丘陵。会稽山不再似冬雨季节，那么迷蒙苍茫。大禹陵位置在此是可能的，因为如果淤塞一旦疏通，从此向东，不远即是大海。

山峦明亮，阡陌浓绿，我靠着车窗，仔细看着外面流过的景物。我辨认着兰亭金华的岔路，辨认着宁波和东海的方向。我觉察到自己开始喜欢这里了，它养育了一腔爱人之意的死士，使人不由得目不转睛。

2002 年 4 月

鲁迅路口

1

今年又一次去了绍兴。该看的上一次早已看过,若有所思的心里有些寂寞。城市正在粉刷装修;拆掉刚盖好的大楼,改成黑白的绍兴色。可能是由于天气的原因吧,这一回头顶着万里晴空,总觉景色不合书里的气氛。在鲁迅故居门口,车水马龙根本不理睬远路的游客;滔滔河水般的群众之流,擦着制作的假乌篷船一涌而过。我犹豫着,最后决定不再买票进去。

与其说是来再一次瞻仰遗迹,不如说是来复习上一次的功课。那一次在冬雨中,我们走过了一条条街道,处处辨认着遗迹和背景。那几年我潜心南方的游学,事先读足了记载,到实地再加上草图笔记。我辨认着,小街拐角坐落的秋瑾的家,青苔沾湿的青藤书屋,还有山阴道、会稽山、古史传说的夏禹陵。濛濛冷雨中的修学令人愉快,追想着那些日子,盼着再重复它一次。

虽然我明白这是一处危机潜伏之地。渐渐地我们终于明白了,这个民族不会容忍异类。哪怕再等上三十年五十年,对鲁迅的大毁大谤势必到来。鲁迅自己是预感到了这前景的,为了规避,他早就明言宁愿速朽。但是,毕竟在小时代也发生了尖锐的对峙,人们都被迫迎对众多问题。当人们四顾先哲,发现他们大都暧昧时,就纷纷转回鲁迅寻求解释。我也一样,为着私人的需要,寻觅到了这里。

反省着对他的失言与败笔,我常自戒不该妄谈鲁迅。无奈乏于参照,于是又令人生厌地转回这里。我已经难改习癖,别人更百无忌惮。那么多的人都在议论鲁迅,那么多的人都以鲁迅为饭碗,那么多的人都自称鲁迅的知音——这种现象,一定使他本人觉得晦气透了。

不知到了毁谤的时代,一切会怎么样。

同伴是本地人,对是否进去参观无所谓。我也觉得要看的都看过了,门票要四十元呢,或者就不进去了吧。路口上,车声轰轰人声鼎沸,不由你过分地斟酌徘徊。于是胡乱决定离开,心里一阵滋味索然。

就这样,这一次在绍兴过鲁门而未进。虽然脚又踩过这块潮湿土地、端详过秋瑾的遗墨、进入了徐锡麟的卧室,我没有迈过那个路口。我想保护初访的印象。冬雨的那一次我夹在一群小学生里一拥进了三味书屋,后来就亲身站到了百草园。那时的感觉非常新鲜,自己的小学生时代以及自己孩子的小学生时代一霎间都复活了。那不是来瞻仰伟人的故居,而是回到自己的孩提时代。一股那么亲近的冲动,曾在人流拥挤中幼稚地浮现。

从鲁迅家的大门口迈步,左右转两个弯,隔一两条小街,原来三百步之内,就是秋瑾的家。

初次意识到这一点时,我心中不由一惊。他们住得这么近!……果然还是要到现场,才能获得感受。我不住地遐想。彼此全然不相识是不可能的,即便没有借盐讨火做过亲密邻里,也会由于留学一国彼此熟识。若再是朋友,就简直是携手东渡了。

后来去了徐锡麟的东埔镇。冬月来时,以为东埔路远不易到达,这一回才知东埔镇就在眼前,公路水路都不消一阵工夫。这么说,我寻思着,烈士徐锡麟的家乡就在咫尺——这几个人,不但是同乡,而且是同期的留日同学。

站在路口上,我抑制着心里的吃惊,捉摸着这里的线索。

一切的起源,或许就在这里?

2

一九〇五年是秋瑾留学日本的次年,其时鲁迅作为她的先辈,已在日本滞留了两年。不知他们是否做好了思想准备,国家兴亡与个人荣辱的大幕就在这一年猝然揭开,并与他们的每一个人遭遇。

一件大事是日本政府与清朝勾结,为限制留学生反清政治活动颁布了"清国留学生取缔规则"(应该注意,取缔一语在日语中主要意为"管束、管理")。此事引起轩然大波,秋瑾的表现最为激烈。

诸多论著都没有涉及当时留学生的反应详情;但参照(比如八十年代末以来)留洋国人的多彩面孔,我想当时的诸多精英一定也是形形色色。冷眼看着中国留学生的样相,日本报纸《朝日新闻》发表社论,嘲笑中国人"放纵卑劣,团结薄弱"。湖南籍留学生陈天华不能忍受,他以性命反驳蔑视,投海自杀。

与他们气质最近的日本作家高桥和巳,对此事的叙述如下:

> 陈天华的抗议自杀,最富象征地表现了投影于政治中众多之死的、文化传统与传统心情的方式。
>
> 1909年、日本的文部省公布了《清国留学生取缔规则》。不用说,这是应清朝的要请,限制留学生革命活动的东西。当时,《朝日新闻》侮蔑地批评那些反对《取缔规则》、

进行同盟罢课的中国留学生,说他们"出于清国人特有的放纵卑劣的意志,其团结也颇为薄弱"。陈天华痛愤于此,写下了绝命书,在大森海岸投海自杀。

他在《绝命书》中说,中国受列强之侮,因为中国自身有灭亡之理。某者之灭,乃自己欲灭。只是中国之灭亡若最少需时十年的话,则与其死于十年之后,不如死于今日。若如此能促诸君有所警动,去绝非行,共讲爱国,更卧薪尝胆,刻苦求学以养实力,则国家兴隆亦未可知,中国不灭亦未可知。

他区别了缘于功名心和责任感的革命运动,要求提高发自责任感的革命家道德。

(《暗杀者的哲学》,《孤立无援的思想》所收,P193—194)

每读这一段故事我总觉得惊心动魄,也许是由于自己也有过日本经历。陈天华感受过的歧视和选择,尽管程度远不相同——后来不知被多少留日中国学生重复地体验过。只是一个世纪过去到了这个时代,陈天华式的烈性无影可寻了。在一种透明的、巨大的挤压之下,海外中国人的感情、公论、更不用说行动,日复一日地让位给了一种难言的暧昧。陈天华的孤魂不能想象:男性在逢迎和辩白之间狡猾观察、女人在顺从和自欺之间半推半就。

陈天华已经死了,活着的还在争论。在侃侃而谈中学人们照例分裂:有的是学成救国派,有的是归国革命派,我想更多的一定是察言观色派。身为女性言行却最为"极端"的秋瑾那时简直如一个"恐怖主义者",面对纠缠不休的同学,她居然拔刀击案,怒喝满座的先辈道:"谁敢投降满虏,欺压汉人,吃我一刀!"

而在场者中间就有鲁迅。

显然秋瑾不曾以鲁迅为同志。或许她觉得这位离群索居的同乡太少血性，或者他们之间已经有过龃龉。大概鲁迅不至于落得使秋瑾蔑视的地步？在秋瑾的资料里，找不到她对这位邻居的一语一字。

我更想弄清当时鲁迅的态度和言论。但是诸书语焉不详，本人更欲言又止。渐渐地我开始猜测，虽然不一定有过争吵和对垒，大约鲁迅与同乡的秋瑾徐锡麟有过取道的分歧。或许鲁迅曾经对这位男装女子不以为然；她太狂烈，热衷政治，出言失度。鲁迅大概觉得她不能成事，也不是同道。鲁迅大概更嗅到了一种革命的不祥，企图暗自挣扎出来，独立于这一片革命的喧嚣。

留学日本是一件使人心情复杂的事。留日体验给予人的心理烙印，有时会终一生而不愈。

敏感的鲁迅未必没有感受到陈天华的受辱和愤怒，但是他没有如陈天华的行动。或许正是陈天华事件促使鲁迅加快选定了回避政治、文学疗众的道路。

他的意识里，说不定藏着一丝与鼓噪革命派一比高低的念头。但是时不人待，谁知邻居女儿居然演出了那样凄烈的惨剧、而他自己，却只扮演了一个"看杀"的角色！

逐渐地，我心里浮现出了一个影子。

它潜随着先生的一生，暗注着先生的文字。我想诸多的研究，没有足够考虑鲁迅留日十年酿就的苦涩心理。称作差别的歧视，看杀同乡的自责，从此在心底开始了浸蚀和齿咬。拒绝侮辱的陈天华、演出荆轲的徐锡麟、命断家门的秋瑾——如同期的樱花满开然后凋零的同学，从此在鲁迅的心中化作了一个影子。这影子变做了他的标准，使他与名流文人不能一致；这影子提醒着他的看杀，使他不得安宁。

也许就是这场留学，造就了文学的鲁迅。

3

隔开了百年之后,寻觅鲁迅如同盲人摸象。

但仍然还有思路可循,这思路是被作品中的处处伏笔多次提示了的。研究鲁迅的事不能用顾颉刚的方法,但是一样需要考据。

它不像考据山阴大禹陵;那种事缺乏基本的根据,谁也很难真能弄得清楚。鲁迅的事情与我们干系重大,它不是一家之说壶中学术。流血的同学和鲁迅几位一体,身系着民族的精神。从一九○三年鲁迅留学日本开始计算,整整一个世纪过去了;一九○七年徐锡麟和秋瑾死难的世纪忌日,也正在步步临近。应该梳理脉络,更应该依据履历。这履历中,有刻意而为的——他的做法,他的伏笔。

站在绍兴的路口,眺望着鲁迅纪念馆和鲁迅故居,还有出没着正人君子的"咸亨酒店",我感到了作品的明示,和刻意的作为。

在经历了陈天华、徐锡麟、秋瑾的刺激以后,或者说在使自己的心涂染了哀伤自责的底色以后,后日直至他辞世的所谓鲁迅的一生,就像恐怖分子眉间尺的头和怨敌在沸水里追逐一样——他与这个日本纠缠撕咬,不能分离。

那以后的历史可能是简单的:"三一八","九一八"。"三一八"在北京的执政府门前再现了绍兴的轩亭口,他绝不能再一次看杀学生的流血。"九一八"使那个日俄战争的幻灯片变成了身边的炮火,使他再也不能走"纯粹的文学"道路。

不是每一天都值得如陈天华那样一死,但是每一天都可以如陈天华那样去表现人格。回顾他归国后的生涯,特别是"三一八"和"九一八"之后,显然他竭尽了全力。他不能自娱于风骚笔墨中日掌故,如今日大受赏味的周作人。他不知道——苟活者的奋斗,是否能回报殉死者的呼唤。想着陈天华和徐锡麟以及秋瑾,我感到,他无法挣脱一种类近羞愧的心情。

在中国,凡标榜中庸宣言闲趣的,大都是取媚强权助纣为虐的人。同样,凡标榜"纯粹文学"的,尽是气质粗俗的人。

鲁迅与他们不同;他做不到狡猾其艺术、中庸其姿态——而无视青年的鲜血,回避民族的大义。但正是他曾严肃地拒绝激进,选择了一介知识分子的文学疗众道路。但是江山不幸,文学是彷徨之路,鲁迅一直挣扎在政治与文学之间。"三一八","九一八",他不能不纠缠于这两个结;他的交友立论横眉悦目,都围绕着这两件事。而这两件事,挣不断地系在一根留日的线上。

时间如一个不义的在场者,它洗刷真实催人遗忘。邻居的女儿居然那么凄烈地死了,他反刍着秋瑾逆耳的高声,一生未释重负。鲁迅不能容忍自己在场之后的苟活,所以他也无法容忍那些明明在场、却充当伪证的君子。

陈西滢不知自己的轻薄为文,触动了鲁迅的哪一根神经。他不懂学生的流血意味着什么;他也不懂面对学生流血的题目,一个知识分子应有的言行禁忌。

徐懋庸之流也一样,他们不懂在忍受了同学少年的鲜血以后、仍然被鲁迅执拗选择了的——文学的含义。他们不知自己冒犯了鲁迅最痛苦的、作为生者的选择。

后来读到鲁迅先生在当年的女子师范大学风潮之后,其实表示过对这种形式的反对:"请愿的事,我一向就不以为然",他说官府"他们麻木,没有良心,不足与言,而况是请愿,而况是徒手。"(《空谈》)"我却恳切地希望,'请愿'的事,从此可以停止了。"(《"死地"》)

这正与陈天华无独有偶。陈天华虽激烈殉命,但正是陈天华对那份管理规则不持过激态度。他在绝命书中写道"取缔规则问题可了则了,切勿固执。只是希望大家能振作起来,不要被日本报纸言中了。"

激烈并不一定就是过激。虽然在这个犬儒主义国家,我们习惯了媒体和精英用过激一语四处抹煞他人价值,但是历史多次提示着:胸怀大激烈的人,恰恰并不过激。

4

不知道我是否过多强调了鲁迅文学中日本刺激的因素。但确实就在他留学日本之后的"五四"时期,在《新青年》的页面上,他突然展示了一种超人的水平和标准。他的最初也是最伟大的作品,都与家乡的这两位牺牲者、与留日的一幕有关。

徐锡麟事败后,被清兵剖心食肉一事,甚至是他文思的直接引子亦未可知。所以就在他最早构思的时候,吃人行为就成了《狂人日记》最基础的结构间架。鲁迅在这个开山之作里宣泄和清算,借着它的摩登形式。他不仅表达了所受过的刺激,也忍不住代徐锡麟进行控诉:"从盘古开辟天地以后,一直吃到……吃到徐锡麟!"

接着在短篇小说《药》里,秋瑾被写作了坟墓中的主人公。作为短篇小说这一篇是完美的;故事、叙述、蕴意、人血馒头和药的形象,甚至秋瑾和夏瑜,这工整的对仗。高桥和巳联系他在日本弃医从文的经历,指出"买人血馒头吃的民众,是围观同胞被当成间谍处死的民众的延长"。

这样写的真实动机,埋在他思想最深的暗处。抛开徐、秋二同乡的影子,很难谈论鲁迅文学的开端。套用日本式的说法,他们三人是同期的花;只不过,两人牺牲于革命,一人苟活为作家。我想他是在小说里悄悄地独祭,或隐藏或吐露一丝忏悔的心思。

散文《范爱农》是更直接的透露。

这个特殊的作品如一篇细致的日本档案。当然,也如一帧辛亥革命前后的白描。除此之外,鲁迅还未曾找到任何一个机会来倾诉私藏的心事。

范爱农是徐锡麟创办的热诚学校弟子,与鲁迅同期的留日学生,一个革命大潮中的失意者和牺牲者。鲁迅借范爱农的嘴和事,不露声色地披露了如下重要细节:

徐锡麟一党与他疏远的事实。"你还不知道?我一向就讨厌你的,——不但我,我们。"虽然关于疏远的原因已无需深究,但鲁迅依然半加诙谐带过了这么一笔。

其次,徐锡麟剖心殉难后,他在东京留学生聚会上主张向北京抗议的细节(这个细节,正与秋瑾在针对取缔规则聚会上的拔刀相应),"我是主张发电的。"

最后,散文叙述的他与范爱农的交往,表白了他对死国难者的同学们的一种责任感和某种——补救。范爱农给了鲁迅补救的机会,他们的相熟同醉,都使鲁迅获得了内心的安宁。穷窘潦倒的革命军后来依靠着鲁迅,这件事情是重要的。所以,散文记录的濒死前范爱农的一句话,对鲁迅非同小可:"也许明天就收到一个电报,拆开来一看,是鲁迅来叫我的。"

范爱农死后,鲁迅写了几首旧诗悼念。十几年后写作散文《范爱农》时他回忆了几句,忘掉的一联恰恰总结了这个情结:"此别成终古,从兹绝诸言。"

一九二六年这篇散文的发表,是鲁迅与日本留学生纠葛的落幕。《范爱农》是鲁迅对留日旧事的清理。他对一切最要紧的事情,都做了必要的辩解、披露以及批评。这是那种作家不写了它不能安宁的篇什。我想,当鲁迅终于写完了它以后,郁塞太久的一团阴霾散尽了。一个私人的仪式,也在暗中结束了。

终于鲁迅有了表白自己基本观点的机会。他借王金发异化为王都督的例子，证明了革命之后必然出现的腐化。它更委婉而坚决地表明了自己拒绝激进、拒绝暴力的文学取道。在先行者的血光映衬下，这道路呈着险恶的本色。

5

陈天华死后已是百年。鲁迅死去也早过了半个世纪。若是为着唤起中国的知识分子，也许他们真的白白死了。

——谁能相信，使陈天华投海的侮辱，其实连一句也没有说错。"特有的卑劣，薄弱的团结"，简直可以挂在国门上。居然一个世纪里都重复着同一张嘴脸，如今已经是他们以特有的卑劣，逐个地玷污科学和专业领域的时代了。

一百年来，中国的犬儒哲学从来没有接受陈天华的观点，更不用说对十足的恐怖分子徐锡麟和秋瑾。他们站在无往不胜的低姿态上，向一切清洁的举动冷笑。在那种深刻的嘲笑面前每个人都又羞又窘，何况峣峣易折的鲁迅！

或者，一部近代中国的历史，就是这种侏儒的思想，不断战胜古代精神的历史。

但是，作为一种宣布尊严的人格（陈天华）和表达异议的知识分子（鲁迅），他们的死贵重于无数的苟活。由他们象征的、抵抗和异议的历史，也同样一经开幕便没有穷期。过长的失败史，并不意味着投降放弃。比起那几枝壮烈的樱花，鲁迅的道路，愈来愈被证明是可能的。

他不是志士，不过为苟活于志士之后而耻。由于这种日本式的耻感，他不得解脱，落笔哀晦。人誉他是志士不妥，人非他褊狭也不公。他心中怀着一个阴沉的影子，希望能如陈天华，能如秋瑾和徐锡麟一样，使傲慢者低头行礼，使蔑视者脱帽致敬。

后来参观鲁迅的上海故居,见厅堂挂着日本画家的赠画,不远便是日本的书店,我为他保持着那么多的日本交际而震惊。最后的治疗托付给日本医生,最后的挚友该是内山完造——上海的日子,使人感觉他已习惯并很难离开那个文化,使人几乎怀疑是否存在过——耻辱和启蒙般的日本刺激。

留学日本,宛如握着一柄双刃的刀锋。大义的挫折,文化的沉醉。人每时都在感受着,但说不清奥妙细微。这种经历最终会变成一笔无头债,古怪地左右人的道路。无论各有怎样的不同,谁都必须了结这笔孽债。陈天华的了结是一种,他获得了日本人的尊敬;周作人的了结也是一种,他获得了日本人的重用。

鲁迅的了结,无法做得轻易。

其实即便没有那些街谈巷议,他与周作人的分道扬镳也只在早晚。虽然后来人们都把陈天华秋瑾徐锡麟挂在嘴上,而惟有他深知他们的心境。从陈西滢到徐懋庸,他的敌手并不没有这种心理。那些人内心粗糙,睡得酣熟,不曾有什么灵魂的角力。而他却常常与朋辈鬼类同行,他不敢忘却,几倍负重,用笔追逐着他们。

站在路口的汽车站牌下,我突然想象一个画面:那是冬雨迷蒙的季节,鲁迅站在这里,独自眺望着秋瑾的家。不是不可能的,他苟活着,而那个言语过激的女子却死得凄惨。他只能快快提起笔来,以求区别于那些吃人血馒头的观众。

他用高人一等的作品,以一枝投枪的姿态,回答了那个既侵略杀戮又礼义忠孝;既野蛮傲慢又饱含美感的文化。他成功了;他以自己的一生,解脱了那个深深刺激过他的情结。

他的了结恰似一位文豪所为——他没有终结于作家的异化。向着罪恶的体制,他走出了一条抗争与质疑的路。他探究了知识分子的意义,对着滋生中国的伪士,开了一个漫长的较量的头。

6

据说绍兴市要斥资多少个亿,重造晚清的旧貌。

那边的故居门口今年弄来了几只乌篷船摆设,弯腰钻进去划到大禹陵要四十五元。鲁迅的天上卢罕(灵魂)一定正苦笑着自嘲,他虽然不能速朽,却可以献一具皮囊,任绍兴人宰割赚钱。

既然不打算再进去参观,我们就到了公共汽车站。

这一站,叫做"鲁迅路口"。

对先生的追思,写了这篇就该结束了;也许不该待那些吃鲁迅饭的人太尖锐,像我一样,人都是以一己的经历猜度别人。人循着自己的思路猜想,写成文字当然未必一定准确。

或许鲁迅的文学,本来就不该是什么大部头多卷本长篇小说,也不是什么魔幻怪诞摩登艺术。虽然他的文学包罗了众多……尤其包罗了伪士的命题,包罗了与卑污的智识阶级的攻战。但是如果允许我小处着眼随感发言——或者可以说,他的文学不过是日本体验的结果和清算,是对几个留日同学的悼念和代言。

公共汽车流水一般驶来这个路口,又纷纷驶离。天气晴朗,可以看见秋瑾家对面的那座孤山。

大潮早已退了,幕落已有几回。逝者和过去的历史都一样不能再生,人们都只是活在今日随波逐流。无论萧条端庄的秋瑾家,或者郊外水乡的徐锡麟家,来往的都是旅游的过客。他们看过了,吁嘘一番或无动于衷,然后搭上不同的车,各奔各人的前程。

这个站的车牌很有意思。好像整个绍兴的公共汽车都到这儿来了。每路车都在这个路口碰头,再各自东西。一个站,排排的牌子上漆着的站名,都是"鲁迅路口"。这简直是中国知识界的象征,虽然风马牛不相及,却都拥挤在这儿。

我注视着站台,这一次的南方之旅又要结束了。

一辆公共汽车来了,人们使劲地挤着。都是外地人,都是来参观鲁迅故居的。在分道扬镳之前,居然还有这么一个碰头的地方。我不知该感动还是该怀疑,心里只觉得不可思议。

写于 2002 年 8 月,祁连—北京

逼视的眼神

1

我居住的地方，闭路电视系统中有一个频道是留作政宣和会议的。平日有两会三代之类大事则播之，无会无事则固定在美国国家地理频道（National Geographic Channel）之上，任各种的奇风异俗和野兽虫鸟在那里日夜循环。

当然其中的有趣报道很多。《国家地理》打着趣味性和科学性两大旗帜，平静地和娓娓道来地，客观地和富于知识地，正在征服着世界。

至于它的摄影，就本质而言还是大众趣味和报道式的。它清晰至极，临场感觉，虽然不够艺术的技巧和深度。

我两次看了这个节目。具体地说是在二〇〇二年三月二十七日与四月十一日夜；换言之，是在美国还要再三再四地扩大它在阿富汗的战争、但先是因为关塔那摩的战俘问题、接着又因在巴勒斯坦给以色列的暴行公然撑腰而招致世界的反感和谴责的时候——美国国家在扬言无需证据亦可对伊拉克使用核武器，而美国国家地理则播出了一个称为"寻找阿富汗少女"的电视片。

因为策划很久、派出的并非少数摄影师或记者、并在播前反复广告，所以这其实是一次电视行动，一次媒体大战中的战役。

这个节目使我不能沉默。

由于加入WTO后《国家地理》无疑将成为登陆中国的文化麦当劳、无疑将风靡于中国的少男少女和教授学者；也由于我本人曾试办过宗旨在于主张第三世界自己的文明阐释权，对抗《国家地理》宣扬的美国文化观点的杂志——原来我曾以为自己不宜发言。

电视画面上仅仅出现了一次升起于托拉博拉山地的炸弹烟尘，声响轻微，仅有一瞬，节目显然毫无就带来灾难的战争反思批判的意思。它摆着客观和轻松的面孔——这面孔在定义着一种他们的新闻和艺术准则——继续它的寻找十六年前封面女孩的有趣故事。

真不愧是美国佬；即便在仅次于原子弹的七千公斤重超级炸弹和各种新式武器都在贫瘠的阿富汗土地上恣意实验、至少三千名无辜平民一批接一批地被炸死的时刻，他们居然对着如此残酷的现实，煞有介事地继续玩那个趣味悬念。

也惟他们才干得出——科学技术又一次当做了情节。寻我十六年前《国家地理》杂志封面的队伍中，不但有摄影师和寻访小队，更有研究虹膜的技术人员。这样，在数万吨炸弹摧残着阿富汗的巨大伴奏声中，两条线索，趣味性和技术性两条线索并行着展开了。十六年前的封面少女被大量印刷，她的蒙着硝烟的脸庞上，一双惊恐而敏感的眼睛在凝视着。宣传机器连篇累牍地说，这是一帧卓越的摄影作品，她的眼睛里，表达着阿富汗人民因苏联入侵而蒙受的苦难。

同时虹膜技术人员也在电脑上试验，为眼睑加些苍老感，为脸颊加些灼伤，把嘴部切下移动，在电脑上捉摸它在今天该什么样——十六年后的封面少女已经年进中年，她究竟在战争和暴政下受了多少折磨？她究竟是否活到了美国人解放的今天？

2

　　趣味性的线索发展得曲折而诱人。电视片描述的阿富汗,没有死于美国炸弹的尸体,没有阿富汗人对眼前战争的一句异议或表态。屏幕上的阿富汗人每一个都是谦卑的,小心而迟疑地为"国家地理"搜寻队提供线索。

　　我想,天下豪门"国家地理"若是以美元许诺,那么饥饿的阿富汗人不应该放过机会。因为对阿富汗的民众来说,活下去,只有活下去,才可能重建生活、国家和一切。我注视着屏幕;闪过的每个人的神情里,都显露一种决意。他们应酬着那位秃顶的摄影师,等着他古怪寻找的结果。

　　但是整部电视片没有言及金钱。"国家地理"是否付了钱;是否对每个协助寻找女孩的人付了钱,是否曾在当年和以后向封面上的难民女孩付钱——他们闭口未谈。可能他们允诺了付钱,因为屏幕上的阿富汗人异常耐心;也可能他们没有付钱,因为恐怖的气氛随着照相机逼来——秃顶老头和满天泼下炸弹的可怕军队是一伙的,这一点毫无疑问。他们既然可以和蔼地按快门,也完全可以凶恶地勾扳机。

　　总之,一个消息灵通人士协助找到了封面少女当年的女教师,接着女教师又帮忙找到了女孩今天的家。秃摄影师一行抵达那个院子时门锁着,由于她的丈夫不在家,她不能见陌生的男客。"岂有此理!"秃老头仰天长叹。

　　第二天在丈夫——他们的每一个都沉默着——的陪同下,摄影师与俨然成人的当年封面女孩的"重逢",终于实现了。他们共叙往事,感叹人生,快门啪啪响着,好像没有恐怖震耳的轰炸声,只有这一支轻柔的音乐。

　　不等你还在咀嚼其中的悖论,滚动的画面又引出科技性的

古老的土地

作者作品：投石的诉说（油画）

情节。虹膜分析人员冷静地工作着,摒除前场人员刚刚演出的感伤——他们要以科技审查一切情理。我看得目瞪口呆,因为即便我对这种"特种部队"感到愤慨,但我仍然被一个经历了十六年战火和禁锢的难民营女人打动了。画面上,她的眼神锐利而冷峻,即使偶尔闪过也在穿透一切。黑发蓬乱的她又成为一幅肖像。她的名字叫阿兰贝贝,大致意思是"世界的孩子"。

但冷漠而科学的虹膜技术,使"国家地理"老谋深算。虽然秃顶摄影家以为自己达到了终点,但虹膜小组的审断是:眼睛虹膜检测证明,有百分之四十五不一致——阿兰贝贝不是封面少女。

画中画外的人都大失所望。此时无影胜有影。潜在的内容是,阿兰贝贝是一个冒名者。为什么呢?

消遣寻乐的观众会追问这个为什么吗?他们会在随着国家地理在否决了她之后,依然记着她在美国传媒巨网上赠给人们的第二幅更深刻的肖像、记着她逼视养育她的残酷世界的灼灼眼神吗?

3

接下去充分展开的,当然是"国家地理"的模式。趣味的线索从此与科技的线索紧密携手,寻访者也从秃顶摄影师扩充为一个小分队。

新的信息来自当代最著名的一个地点,托拉博拉山地。寻访当时,美国轰炸机每日向这片山地倾倒大雨般的炸弹,每天都有成批的阿富汗百姓被冤屈地炸死。精密制导炸弹、超级震荡炸弹、温压炸弹、深穿透炸弹、狱火导弹——除了原子弹,托拉博拉的苦难大山被美国用一切可能的杀人手段轮番蹂躏。然而神圣的新闻工作者和摄影艺术家对此一言不发,他们引导观众继续寻找苏联在十六年前制造的一个难民女孩。根据虹膜研究,她应该有一双绿眼睛。

残破的大山上,无声地升起一片宽阔的烟尘。

由于烟柱很宽,我猜它就是重七千公斤、长二十五米、用巨型 C-130 运输机运送、用降落伞减速投下的超级震荡炸弹。它使一华里方圆内一切人畜都窒息死亡。"国家地理"就在这种窒息的空气中,固执地寻找一双绿眼睛。为了他们的画面,为了他们的趣味性和科技性。

这个有绿眼睛的女人,在托拉博拉山地真的被找到了。秃顶的摄影家安全地住在邻国白沙瓦的宾馆里,等着她。

冷峻的虹膜测试如判决。如今,不仅将由武器决定胜负,而且将由高科技决定故事的是否有趣。

居然联邦调查局也介入了这个客观而艺术的科普工作;最后,名叫莎尔巴特的这个绿眼睛女人,被判定为"真的"。她和她的丈夫——谢天谢地,他不是那种充满了那些天的屏幕的虬髯美男子,这个打馕的丈夫比较窝囊——被送到了白沙瓦的宾馆。一个好莱坞式的皆大欢喜结尾,就在那儿演完。

秃顶摄影家架起了他的尼康 F16,在啪啪啪啪地连发点射之中,第三幅肖像诞生了。

确实发绿的、美丽的穆斯林女人的眼睛,盯着照相机。如同她的两位前任一样,莎尔巴特并未因被选中而露出半点笑容。在她灼灼逼人的眼神中,依然满盈着恐惧、怀疑和悲哀。F16 不懂,这眼神不仅传达了她和她们对这不义世界的观点,也传达了她对"它"的观点。为什么呢?你为什么要固执地强迫我摆姿势呢?你这样做会给我带来食物和毛毯么?明天邻居和家人会怎样对待我呢?

这里正在死人——端着那怪枪你究竟要干什么?

当金钱或恐惧使她们转过脸直视镜头时,我想,镜头这一边的人,心头应当掠过一阵战栗。如果他长着一颗敏感的艺术家的心,他应该为自己背离了新闻和艺术的谴责暴行、援助弱小的原则而战栗;如果他只知趣味和技术、只是一种新型的特种部队——他将在未来一定将降临的、人道和正义、知识和艺术的道德审判面前发抖和战栗。

4

在各种的艺术作品中,肖像因它的固定、单一和沉默,成为一种暧昧的作品。于是解释随后出现了。解释还不同于评论;没有别的门类的艺术和作品,有过如同对肖像作品这么多的——添加的解释。比如对名画《蒙娜丽莎》的经典解释,与作品其实可能是作者自画像的事实之间的嘲谑,就是一个独一无二的例子。

在对肖像的解释中,有两个因素尤其不能忽视。一是权力和话语权力经常强化或干扰解释;所谓指鹿为马,今日是处处的现实。其次,技术因素常常更是一个微妙的插入者,匠人的制作惟妙惟肖,冒充或替代了真的艺术。肖像类中的摄影,还远比不上绘画肖像。由于器材和其他技术发展的飞速跳跃,赝品伪作一时横行的机会更多。

简言之,现代主义等潮流出现的一个原因,就是抵制这些赝品。摄影家中的现代派和新闻派,或不惜赌命深入炮火在生死一瞬夺得一帧照片,或数十年连续观察以表示自己与被写物的深刻关系——他们追求的,是彻底的真实和本质。他们的人物或肖像多不标准,边幅不剪,焦距模糊。但却如泣如诉,使人望见它心里顿时涌起感动的大潮。那画面的包含,那摄影的语言,它超越了一切文字,一帧包含了一切。

当不能达到如此水准,当解释也无望时,不止一名敏感的摄影家选择了自决。在影片《Before the rain》(山雨欲来)中,经历了波黑战难的摄影家呓语着,扔了他的获奖摄影作品。他说自己用照片参加了杀人。最后他为救助异族的女孩牺牲了,添加的解释,在这个故事里到达了极致。

——在一些摄影艺术家竭尽人生追求这种作品的时候,另一些照相馆匠人也在不择手段寻找取巧的机会。

不消说他们会利用肖像艺术本身的暧昧和多解。他们热衷的,更是对肖像的添加解释。此刻对他们正是好机会,从控制全球的话语霸权到压服世界的高科技武器,一切可能有的他们都有了。美国《国家地理》对阿富汗封面少女的寻找活动和报道,既不是真实的艺术,也不是客观的报道,而是不义战争的宣传。

就肖像作品来说,虽然他们对封面少女做了超级的添加解释,但据我看这一切依然都是白费力气;因为掩饰杀戮的战争是困难的,把杀人者说成和平鸽也是困难的。

也许今天在我们的知识分子中,已经不能讨论艺术和新闻的原初含义,不能讨论这些高尚领域里的最低道德。但是依然没有谁能逃避人类良知的审判;也没有哪个曾助纣为虐的媒体,能逃避他们的战争责任。

其实被《国家地理》排除的,那第二张肖像最深具意味。那神秘的黑眼睛女人!她是谁呢?她背着冒牌顶替者的黑锅却一直沉默。如果把话语权交给大众,我猜第二张中彩的可能最大。因为哪怕包括《国家地理》的崇拜者在内,谁都希望能听到她的倾诉。等她开口发言的时候,人会听到真实些的话。

据我看,三张肖像的眼神里,都满盈着被杀戮者与被侮辱者的不信与恐惧。是的,她,还有她,以及另一个她的眼神里,都没有一丝对尼康 F16 以及对小分队的摄像机和虹膜仪的信任。她们被强加了一场又一场残暴的战争,还要被强迫一次又一次面对着照相机。

那么就让这些偏执的闯入者照个够吧！她们拿定了主意,睁大了眼睛。痛苦灼烫的眼神一涌而出,逼视着世界,也逼视着无法理喻的 F16。

虽然《国家地理》的摄影师以及他们的克隆人不会同意我的分析;但是我猜——超级震荡炸弹和超级尼康 F16 都曾不由得感到一阵战栗。他们在表演镇静,用实力的药丸压住心悸。因为眼神的背后是心理;因为不管是那个被否决的黑眼睛还是这个被确认的绿眼睛,都射出直逼良心的光——即便它们还不敢流露仇恨,但是它们已经在拒绝和质问。

此刻,这眼神也注视着你,等着你的判断和回应。

2002 年 4 月 12 日写毕

投石的诉说

1

掷出石块的是一个少年。他站在熊熊的烈火中央,迎着隆隆驶来的怪兽。他的耳际轰响着的,是地狱里凄厉的风吼,和烈火焚烧石头的声音。环绕的一切都尖锐、钝闷、灼烫而恐怖。怪兽挂着金属板的装甲,傲慢又野蛮,沿着街巷横冲直撞而来。石块在迸溅中粉碎,一切倾听都被挡在了背后。在这恐怖的野兽轧碾之下,一切都变成了瓦砾,一切都化成了废墟,包括新世纪的精神,包括生存的希望。

少年从瓦砾里抓起一块石头,套上投石索,奋力朝那钢铁的野兽掷去。又一声砰的声音迸响在金属板上,红色的火焰映照着他舞着投索的弱小身影,如一个新鲜的塑像,如一个迎战魔鬼的大卫王。

大卫王的使命,如今正由这个巴勒斯坦的少年承担着。大卫这个名字用阿拉伯语读,恰好就是他的名字达乌德。战争怪兽里跳出凶恶的军队,抓住了他。达乌德的手被一根窄细的白色硬塑料带子反绑,士兵们殴打着他,活活地折断了他的一条胳膊。

瓦砾堆里同时跳出十个少年,他们愤怒地用投石索、用弹弓、用赤手把石块投向毒焰和怪兽般的坦克。嗖嗖纷飞的石块撞在坦克的装甲板上,响起一片悲愤的声音。

——这不是文学的描写,这是完全的现实。硬塑料的窄带是最新的绑人工具,它比手铐更使人疼痛,比绳子绑的结实。揭露以色列军队折断投石少年手臂的行径及其法西斯心理的,是葡萄牙的著名作家萨拉马戈。《大侵入的前夜》一文介绍了他引起轩然大波的发言:

> 他的发言要旨是这样的:"折断参加 Indifada 的投石少年的手臂,就其精神而言,在犯罪一点上,可以与纳粹对犹太人的屠杀相比较。"

(日本,岩波书店,《世界》,2002 年 6 月号,P53)

他冒险发言的原因,是因为他听见了石块传达的语言。他听懂了,并因良心的驱使不能回避。

使用石块难道能进行战争么?不,这不是战争手段,而是心情的传达。巴勒斯坦人用这样的语言,呼喊着公正,呼喊着最古典和最低限的良心。投石的语言是神奇的;它超越了障壁唤起了良知和同情,也为非武装的民众反抗,做了痛苦而警醒的定义。

自从一九八七年的巴勒斯坦人民第一次起义(Indifada)以来,这种达乌德—大卫式的象征行为以及这种石块迎击坦克的声音就没有停止。孩子的石块不可能打败坦克,所以这是象征、这是一种语言表达而不是战争手段。孩子们的石块说出了巴勒斯坦民众抵抗的正当性。孩子们用石块说:我们没有武器。我们用石块呼喊。人们,你们听见了吗?

2

我的耳朵听见了他们的声音。有很多耳朵听见了这石头的诉说。这声音和这形式太富于象征意味了,我甚至觉得巴勒斯坦的少年们是在写作着一部诗篇。这诗篇因为使用了超越一切语言的语言,所以使一切诗人的作品都黯然失色。

象征和语言遇到的,是疯狂的野蛮主义。从二〇〇〇年九月起,因沙龙对阿克萨清真寺的冒渎再次掀起了第二次Indifada。石块同样竭力传达着这种弱者的语言,但是希望被坦克的履带一天天碾得粉碎。与肆虐的坦克唱和着,世界在肮脏地"看杀"。于是,在对被剥夺和被侵略者的杀戮中,出现了怀抱炸弹的牺牲反击。绝望的石块,在悲愤的尽头变成了赴死。

有教养的知识分子说——这就不对了!这么一来不就是以暴易暴了吗?这种造成平民伤亡的行为,同样必须谴责!

这种批评是面对屠杀表演公允。其实天平早已倾斜坍倒,其实人们早已使用极限上的语言呼救。知识分子公允病的症状后面,藏着他们接受既成事实的妥协心理。说到底还是与强权为伍化算,所以他们佯做没听见石块的呼救。他们把一个绝望民族的利益,换了卑怯的自慰感觉;他们不肯说一句——占领是最大的恐怖主义,国家恐怖主义是最大的犯罪!

哀兵如同坐以待毙,投石的语言,被人们充耳不闻。那么只剩下投降或者殉死,再无他途可供选择。

石块在绝望的尽头,含着眼泪爆炸了。它一头撞上那战争的野兽,发出孤独的一响,然后被黑烟烈火吞没。

以一己之死诉说的人蒙受着诽谤。他们动人的语言和难忘的形象,在火狱烈焰的映衬下,在巨大的话语压迫下,被描黑画丑、被下流地歪曲。

另一种大规模杀伤性武器——媒体在卑鄙地诱导。满足于自私的小康,人们习惯了白日的谎言。确实炸弹造成了伤亡。但是,以死为语言的人所实践的,同样不是战争行为而是语言的传达。他们企图用悲愤的一声轰响唤醒世界:我们只剩下了生命。人们，你们听见了吗？

3

听见了石头的诉说的，是如萨拉马戈一样怀有正义感的人。即使生逢如此时代，他们也决心回答。

在纳粹屠杀犹太人最烈的时期，曾有一个日本外交官抗拒正与德国结盟的政府命令，为逃命的犹太人发放了离开欧洲的签证。他的遗孀最近发表给沙龙的公开信，要求以色列从巴勒斯坦撤军。

应该让更多的人听见这位九十岁老妇的声音。她的公开信全文如下（主旨一行的下线为我所加）：

平成14年（2002年）4月11日

沙龙总理：

<u>对以色列从巴勒斯坦撤退的要求</u>

沙龙总理，切望无论如何，从巴勒斯坦做有勇气的撤退。并实施基于人道主义的政策，向中东和平做出努力。

亡夫曾于1940年就任立陶宛代理领事。当时纳粹德国对犹太人的屠杀，正激化得超绝想象。北欧小国立陶宛也曾有大量犹太人逃来，我至今难忘领事馆门前拥挤着的、为获取签证的人们那必死的表情。亡夫曾向本国外务省提出了发给签证的请求，却因日本正与德国结于同盟条约、并有诸端理由而被驳回。

但膨胀增多的难民的悲痛声音只见逐日高涨。亡夫于苦恼之极，在征得家庭全员赞同后，做出了"吾宁负日本政府，不能负神"、并发出签证的决断。他连日彻夜书写签证。我们不清楚发出的签证数量，只记着他在有限的些少时间里,不眠不休书写签证的情形。后来才听说有6000人获救。依出版社的强烈要求,《6000个生命签证》一书也在后日出版了。1945年5月,与德国的败战同时,我们一家被软禁于罗马尼亚布加勒斯特郊外的俄国收容所,至1947年归国一直流离于各地的集中营。归国后外务省逼迫亡夫辞职,并不顾及他早在战前便为国效力,而追究其发给犹太人签证的责任。亡夫依外务省之意退职。那以后原本寡言的他更加沉默,他觉得因良心判断而致使家庭连累,因此蒙着很大的心理负担。后来仰仗多方好意他才再获职业,总之生存下来。

他于1985年被以色列政府以援救犹太人生命的功绩授予"Yado Basiem"奖(诸国之正义者之奖),次年7月3日静静降下了人生的激动之幕,享年86岁。

亡夫的行为,是我一家的巨大荣耀。一生中能救出那样众多的生命,且被救助者后日又多肩负以、美政治乃至世界经济之重任,听闻这一切亦使我一家无比喜悦。

但是,今日之侵攻巴勒斯坦,无论其理由如何,都给我们带来了莫大的悲哀。不仅如此,每当想到惨死战祸者的遗族又蒙罩于难忍的悲痛之下,我们便无法不为——究竟亡夫那样写下签证好吗?抑或若没有写才好?——诸如这些而苦恼不已。

我今年已90岁了。四个儿子中,三子晴生和长子弘树已经辞世。长年来,我和成为家长的次子千晓一起生活在乡下。我已经不可能再活很久了。惟一惦念的事情,只是培养能继承亡夫的"植根于人道主义的活动"的人。这是继承亡夫意志的我们的最后愿望。

去年末因不况,我们失去了长年住惯的家屋。或许人会觉得我们穷,但我们却永远抱着衫原千亩遗留的行为,怀着清高端正的自豪生存着。我们是幸福的,切勿对我们施与同情。

用不着为一个人,我们请人们关心的是"基于人道主义的活动"。请想想究竟还要让多少贵重生命在战争和自然破坏中死去,并切请在此刻,再次审度以色列的侵略带来的悲哀和损失的巨大。无疑,我相信武力之外还有解决之道。

致亲爱的沙龙总理

敬具

生命的签证财团会长 衫原 幸子

日本衫原事务所代表 衫原 千晓

联络:0466-48-8344(Fax)

URL: http://www.hoops.livedoor sempol

(《世界》,2002年6月号 P72-73)

人道已经是个愈来愈暧昧的命题。但是,高尚的外交官衫原千亩和九十高龄的衫原夫人为人们提出了最准确的标准。他们是崇高的人道大义的实践者。在犹太人受到非人道的追杀时,他们勇敢地反抗自己的国家,向弱者犹太人伸手救援。而当以色列对今日的弱者——巴勒斯坦人欺凌杀戮的时候,他们凛然地"基于人道",再次打破了世界的可耻沉默。

萨拉马戈的发言,立即遭到了以色列的威胁。而面对着衫原千亩的遗孀和儿子的批判,面对着民族的救命恩人和他们的行为,那些指挥坦克去碾碎生命的人会怎样呢?

在世上一切高尚行为的面前,在奥斯威辛的死者与生者的面前,他们不能躲避——被孤立的刽子手的恐惧。

4

第三世界的理论名著《东方主义》的作者艾德华·赛义德曾经在巴勒斯坦的土地上，弯下病弱的身体，拾起一块石头，朝以色列方向投了出去。他用这块石头，表达了对这象征语言的理解。他表示自己也要加入被侵占与被侮辱一方的行列，也要使用这种语言。

各自使用自己"石块的语言"的并不是少数。

在侵略的步伐加剧以后，一批批救援者出现在巴勒斯坦的土地上，企图冲破卑鄙政客设置的"进程"，直接向被侵害的人们伸出救援之手。他们冲进一个个被蹂躏的地点，冲进伯利恒圣诞教堂，给蛮横的现场注入正义。

杂志上刊登着一张照片，是在被毁灭了的杰宁。一个刚刚抵达的欧洲妇女踩着瓦砾，背着背包，在一片惨景前，她终于失去了控制，不由锐声地尖叫起来。她只顾尖叫，说不出话来。

那尖声哭号的形象烙刻一样留在我的心里。她也没有语言。她的哭叫，用的是和投石少年一样的语言。

并不因为足够的诽谤和丑化，就能改变人的良心感受。九十老人的语言，号叫女人的语言，可能是最温和的、也是最深刻的语言。它们直击人心，敲响本质，它们和少年掷出的石块一样，都是绝望尽头的呼吁。

这个被下流的媒体和文人炒作的"千禧"新世纪，它居然使那么多人"被迫着发出最后的吼声"，并且使用了这样的语言！

二〇〇二年三月二十五日，巴勒斯坦诗人马赫穆特·达尔维什在接待萨拉马戈一行的致词中说：

语言的名匠在血的雄辩面前不能修辞。所以，我们的语言和我们的权利一样单纯。我们在这块土地上出生,我们属于这块土地。我们除了母亲的语言,没有其他的母语。而每当我们理解了这母亲之地拥有太多的历史和太多的先知的时候,我们也就理解了这里是复数主义的共享空间而不是地狱;理解了谁也不能独占土地、神和记忆。我们还知道了历史既不美丽也不优雅,但我们的任务,就是作为人,使历史更加人性化。因为我们自己就是这历史的、同时也是牺牲者的产物。

(《大侵入的前夜》,刊《世界》2002年6月号 P52)

我想他在用阿拉伯语娓娓道来的时候,这篇讲话一定非常动人。我感到它也许超出了诗人的水平,简直就是石头语言的原文。读着它,我仿佛看见一个巴勒斯坦的孩子,是达乌德或者达尔维什,他挺身站在黑烟滚滚的瓦砾上,迎着怪兽一般碾压而来的坦克。他迎着火光,全力投出了石块。野兽喷出火焰,他倒在燃烧的瓦砾里。从火中飞出了一只鸽子,衔着一块沾血的石块。

受难的石头的语言,淹没在疯狂的轰炸声和大规模杀伤性宣传媒体的聒噪中,微弱而无力。但毕竟这是神性的语言;它唤起的良知,它种下的希望,会在下一个时代从废墟中发芽生长。毕竟,从未成年的孩子到九十岁的老人,我们也同时目击了最高尚的形象。

这是一个投石时代。萨拉马戈也好,衫原幸子也好,E·赛义德也好,那些冲进伯利恒圣诞教堂为难民送去几瓶水的救援者也好,那个踏上被夷为瓦砾的杰宁忍不住失声号哭的女人也好——他们都和投石的少年一样,只是在使用最后的语言。

在冷漠的沉默中,我倾听着,心里充满恐怖的感觉。我不愿聪明地避开更不愿表演公允,我不能加入看杀的一翼。我清晰地听见了那声音,我要把它们翻译成汉语。我想竭尽微力回答对我的呼叫。我想让自己的文章也变成石块,掷向这无义的世界,并拯救自己的良心。

这是一个投石的时代,思想、文学、言论都被霸权恐怖主义的火力压制得抬不起头,悄无声息。我们也一样,我们的文学和诉说也应该缄默,让位给卑污的喧嚣和霸权话语的复制。一切有意味的语言都被迫变形了,就像战斗只能投石。今天是战士给人以启发的时代,因为他们的战斗并不为取胜;他们只为在火狱的烈焰中,用一己的生命,向人类发出最后的一声呼喊。

如果一场对决的目的并非为了取胜,如果一方的手段变形成了彻底的艺术;那么沉睡的良知就可能醒来。这样的启发惊心动魄,有了它,聋瞽的视听可能被疗救。真正的语言最终是不会泯灭的,它超出了种族和宗教,诉说着人对公正和大同的梦想。会有一天,人们会为这投石的语言感动,他们会奋起谴责霸道,并悼念那些——留下了石头的遗言一去不返的死者。

等到毒火如洪水退去的时候,鸽子会再一次衔着橄榄枝飞来,像古老的《圣经》故事一样。烈火中涅槃的凤凰会在和平中再生,以摧人肺腑的声音,唤醒死去了的希望。

写于 2002 年 5—6 月

近处的卡尔曼

说实话，我一直莫名其妙地，对自己这小说家的头衔不以为然。为什么呢？还没有细细想过。只是顺着大流，既然大伙儿都那么津津有味地以小说家自居，我也就不多推辞。回忆以前，领受着种种好处的时候，偶或有过一种想笑的感觉。世界太有趣：它不仅制造骗人的小说，还要制造骗人的小说家。这么想多了，再遇上好意恶意的吹捧时，我大抵不至于立即忘了自己姓名。

有一次我顺口对一个记者说：我发现，我其实没有什么小说家的才能。没想到人家却冷冷地说：你的意思，是说别的小说家更草包？……弄得我无话可答。但是事后，好几次我记起自己这句话。特别是一翻开那些名著，便不由想起它来，若有所思地捉摸一会儿。

到前年我才想通了这件事。在那个秋天里，我一手拖着带轱辘的小行李箱，一手握着一本薄薄的《卡尔曼》，走遍了梅里美笔触所及的一个个地点。在传奇的安达卢西亚，在龙达和直布罗陀，我深深地对伟大的小说折服了。这才是小说呵，我不断地感慨。后来，乘编一本小说集的机会，我表达了这个思路：

……惟结集时人才有空回忆、并接触自己早期的习作。我不禁为自己和这些自己写下的所谓小说的单薄，感到吃惊和害臊；也为容忍和成全了如此自己的时代，感到惊奇与慨叹。

如今我对小说这形式已经几近放弃。我对故事的营造,愈发觉得缺少兴致也缺乏才思。我更喜欢追求思想及其朴素的表达;喜欢摒除迂回和编造、喜欢把发现和认识、论文和学术——都直接写入随心所欲的散文之中。

这并非是在贬低小说艺术。或许正是这样的我,才算懂得了尊重小说。其实,若写的话在今日心态下也许我可能写得好些?——不必了,那要花费大量的精力,要适应别的语言并重新检验自己的能力。我已经说过:对于以故事为叙述原则的小说,我并不具备什么才能。

1　Elizondo

世纪末虽然诸般破败,可我还是跑了个快活。逛到了法国和西班牙交界的圣·塞巴斯蒂安的时候,满耳朵听的都是巴斯克人的话题。

视野里,是这个古老民族的森林高山。我突然想起来;卡尔曼的情人、那个痴情大盗的民族,不就是巴斯克么!他就是因为听了卡尔曼说的蹩脚的巴斯克语,就是因为卡尔曼诡称自己是他的巴斯克同胞——才喝醉了酒一般心里乱了方寸、脚下歪了步子。就因为那个巴斯克的心病,他一步一陷,直至最后没顶于黑暗甜蜜的深潭。

这种病我太熟悉了,它使人那么容易就联想起一个城里的哈萨克。在梅里美的笔下,错当了兵的小伙子对着美人还能怎样呢?他无计可施,主动地吐露:"……我是埃里仲杜人,"Elizondo,我朝南方眺望着。在那个方向上,大名鼎鼎的比利牛斯山脉已经郁郁苍苍地渐次耸立,从我站立的圣·塞巴斯蒂安一带,离它只有几步远。

是的,这个地方是故事起头的一个点,它也是从法国进入西班牙的入口。拖着的小行李箱放进小旅馆以后,我得以细细地端详和想象它。

这可真是一个美男子的国度!……走在圣·塞巴斯蒂安的市中心和周围的小镇上,见到每一个交臂而遇的男子,交换哪怕一两个单词,心里都掠过这样的感觉。

站在这儿脸向着南方——地中海的信号飘过来了。

不是空气,不是潮腥,是人的血统和神气,在宣布着阿拉伯的临近和介入。满街的小伙子、成年人、老者、胖子、消瘦者、穷人、绅士——每一个都魅力四溢。见鬼了,魅力最小的居然是姑娘!我必须说对进入这么一个地方缺乏准备,仿佛这股美感带给人一种罕见的紧张。在侏儒充斥的中国,我从未感到压力会这么临近。

回到小旅馆,打开护窗板,窗下是一个咖啡馆。大学生们聚在这里度周末,喊声闹声一片鼎沸。我依着窗欣赏他们。胡吵乱嚷的男生使人安心了些,他们的学生习气和校园腔散开在空气里,多少平衡了一点逼人的男性气息。

我猜,无论法国也好西班牙也好,大概人们都会与我有类似的观点:若干的北非血统使人骄傲,黑头发的要比黄头发的优越。一个难题跟着来了:愈是在美男子的国度,女性美的标准愈不易确定。难怪梅里美一下手就选定吉卜赛人当女主角:若不这么办,他会纠缠在一道难题里。即便是黑头发的欧洲姑娘、即便她们比起盎格鲁-撒克逊人来,显然更加健康、风情而苗条;但与她们的男伴相比,不能不说稍逊一筹。

我翻开从北京带来的《卡尔曼》。出发前就打算在这儿开始,在旅行安达卢西亚的路上重读它一遍。

男主人公唐·何塞在托付转交母亲的遗物时说:"……或是面交,或是转交给一位老婆婆,地址我等会儿告诉你——你只说我死了,别说怎么死的。"他还说,"倘若你上邦贝吕纳(Pamplona),可以看到不少你感到兴趣的东西……那是一个挺美丽的城。"

这是我引用的第二个傅雷译名。邦贝吕纳是包括埃里仲杜在内的那一片巴斯克土地的一座城市,大盗何塞的孤独母亲在那里想念着儿子。后来我多次为当时没有绕了那个弯而遗憾——它和梅里美时代一样,偏离了去法国的大路。

现代的唐·何塞里头,也有人铤而走险。大名鼎鼎的ETA如爱尔兰共和军一样,在此地使人谈虎色变。总想多了解一点巴斯克,显然,美男子的脸庞背后,藏着严峻的话题。为了接近人,我们甚至在路上拦住人找话茬儿,力争和人交谈。

一次,获得和一个人讨论巴斯克语渊源的机会。坐在湛蓝的海边,暮色中的巴斯克风景一派静谧。我的观点,无非盼难解的巴斯克语能追溯到哪种突厥或蒙古语言,听人讲学术界有这么一说——但是对了一堆词,个个都对不上。

"可是我看见市中心的牌子,erdia。如果-ia是地理后缀,这个词难道不是和突厥语的'中央'ordo太像了吗?"我强调着只知道的一个词,其实对自己的观点一点也不打算坚持。没有erdia哪里还有话题呢,我只想偷窥一眼巴斯克的心。他们的心里,也绽开着流血的疤么?

语言学家是一个巴斯克姑娘,但她完全不考虑突厥起源的可能性。我想起《卡尔曼》,就提起了这个话题。但西班牙人好像对梅里美没有太多兴趣(这也是一个印象挺深的体会)。只是在问到唐·何塞的家乡、埃里仲杜的时候,才算找对了话题。

"Elizondo?太美了,"她说的时候摇着头,吸着一口气。

好像眼前的风景跟那个Elizondo不能相比。那不单是美景,还散发着浓烈的香味儿。而Elizondo不在我的计划之内,我总不能处处走遍。还要多美呢?我不满地想。在中国我们已经习惯了不毛之地。Elizondo 就在那道山里,凝视着隔开法国的那道深黛色的山脉,我企图判断那位安达卢西亚大盗的背景。

肯定很美,我想。而且它不会像西海固一样必须理解才能看见,森林繁茂,它一定美得赏心悦目。不止风景,我判断那里的巴斯克人一定更加典型。好像一忽儿我猜到了梅里美的思路,他恐怕曾经沉吟良久。他需要一位底蕴与卡尔曼精神相当的美男子,为了给将要出场的吉卜赛美女配一个合适的伴儿。

——怎样才能达到不是阅读的、而是一种如视觉如画面的"匹配感觉"呢?

我明白了:渊博的他选择了巴斯克人。在巴斯克的日子里,以及后来听说巴斯克的消息时,我常对这一选择背后的见识,油然浮起钦佩之心。只是当时条件不允许我过分乱逛;何止 Elizondo,即便是邦贝吕纳,我也不打算绕道去探访了。

因为安达卢西亚在南部遥遥呼唤。

小说的故事,毕竟发生在那片传奇的土地上。

2 绿 林

安达卢西亚就像新疆一样,需要喜欢它的人,深浅虽然不好苛刻,但心里要描着一个它的地图。

这张图,要包括语言和方位,往昔与情调。要知道它的阿拉伯名字叫做阿尔·安达鲁斯,它南端的滩头、著名的直布罗陀一词、Gibraltar 源于阿拉伯语 Jabal al‑Tarig,也就是陀力格山——因登上它峭壁的陀力格得名。还该风闻过它的几座文明古城:早期的科尔多瓦,晚期的格拉纳达。

多少要知道,全世界的旅游者往巴黎和罗马跑,而巴黎罗马人却往安达卢西亚跑。不信你可以来个小测验:没有一个欧洲人不知道科尔多瓦的大清真寺,以及格拉纳达的阿尔·汗姆拉宫。

应该学得闭上眼,就能看见它荒芜的风景,脸颊感到热风的吹拂。还必须喜欢青绿的油橄榄树林——它是那么可爱;没有它,安达卢西亚就是一片荒漠。它起伏无限满山遍野的、稀疏而神秘的青绿,调和了被太阳晒裂的褐色高原。它是农民的庄稼,是最大的油田。至今在西餐桌上,橄榄油仍是调味品之王。应该知道高原濒临地中海,但是气候酷热。在整个安达卢西亚的南方大地上,高山沟壑,交错纵横。

尤其要知道这片土地与阿拉伯近在咫尺。所以,我猜能上溯文明开始的古代——从那时起,走私贩子就在通道上奔波,倒卖海峡内外的走俏货;剪径的强盗就在山里隐没,使神秘的龙达自古出名。

站在龙达,或者站在直布罗陀旁边的阿尔赫西拉斯港口,我时时忆起《龙达的走私贩子和他的情妇》。

那是小说书页里收入的一张G·多莱的铜版画,正巧给《卡尔曼》做插图。插队内蒙的时候,同学蔡的家里有一套整整五十本《译文》杂志,他把它带到了草原。于是它就破旧、残缺、最终纷失殆尽了;它以自己的消失,丰富了也陪伴了我们逐水草而居的年轻时代。

如今想来,它陪伴的是我们懵懂的青春想象。多少年以后,一次我和朋友吹牛,讲到当年读过的《卡尔曼》和那张《龙达的走私贩子和他的情妇》。没想到那朋友找到了《译文》,复印了那幅铜版画,把它送给了我。她好像送回来一个——被我丢失了的年轻幻想。

于是记忆回到了身边。再往后,我的兴致全都附着在那张使人中毒的画上,画的古风和魅力使我对小说一时淡忘了。那是傅雷的译本吗?记忆中特别强烈的几句话和我手头的人文版傅译不同。比如"直布罗陀是全世界恶棍的渊薮,每走十步就能听见十种不同的语言";比如唐·何塞说:"我杀你的情人,杀得手都酸了。"

北方来的巴斯克小伙子,就在这片烈性的土地上,打发了他的一生。

先是在塞维利亚;他被一朵鲜红的康乃馨花击中了脑门,于是他扔掉了皇上发给的军装,蛇街、灯街、跟着他命中的冤家,一步步地上了一条不归路。我没有找到蛇街,虽然旧城到处都是蜿蜒的窄巷。应该位于瓜达尔基维尔大河岸上的、喧闹着四五百女工的塞维利亚烟厂也不可考了;一个教堂被顶替充数,当了歌剧《卡门》拍成更通俗的电影时的场景。顺便说一句,我一直觉得那歌剧和小说不能相提并论,我也不喜欢卡门这个译名。

只是那条他们共度销魂之夜的灯街不能消失,魔影般的卡尔曼曾在一间小石头屋里疯狂地舞蹈。那也是一幅 G·多莱的铜版画——小酒馆里人影摇曳,一个美丽的吉卜赛女郎,正痴醉地跳在一张粗木桌上。在我看来,它仅次于摩尔方塔、也是塞维利亚的象征。高兴的是,如同神在微笑一样,正巧我住的小旅馆也挨着一个几步方圆的小广场,它的西班牙语名字里好像也有个字是"luz",灯或光。

然后就是龙达、科尔多瓦等等地方了。当然若是细说这些历史名城,座座都有各自的典故,但是梅里美避开了上述城市的最呛鼻的气息,比如醒目的摩尔文明气息。我当然不可能扔了它们只迷着一本小说——所以在塞维利亚或科尔多瓦的时候,我的思路常常离开了《卡尔曼》。而等我从考古访旧中回来,又琢磨起这部对我影响最大的小说时,它们便无一例外,又都化成了迷路深巷、都市暗部,都变成了巴斯克和吉卜赛出没的绿林。

我翻着小说,也跟着进入安达卢西亚纵深。

去直布罗陀市街需要通过英国边界。我只能在那座山的这一头,津津有味地体会唐·何塞干掉那个红制服军官的滋味。就在那座英国人至今占据的石头山下,卡尔曼公然用色相做诱饵。她没有留意,古典版的恐怖分子若动了真情,后果会怎么样。

直布罗陀的形状,和房龙的速写一模一样。由于读了一本房龙地理,我的脑子里印上了一座比照片还要逼真的石头峭壁。不能不佩服那老头,他刷刷几笔,画出来的就是本质。嘿,真的到啦,我暗自想。地中海面上吹来的呼呼的风,此刻正打着脸颊。这地貌的险要和奇绝,恰好和它的要冲意义一致。我在反刍内心的滋味,多奇怪:当你决心走过窄窄的独木桥时,你的路就大大宽广了。否则你怎么会在这里凝视直布罗陀。

直布罗陀如一条翘首的鲸鱼,如一艘巨型的战舰,笔直的巨喙雄伟地插在海面上,与深蓝的大海峡互成一组。这里就是隔开了内与外、欧洲与东方、富足的中心与贫弱的四极的直布罗陀海峡。

我想象着当年的阿拉伯战士陀力格,想象他用牙齿咬着一柄弯刀,登上这座悬崖的情景。那场景不知为什么栩栩如生。但是卡尔曼和她的民族呢,他们越过这条天堑的路径却漫漶不清。

如今临近直布罗陀的港口是阿尔赫西拉斯。从轮渡上走下来的,大都是摩洛哥人。间或有一两个日本学生,抱着厚厚的手册独自旅游。天气晴朗,可以看见海峡对岸。我听见他们用日语低声喃喃道:啊,非洲。我猜欧洲人的心里会有所不同,他们大概会叹道:啊,东方。

海峡里一片秩序与安宁。已经没有放浪不羁的吉卜赛姑娘,没有暗藏匕首的卖橘子小贩,没有走十步见十种的异族了。

从这港口可以去塔里法玩,它也是一个阿拉伯人命名的半岛。在历史上,它是八百年里穆斯林进出西班牙的第一个地点(旁边的直布罗陀第二);从微观上来说,它是《卡尔曼》故事的转折:一天,唐·何塞听说,关在塔里法监狱里的一个恶棍、他是卡尔曼的丈夫——出狱回来了。

后面的情节扣人心弦。手里拿着安达卢西亚的地图,两脚又一个个地验证着安达卢西亚的地点,我渐渐熟悉了小说依靠的土地。此时读着,无论是依着龙达绝壁的桥,或是顺着马拉伽明亮的海,我的眼前如今栩栩如生地画着盗贼们活动的路线。

总的来说,他们尽力靠近直布罗陀的北岸。但把一只脚,留神地踩在山里。他们窥测着城市,时而闪电般一击得手;也随时小心着,一步跳回山里。

龙达的重重深山里处处有他们的巢穴;路劫和杀人,内讧和争风,铜管枪和刀子,黑垢的小旅栈,硬面包和泉水,如注喷涌的鲜血,不会疲软的骏马——都在这片山地的腹里展开。小说第一章脍炙人口的开幕,也是让富于情趣的考古学家在这样的山路景色里,和唐·何塞邂逅。

虽然山里是家,但城里才有猎物。他们利用最古老的那几个城市,利用那里复杂的人群和底层。种族、行帮、组织,都被他们掌握得淋漓尽致。没有他们不懂的语言,但谁也不懂他们的语言。每一个骨瘦如柴的穷老婆子都可能是他们的眼线,每一个巷道深处的小铺都可能是他们的据点。在古老的城市里,老城如珍贵的古董,小巷如活泼的血管,深不可测的蛛网路径和复杂空间使一切盗匪小偷们乐不可支。无疑,我们那种以"危改"的名义分片拆光重盖的、商厦加百米宽马路的城市不在此例。

故事在山里和城里有声有色地展开,主角的前途和作家的设计,都渐渐地清晰了。唐·何塞终于跟上了卡尔曼的步子,但却失去了她的爱情。

3　Cordoba

我特别喜欢科尔多瓦的大桥，以及它跨过的瓜达尔基维尔河。可能是由于一种对幻觉的追求，我喜欢依着桥栏，一千年前的科尔多瓦时代就浮现眼前的感觉。

桥基是梭形的石座，一个个蹲踞在浅缓的水里，好像在等着分开哪天会突兀到来的洪水。这种石基座使我联想泉州的洛阳桥，似乎那时的古桥都沿袭一种随意的曲线设计。桥面是起伏扭拐的石板，桥身很长，望去显得低平。石头和科尔多瓦大寺的石料一样，色黄质地细腻，被水浸泡久了的棱角显出水印，线条模糊。

这就是瓜达尔基维尔河。我想，即便远在卡尔曼时代，盗贼和女人依着桥栏也会想：哦，这就是大名鼎鼎的瓜达尔基维尔河。河的名字是阿拉伯语"大山涧"。

摩尔人走了，但文化留了下来。就像大清真寺被改成了大教堂，但名字依然叫做 La Mezquita（清真寺）一样。水流比预想的小得多，秋冬之交的清黑河水，哗哗响着浸漫过河滩，流过一座黑木头的大水车。

石头桥面上，嘈杂的汽车一辆接一辆，发出轰鸣散出废气，好像坚持着要赶走这里的古代韵味。难道真的市政当局一心要蓄谋破坏古桥么？他们似乎特意设计了路线，让公共汽车从这远溯古罗马时代的石桥上通过。

怀着如上专业考古人员的遐思，我尽可能多地打量这条河。一切都在这儿上演过，一切都化为了悲剧。谁能想象这里曾经密集着图书馆和浴室、坊间最大的流行曾是收藏书籍？谁又能想象穆斯林历史上最璀璨的结晶——Medina Alzahara（鲜花之城），最终又被穆斯林一把火烧光？……自然，我也没有梅里美那样的眼福。小说里的考古学家依在我躲闪汽车时靠紧的石头桥栏上，眺望着瓜达尔基维尔河里的成群浴女。而卡尔曼披着大披肩上了岸，慢慢地朝着他走来。如今哪怕在酷夏的傍晚，哪怕也是暮霭迷茫，半城妇孺闻钟下水的浴女风俗，不可再求了。

科尔多瓦——这座古城经常被安排做悲剧的舞台。梅里美的第一人称叙事主人公、潇洒而富于人情的考古学家被吉卜赛女郎偷走表是在这里，唐·何塞被无情的法律处以绞刑也在这里。虚荣又倒霉的斗牛士被牛犄角挑翻大丢面子的地点是在这里，骄傲任性光彩夺目的卡尔曼的最期，也是在这里。

他们默默骑上马，走出了科尔多瓦的老城。

从第一次捂着大羊皮袍子烤着牛粪火算起，直到现在为止，每次读到那一节我都有同样的感觉。那故事太揪心了，直至今日，我不能判断究竟错在谁。绝望的巴斯克大盗喊着央求着，但吉卜赛美人狠狠地嚷道："不！不！不！"

所以，"在第二刀上，她一声不出倒了下去。"唐·何塞用刀子挖了一个墓穴，埋葬了她的尸体，然后纵马奔回科尔多瓦，在遇到的第一个警察派出所自首。

我如今厌恶文学的通说。他们总说卡尔曼是个文学史走廊上的典型，她以死批判了苍白的上流社会。我觉得最好大家都闭上嘴，因为这只是一个凄惨的故事。被漫长歧视制造的、做出来已是身不由己的凄惨的抵抗故事。什么自由精神，那是生就的野性。底层就是如此，粗野、真实、残酷。我怀疑梅里美写的是一件真事；他学识深刻，又那么勤于旅行。

所幸的只是，小说没有把她的死，和橄榄树以及瓜达尔基维尔河扯在一起。科尔多瓦的郊外，这两者特别令人珍惜。卡尔曼被杀的、离开科尔多瓦半夜路程的那个黑暗地方，好像远离我喜爱的那条大河。按照她生前表达过的愿望，她被安息在一片小树林里，而不是在一棵沙石地里的橄榄树下。

4　罗马尼学

小说开篇处,有一大段对古战场孟达的学究式语言。正巧,年前日本杂志连载一篇《安达卢西亚风土记》,我把它们装订成一册,带到安达卢西亚充当导游资料。于是我才知道,那段随口道来的考据,并不是故事开局和叙事者出场缘头的需要。原来梅里美借小说一角,相当认真地(虽然口吻轻松)发表着自己的学术见解——他对孟达位置的研究。据这个日本学者的介绍,梅里美提出的甚至不仅是一家之言,他很可能是最早的一位古孟达地望的正确诠释者。

这个信号使我留心了小说结尾。

在结尾处(也可以说在小说结尾以后),他突兀地、也许可以说是不惜破坏和谐地,大段填进了一段"罗马尼学"。罗马尼就是俗称的吉卜赛,这个文绉绉的词儿,是梅里美自己半做自嘲地提出的。

当然不用说今天在北京,即便当时在欧洲,大概也很难找到一个能判断这些语言学资料的学者。抑或梅里美就是在与某些语言学家抬杠?作家不满意低质地的学者的现象,在文学史上总是间或有之——孟达古战场和巴斯克民族的精湛例子,使我直觉地意识到:对这个结尾,梅里美是在有意为之,他是较真的和自信的。

不知为什么,傅译删去了这一段里的语言学例句。类似的粗糙也流露在对付比如阿拉伯语词的时候(如译阿不都·拉合曼为阿勃拉·埃尔·拉芒)。与其说这是一个失误,不如说这是一个标志——我们的知识分子缺乏对特殊资料的敏感,也缺乏对自己视野的警觉。

求全责备是不好的。只是,梅里美的罗马尼知识的删节,使读者未得完璧。而这个添加的突兀结尾令人感兴趣:在他的时代,远没有流行冒充现代主义的时髦,他不顾那么优美的一个起合承转,把干巴巴一段考据贴在小说末尾,究竟为了什么呢?

或许含义只对具备体会的人才存在。一些人,当人们视他们的见解不过一种边缘知识时,他们不会申辩说,不,那是重要的——真的先锋认识,很难和缺乏体会者交流。除非时代演出了骇人的活剧,人们在惨痛地付出后,才痛感自己以往忽视的错误。到那时,昔日智者的预言才能复活。

吉卜赛人是这样的存在吗?梅里美是这样的智者吗?我不知道。

你是我的罗姆,我是你的罗米。

卡尔曼疯狂地跳着唱着。

他们好像不喜欢吉卜赛这个名称,他们自称"罗马"。卡尔曼唱的罗姆和罗米,梅里美已经注释了,都是这个罗马的变形。我知道这是一个概念复杂的词,它大约不会和意大利那座城市同义。还有奚太那、奚太诺等称谓,对只接受过可怜教育的我们来说,究明这些词汇实在是太力不从心了。

在巴黎附近,朋友领我去看过一个静谧的公园墓地。有一个无名人的墓,黑色的光滑石头上刻着几行诗句。朋友说:从诗判断,这是一个吉卜赛男人。但他没有姓名、没有国籍、没有年龄。墓前堆满了鲜花,显得比任何一座墓都醒目。朋友猜他是个隐形社会的首领。

那如小丘般堆满的华丽鲜花,像在标志着一个度数。生前的作为和死时的缺憾,以及获得怀念的程度。这么多人尊敬他!……我吃惊地想。

如今人们都熟知纳粹的大屠杀,holocaust 已经是一个常用词汇。但在这里我听说,纳粹同样大量屠杀了欧洲的吉卜赛人,即罗马尼人。自从进入欧洲,他们就被隔离、被歧视、被驱逐、被当成奴隶贩卖和不经法律地杀戮。他们是最先被推进毒气室的,但是在纽伦堡的审判庭上却听不见他们的声音。

他们至今还过着萍踪不定的日子,在内部自成系统,紧抱着古老的传统。算命、卖唱、举着一束松树枝追着游人。

在阿尔巴辛,在已经成为世界文化遗产的窑洞区(它的居民多是吉卜赛人,而且这片洞居从十三世纪以来一直被连续使用)附近,我在树阴下的石阶上歇息。从这里,可以眺望峡谷对面的阿尔·汗姆拉宫。一个老大娘——是一个随着响板声出现的胖老大娘,登着台阶,从下面走了上来。她把两片檀木板夹在手指中间,奇妙的清脆节奏,随手而出流淌迸溅,好听地响成了长长一串。曲子美妙地敲罢了,她却叹了一口气。"为什么不买我一个呀,"她一边费劲地扶着石阶坐下,一边自语着。

你年轻时,也有过磨难和抵抗吗?也有如同卡尔曼那样的、宁死不屈的酷烈青春吗?我的眼睛没有动,心里却悄悄想。

她瞟了我一眼。不用猜,她把我当成了坐着豪华旅游车爬上阿尔巴辛、再花上四百比塞塔看一次所谓弗拉明戈表演的日本人了。

梅里美究竟是在建议什么呢,还是仅仅只有学术的癖好?

费了一番劲以后,我还是决定留下一丝备忘以后,先去享受小说本身的美感。无论作家隐藏的初衷是什么,没有疑义的是:他笔下的小说是不朽的。我想,他笔下的文化也是不朽的。这一切——故事、人物、文化构成了一种美感,他人难想难及,魅力如蚀如刻。

他描画的"异族"那么光彩夺目,使得当年羊皮为服酩为浆、正值身为异族的我,一下子就被牢牢抓住了。远在艾特玛托夫之上,是他影响了我的文学趣味和笔法,也影响我开始了类似的观察。

所以我觉得,不一定非要撑着小说家架子没话找话搜索枯肠,给印刷垃圾成灾的社会再倒上几筐。我可以——比如写写对《卡尔曼》读后感。至于罗马尼,以后我会留心他们的事。直觉告诉我,他既然这么写,一定有他的道理——小说居然给人一种可信赖的读后感,这使作为小说家的我非常惊奇。

巴斯克的不幸的美男子,罗马尼的野性的俏姑娘,此刻依然活着。死了的可能只是我们:不读《卡尔曼》的现代人。如今,唐·何塞可能不知该把他的枪放置在哪里,卡尔曼可能反感去给旅游者表演赝品的舞蹈,他们会和我们一样不知所措,但是他们都不会向体制堕落。

就像男女两人都死了但是都没有认输一样,美是不会认输的。绝对的美气质,只要一息尚存就会活着,与这个不义的世界相生相克,代代纠缠。

你是我的罗姆,我是你的罗米

卡尔曼依旧跳在一个古怪而魅人的节拍上。她无若旁人,她不问环境。她痴醉而专注地跳在一张粗木圆桌上,她的歌声如一个遥远的呼喊,不休的叠句重复着又重复着,好像在说着一个古老的谶语。

2001 年 4 月

代跋:生若直木

去年在南方,终于见识了从小听说的滕王阁。

那天一同登阁的朋友中,有老书家某先生。眼望秋水长天,大家心情舒畅,我随口向老先生求教,从纸到墨,听他讲文房四宝的奥妙。

滕王阁已翻盖一新,阁中层层店铺林立。看见摆的镇纸光色新鲜,盘算是否也买一对。如今作家少文,个个的字都如鸡飞狗趴。我也一样,偶尔写字,怨笔赖墨,而且只有一把英吉沙匕首压纸。足踏着滕王阁的地板,心里寻思,这镇纸只卖十多块,不能说好,但是有落霞孤鹜的字儿,带回一对也算个纪念。

老先生却摇头,以为粗磁生铜,不值一顾。他说江西书家的案上,没有这种次货,也不使菜刀压纸。镇纸多用檀木自制。我说我的字哪里要什么镇纸,砖头石头,有一块足矣。老先生沉吟半响,说,我给你做一对吧。

囊匣装着的镇纸被捎来北京时,我正在读一个小说。

急忙掀开囊匣盖子,只见一双白润的檀木,静静躺在紫红的绒布里。真是性灵南国,书法家还做细木工!抚着满掌光洁,脑中现出柔润檀木划过宣纸的感觉。

怀着一丝谢意,握着镇纸继续读。小说的主人公,正迎面着他第二次的被捕。小说是我的一个朋友写的,历历细微,满篇都是他在"四人帮"时的苦难遭遇。我用白檀木刷地一划,翻过下一页。

这篇小说,其实是因了我的怂恿,朋友才勉强写了出来。他是个内向的家伙,文字轻描淡写,但骨子透出凄凉。压力和逆旅,使我们都敏感了,读着我想。

檀木握久了以后,光滑中沁出了一种冰凉。我想快些翻完这篇小说,好给江西的老前辈回信。可是故事却正在有趣处,不由我不先读完。警察监视他的房东,审讯他的女友,他把头上的一张大网,写得纲举目张。

一瞬间我意识到手中的镇纸。掂了一掂,觉得挺沉。确实,檀木绝非杨柳杂属,不显形骸,不露纹理。这么一想再掂掂手里小说,突然感觉我辈的感情娇嫩。不是么,以前我的那些劳什子,不更是又嫩又酸么。

丢开小说,摩挲着檀木镇纸,心里不禁佩服。世间最不外露的,怕就是这光洁之物了。其实当初斧子劈锛子凿,它的内里该都是坑疤。人也一样,每逢出事,当事人处当时,都要让肉长的心迎着刀刃,哪怕它伤痕累累。

囊匣下面,覆着一条墨纸,我取出来一看,原来是老者的题字:

　　直木顶千斤　　江西民谚

趁着一时感悟,我提笔兑墨,用这一对白檀木压住纸边。想了半天,编了两句,哪管字迹蠢劣,与江西老者唱和了一张:

　　生若直木,不语斧凿

我想,事物都大致雷同,无论一茎枯草,一头弱牛。政治的伤害比起永恒的大自然和长流的历史,比起存活下来的民众,是那么渺小。除了我们,被笔墨染了一身毛病的人,大家都不去炫耀自家伤痕。而且,大都是心广意宽,如打磨光滑的檀木镇纸,像穿了新衣裳的农民,干净漂亮地活下来。

2000.10.